夫君們笑一個
忽如一夜春風來
【卷四】
逍遙紅塵 著
宮燐 繪
U0043858
晴空

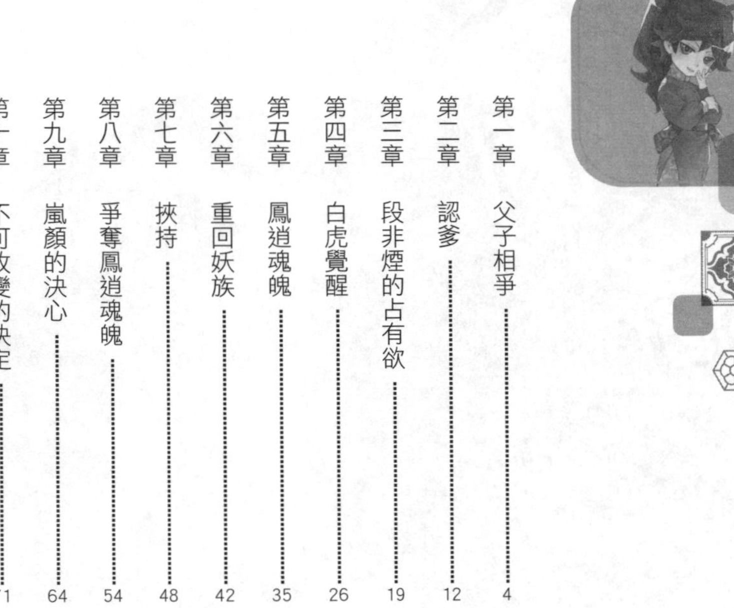

目錄

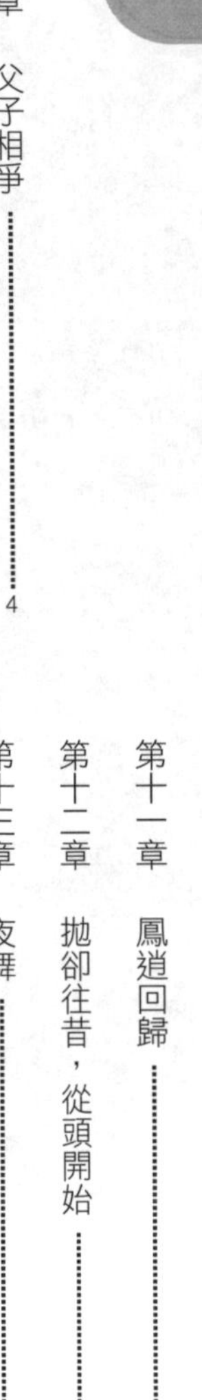

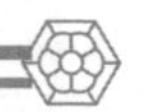

第一章

父子相爭

門邊飄蕩著紫金色的衣衫，男子翩然而入，嘴角一縷邪氣的笑容，卻讓嵐顏感受到了他身上的怒意。

不，怒意還是好聽的說法，正確的說法是殺氣。

這股殺氣的對象正是杜清和。

男子看似笑著，眼睛半瞇出一抹性感的弧度，不過眼角一掃，鋒利的眼刀甩上她，讓嵐顏打了一個哆嗦。

好冷！好凶殘！

不等杜清和開口，老管家已經匆忙迎了上去，「欸，你這個人好生沒有禮貌，都說了城主和城主夫人有事不見人，你怎麼硬闖？你知道不知道這是哪裡？」

段非煙噙著淡淡的笑意，瞇著狹長的眼睛，靜靜聽著老管家說話，當聽到城主夫人四個字的時候，嵐顏明顯感覺到他的眼神裡有精光一閃而過。

「城主夫人？」他低沉的笑聲從喉間飄出，目光從老管家的臉上挪到嵐顏的臉上。

嵐顏只覺得額頭上一抽一抽地疼，「呃，他誤會了。」

她也不知道自己為什麼要跟段非煙解釋，或許是對方那飽含深意的目光，或許是對方身上那隱隱的危險氣息，總歸一句話，現在的段非煙不要惹，千萬不要招惹。

段非煙嘴角的笑意更擴大了幾分，倒是身上四溢的邪氣收斂了不少，目光中添了幾分柔和。

老管家顯然是個天不怕地不怕的傢伙，想也不想地攔在嵐顏面前，故意遮擋住段非煙的視線。段非煙喉嚨間發出一聲低笑，雪白的指尖輕柔地抬了起來。

嵐顏知道段非煙的性格，他從來不問是非對錯，只看合不合自己心意，這老管家三番四次阻擋他，這一抬手之間，只怕老頭瞬間就要從門裡飛出去了。

「非煙！」她可不想段非煙與杜清和還沒相認就先交惡，更不想看到一個老頭在空中飛。

幾乎是同時，杜清和身影如鬼魅般出現在老管家與段非煙之間，微抱拳，「杜某多年未出江湖，已不知世事變幻，公子武功卓絕，杜某請教名諱。」

他那一個小小的動作，已經把段非煙所有出手的路線封死，顯然他已經察覺到了段非煙剛才的心思，立時對段非煙的性格有了一個判斷——眼前這個笑盈盈的男人，絕非善與之輩。

不僅如此，明知道這裡是什麼地方、老管家是什麼人，他還敢動手，這樣的人不是傻到沒腦子就是擁有絕對的自信。

顯然，這個全身散發危險氣息的男人，不是前者。

杜清和性格本就平和，再加上他對眼前這名男子有著特別的感覺。他欣賞這個男人的無謂與大膽，多少年來沒有人敢在四城城主面前表露出這般明顯的殺意，他敢。

所以杜清和只是攔下了他，沒有更進一步的挑釁。甚至，心裡是真的想要知道這男子的來歷與姓名。

即便，眼前這名男子絕不是容易結交之人。

嵐顏心頭一抖，杜清和這樣隨意的性格，她還是有些擔心。段非煙實在不是一個你對我講禮貌，我就跟你親近的人，她生怕下一刻段非煙就會對杜清和動手。

誰知道段非煙身上的殺氣忽然間收斂了，眼角掃過一抹風情，瞥了嵐顏一眼，「妳剛剛叫我什麼？」

「非、非煙！」嵐顏本來不想叫，在他威脅的目光裡硬生生擠了出來。

某人點點頭，臉上這才掛起了滿意的表情，慢悠悠地轉向杜清和，口中簡簡單單飄出三個字：「段非煙。」

這三個字對於許多年不入江湖的杜清和來說沒有任何意義，但是一旁的老管家輕呼了一聲「啊」，臉色頓時變得蒼白，不自覺地挪了兩步。

四城之人誰不知道段非煙三個字等於不講理的魔頭，等於不分是非只顧自己好惡、殺人不眨眼的傢伙。

他要捏死這個老頭，也就是動動兩根手指頭的事。

嵐顏又好氣又好笑，這老管家，後知後覺得也太慢了吧！

老頭朝著杜清和的方向縮了縮，「城主，這是四城之外鬼城的城主，傳說中『暗影血宮』的宮主，為人邪氣得很。」

這個老頭真的活膩了，他以為他那大聲的耳語逃得過武功高手的耳朵？何況還是當著段非煙的面說。

「傳說中，我還茹毛飲血，每日要生喝人血。」段非煙忽然咧嘴一笑，露出兩排白牙，「你要不要試試？」

看著老頭一臉死灰卻又仗著杜清和保護而強自鎮定的表情，嵐顏憋著笑，輕輕低下了頭。

杜清和倒是表情溫和，甚至輕輕揚起笑容，「段公子，請上座。」

段非煙眼眸一掃，應該是有些意外的，意外於杜清和的態度。

畢竟任何自恃身分的人，都不願意與所謂的邪道中人交往，那老管家就明顯地表露出這種嫌棄和畏懼，但是杜清和完全沒有，就連笑容也是無比真心。

「段公子此次造訪杜城，不知道有什麼事？」杜清和和煦開口。

段非煙的手不動聲色地握上了嵐顏的小爪子，嵐顏偷偷抽了下，卻被他抓得緊緊的，不容她抽離。

嵐顏乾巴巴地笑了下，換來段非煙一個白眼。

「我為了你們這位城主夫人而來。」段非煙毫不客氣，直切主題，「因為我和嵐顏姑娘有些淵源，突聞她成了杜城的城主夫人，所以特來問個究竟，若是真的，我就要恭喜嵐顏姑娘了。」

恭喜？

他不扒了她的皮才怪。

嵐顏心中腹誹，表情不以為然。

杜清和的臉上露出了笑容，看著段非煙牽著嵐顏的手，心中已是明瞭，立刻解釋道：「誤會，一場誤會而已。」

「喔？」段非煙眉頭一挑，看著老管家，眼中又閃現出危險的光芒。

老管家在他的眸光裡，再度瑟縮了下，「老奴去催茶……」

顛著腳，飛也似地跑了。

「誤會？」段非煙看著嵐顏，嘲諷道：「我還想著要怎麼送一份大禮給嵐顏姑娘呢，看來空歡喜了一場。」

送大禮？只怕是把杜城拆了吧？外加，扒了她的狐狸皮。

她的謠言才剛起，這傢伙就趕到了，他有什麼想法，她還能猜不到？何必這麼冠冕堂皇言不由衷呢？

「我託嵐顏姑娘為我尋人，卻讓管家誤會了，所以才有了這個城主夫人的說辭。」杜清和倒是很禮貌地解釋著，他那儒雅的氣質，溫和的態度，讓人想要找他毛病都找不出來。

「尋人？」段非煙的目光又一次投向嵐顏。

他不是容易被糊弄的人，若不問清楚前因後果，又如何能讓他相信。

嵐顏的臉色忽然變了，因為她想起杜清和要找的人，很可能與段非煙有著難以割捨的關係。

這麼說來，杜清和與段非煙……

「事情是這樣的……」嵐顏急急地搶話，想打斷話題，她可沒忘記段非煙對自己父親的怨懟、對母親的牽戀。

杜清和倒也不隱瞞，「我託嵐顏姑娘找我昔日的妻子。」

段非煙的臉色終於緩和了些，畢竟杜清和把妻子兩個字都端出來了，顯然他和嵐顏之間沒有姦情。

既然沒有姦情，段非煙倒是變得十分好說話，「那你們繼續，我只當個聽眾，不打擾吧？」

「當然不。」杜清和輕輕擺了擺手，將目光投向嵐顏，「方才嵐顏姑娘和我說，您有位朋友，可能比您更清楚她的下落？」

嵐顏的表情苦巴巴的，「呃……啊……」

她偷偷望著段非煙，不敢說話。

偏偏這個為難的表情，讓杜清和瞬間緊張了起來，「怎麼了，方才不是說那人可能知道涵兒的事情嗎？」

嵐顏的眼睛始終盯著段非煙，當涵兒兩個字從杜清和口中說出的時候，她明顯看到了段非煙身體一震，那雙眼睛又再度瞇了起來。

「難道是那人不方便尋找？妳告訴我他叫什麼名字，以我杜城之力，我必然要將他找出來。」杜清和緊張地看著嵐顏，完全沒有注意到段非煙的表情變化，「只要能找到涵兒，無論付出什麼代價我都願意。」

嵐顏還沒開口，段非煙已經插話了：「杜城主，不知道您妻子貴姓？」

杜清和臉上帶著思念，「說來這也是為什麼我剛剛看到段公子時有親近之意，因為吾妻也姓段。」

段非煙的臉沉了，唯有嵐顏看到了他眼中的冰封，但說出來的話語還是那麼輕柔，「不知城主夫人失蹤多久了？」

「昔日山中一別，二十五年矣。」杜清和歎息著，希望的眼眸始終掛在嵐顏的身上，「嵐顏姑娘，那位朋友在哪裡還請告知，杜清和感激不盡。」

他背對著段非煙，完全看不到段非煙的表情，可嵐顏的視線越過杜清和的肩頭，卻將一切看得清清楚楚。

嵐顏的手慢慢抬起、抬起……杜清和看著她的動作，一臉莫名。

他的身後，忽然傳來了一個冷然的聲音，「風峭山中，花妖冰蓮。」

杜清和的身影僵硬了，慢慢地轉過身，驚訝道：「段公子，你如何得知吾妻身分？還知道、知道風峭山？」

段非煙臉色一沉，發出一聲冷哼，「妻子？你居然有臉喊妻子，當初是你拋妻棄子，如今裝什麼情深款款？」

「拋妻棄子？」杜清和一愣，茫然的目光看著段非煙，又看看嵐顏，口中哆嗦著，「你、你說我有兒子？」

她怎麼回答，她該怎麼回答？

難道說眼前這個邪氣漫天還讓他感到親近的男人，就是他的兒子？但是這個兒子，顯然沒認爹的打算。

「死了。」段非煙毫不留情地冒出兩個字，手中一指點出，直奔杜清和。

杜清和顯然被這兩個字震到了，呆呆的，就連段非煙這帶著殺氣的一指都沒有躲閃的意思。

段非煙挾怒出手，帶著自己二十五年來的怨念，根本不留任何情面，杜清和若不躲，不死也得重傷。

段非煙敢打、杜清和敢不躲，嵐顏可不敢不攔啊，她飛身上前，擋在失魂落魄的杜清和面前，手腕一帶將段非煙的指風引向一旁。

指風射入地面，頓時將地面的青磚打到粉碎，四濺開來。

此時老管家正端著茶回來，冷不防這四散碎裂的青磚打在他的腳邊，他發出一聲驚嚇的叫嚷：「啊！」

手中的茶盞落了地，摔得粉碎。

嵐顏抓著段非煙的袖子，著急道：「非煙！你不能……」

段非煙冷笑著，「今日不取他性命，如何對得起……」

他手臂一掙，甩開嵐顏，又是一掌拍出。

掌風猛烈，比剛才的指風又強勁了不少。顯然是心中怒極，多年的怨念讓他紅了眼。

若是杜清和躲閃，這掌風也不會傷到他，偏偏那杜清和似乎還沉浸在兒子死了的消息裡，整個人呆若木雞，不躲不閃。

老管家一聲大叫：「刺殺城主、有人刺殺城主了！」

跌跌撞撞地朝著臺階下衝去，想要叫人保護杜清和。

嵐顏也顧不了許多，索性雙手一展，攔腰抱住了段非煙，「你不能殺他，他終究是你爹！」

「爹？」杜清和神色一動，看著段非煙。

「爹？」老管家腳下一絆，從臺階上滾了下去，「哎喲！」

第二章
認爹

這件事，就在這雞飛狗跳中被揭開，段非煙被嵐顏抱著，再也無法動手，只能憤憤地別開臉，一聲不吭。

她見過段非煙邪氣的時候、見過段非煙殺氣漫天的時候，也見過段非煙深情款款的時候，就是沒見過這般孩子氣的他。

是啊，除了孩子氣她沒有別的字眼可以形容此刻段非煙的表情和狀態了。

一個城主，一個掌控最陰暗殺戮的鬼城城主。

一個無比冷靜，帶著淡然笑容殺人於無形的男人。

一個提及名字就讓他人膽寒的宮主，此刻掩藏在憤怒之下的表情，明明是委屈。

為他的母親，為年少坎坷的他，更為從來不曾聽到過的父親這字眼。

這麼多年，他都是一個人掙扎著求生，才逐漸走到今日的地位。

在他最艱難的時候，沒有父親。

在他最無援的時候，沒有父親。

當他已經成為一方霸主，對他來說已不需要所謂父愛、所謂保護的時候，父親出現了。

杜城城主，天下間最耀眼的名字，卻從來不曾給過他保護，讓他的母親遭受到那樣的欺辱，讓他經歷了那麼多不堪。

這樣的父親，要來何用？

這樣的父親，如何能讓他承認？

他多年的氣憤，在一瞬間爆發，才會這樣不顧一切地出手，內心中也不過是一個聲音，為何要拋棄他們？

不需要任何言語，嵐顏也明白他在想什麼，更明白他在氣什麼、傷痛什麼。

段非煙的眼睛盯著杜清和，「我沒有爹。」

短短四個字，太深的怨念、太深的委屈、太深的不甘。

他不願意承認杜清和，因為在他成長的歲月中，這個人根本不曾存在過，又如何能讓他承認父親的存在？

但是嵐顏知道杜清和的為難、知道杜清和的無能為力，她伸出手握住段非煙的掌，這一次換她主動。

段非煙孩子氣地想要甩開她的手，卻捨不得。抬起另外一隻手想要推開抱住他腰身的她，掌心落在她的肩頭，卻再也下不了手，臉上幾度掙扎，最後還是由了她。

這樣的他，說不出的彆扭，也說不出的可愛。

「不妨聽杜城主說完，好嗎？」她哄著他，段非煙別開臉，不吭聲。

這算是勉強答應了吧？

嵐顏把目光轉向杜清和，杜清和還是呆呆的樣子站在原地，眼睛直勾勾地盯著段非煙，嘴唇顫抖著。

杜清和腳步沉重，許久許久才抬了起來，小心地落下，慢慢靠近段非煙。

他的小心翼翼都寫在身體動作裡，生怕動作大了，眼前的人就從視線裡飛走了般。

他仔仔細細地端詳著段非煙的臉，「你，是我的兒子？」

段非煙抬起臉，一雙眼眸邪氣四溢，似笑非笑地看著杜清和，「不是。」

杜清和滿是期待的眸光一暗，輕聲嘆息著，「我明白、明白的。你是涵兒的兒子？」

段非煙這一次沒有飛快地反駁，無聲地默認了。

杜清和苦笑了下，「我又何必問，你與她那麼像，眉目之間幾乎是一模一樣。」

但嵐顏也看得清楚，雖然段非煙邪氣、杜清和儒雅，但是兩人臉部的輪廓也是極為相似的，只是段非煙更加俊秀，配合他身上的氣質，多了幾分妖異的美感。

段非煙始終是沉默著，杜清和想要與他親近，但是段非煙已不是孩子，而是叱吒一方的霸主，想要打開他的心扉，談何容易？

「能、能和我談談你們的事嗎？」杜清和艱難地開口：「還有你娘……」

段非煙還是那淡淡的表情，疏離得彷彿身上有一層無形的盾，「那你能先告訴我，為什麼這些年沒出現嗎？」

杜清和點點頭，「好、好。」

他緩緩地說著，段非煙靜靜地聽著，什麼表情也沒有，讓人猜不透他的心思，但是他的手，始終握著嵐顏的手，緊緊的。

嵐顏覺得自己手心裡都出汗了，也就只有這個親密的姿勢，讓她知道他還是緊張的。

當杜清和說完之後，他看著段非煙，就像在等待一場判決般。

段非煙唇角勾了勾，彷彿是在笑，卻沒有讓人覺得輕鬆，反而有一種無形的壓力，讓人不敢猜測他的心思。

這沉默，讓空氣都凝滯了起來。

杜清和查探著他的表情，有些小心翼翼，「你，能說說你的故事嗎？」

他的姿態，清楚地表明了一位父親，對自己虧欠了二十多年的兒子的心情，想要親近，卻又無從下手。

段非煙眼皮垂下，沉吟了一會兒，忽然露出一絲微笑，「娘親死了，我流浪了十幾年，然後到了鬼城，就這樣了。」

他的故事嵐顏非常清楚，他的艱辛嵐顏更是心知肚明，但他對杜清和什麼都沒說，一句話帶過了所有。

這代表，他覺得往事不必再提，也不想讓杜清和知道。

不讓他知道，不是因為他沒資格知道，而是不想讓他再內疚，往事已矣，何必再提。

這，是一種變相的原諒。

如果不原諒一個人，就會想盡辦法讓對方難受，讓對方永遠承受著愧疚與虧欠的心。

唯有原諒，才不讓他知道那些自己承受過的苦痛。

嵐顏無聲地看著段非煙，所有的明瞭，都在那雙清亮的眼眸裡。

「你還在恨我？」嵐顏明白的事，杜清和卻不明白，「所以才不願意說？」

當局者迷，說的就是他吧？

或許對於一位父親來說，失散了二十多年的兒子，他太急於想要知道屬於兒子的一切，段非煙不肯說，他會覺得這是對自己拒絕敞開心扉。

段非煙笑笑，「我已經大到不需要父愛了，你還是想想怎麼為我母親報仇好了。」

杜清和的表情一下子嚴肅了起來，身上凜冽的殺氣漸漸密布，「告訴我，到底是什麼人？」

「我不知道。」段非煙很簡單地回答，「當年他將母親帶到一座城中，困在地牢裡，只為了吸取她身上的妖氣，那時候的我，除了猜測他可能權傾一方以外，再也沒有其他的線索。我在鬼城這麼多年，也是沒有消息。」

「吸收妖氣為己用？」杜清和的眼神一閃，「懂得這種方法的人，只有各城的城主。」

「我也是這麼想的。」段非煙輕輕嘆息，「我見過封南易，不是他。」

不是封南易、不是杜清和，剩下兩個人……

嵐顏的心又緊了。

其中一個，是原城的城主，管輕言的父親。

這錯綜複雜的關係，這層層交疊的網，她忽然覺得自己有些喘不過氣來。

蘇逸還生死未卜，真凶完全沒有線索。

「無論如何，涵兒為我留下了你，我杜清和瘋瘋癲癲二十多年，從未想過會有今日。」杜清和的臉上，終於有了激動的喜色。

他看著段非煙，臉上的肌肉跳動著，是掩飾不住的雀躍，「你，是叫非煙嗎？」

明明已經知道，卻還是想確認。

哪怕是對方一點點的小事，都能讓他填補二十多年的空白。

段非煙笑笑，「忘卻人間是非，恣意山水煙雲。」

杜清和的眼中浮起霧氣，「你知道？」

「她老是念叨著，說是你對她許下的承諾，我怎會不知道？」

「所以……她給你取名非煙。」杜清和嘆息：「終究是我對不起你，也對不起她。」

「想認我？」段非煙的眼神一閃，藏著些許壞壞的心思，那嘴角微挑，嵐顏就知道他在玩心思了。

杜清和卻不瞭解，他只是急於彌補。

段非煙說得沒錯，他已經大到不需要父愛了，但是對於杜清和來說，他最愛的女子與他的孩子，如此出色、如此出眾，讓他心中感到驕傲的同時，也想要給予更多。

段非煙不等他開口，伸出兩根手指，「答應我兩個條件。」

「什麼？」杜清和的眼中，閃過急切的神采。

「你與娘親之所以會分別，歸根究柢，是那個白虎靈丹作祟。」段非煙的臉上滿是濃濃的厭惡，「我要毀了它。」

這就是段非煙，不在乎厲害得失，只有自己的喜惡，不喜歡的再是珍貴他也不屑。

他才不在乎那天下間人人覬覦的靈氣，讓他難受的，他就毀掉。

而杜清和，完全就是個寵溺兒子的無腦父親，想也不想地點頭，「好！」

嵐顏又一次頭疼了，杜清和眼中只有段涵兒和段非煙，完全不是個有野心的城主，這樣的人別說要白虎靈丹，就是要他整個杜城，他也會毫不猶豫地拋下。

「第二個條件呢？」杜清和想也不想地問道。

在他心中，認回兒子比什麼都重要。

段非煙看了眼身邊的嵐顏，「我要你的城主夫人。」

臺階下，老管家剛剛爬起身，探出個腦袋，正巧聽到這句話，一聲哀嚎：「少城主啊，您怎麼能和城主搶夫人啊，這是大逆不道啊！」

段非煙嘴角忽然露出一抹笑意，看著臺階上那個探出的腦袋，忽然豎起第三根手指，「附加一個條件，我要你把這個老頭送給我。」

「好！」現在的杜清和，有什麼不答應的嗎？數百年基業都拱手送給段非煙了，一個老頭算什麼？

「城主！」臺階下的腦袋發出哀嚎，不甘心地看著杜清和，「您不能這樣啊！」

段非煙慢慢走到臺階邊，笑得無辜，「從現在開始，你是我的人了。」

老管家的背心爬起一股詭異的寒意，看著眼前笑得燦爛的容顏，身上一片冰涼。

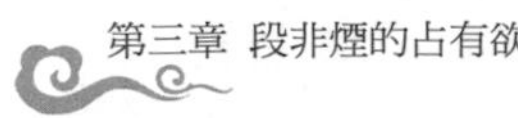

第三章

段非煙的占有欲

「他是你的人我不管，你憑什麼連我都算是你的人了？」嵐顏又好氣又好笑，忍不住開口反駁段非煙。

他向杜清和要誰不關她的事，城主夫人本就是誤會之語，他倒是順水推舟，說得認真。

「難道妳想做城主夫人？」段非煙俯下臉，曖昧地貼近她，「那我只好向他要杜城城主之位了。」

嵐顏氣結，這個人簡直無法理喻。

繼續道：「妳如果要做城主夫人，可以做鬼城的，也可以做杜城的，我大不了委屈一下自己，連杜城也收入囊中好了。但是那個什麼封城、原城，就算了吧。」

嵐顏推著他的胸膛，奈何這個人看上去身姿清秀修長，卻是蘊藏著男兒獨有的力量，推也推不動。

他就這麼曖昧地雙臂環著她，帶著淺淺的笑意，看著她。

他的笑容一向是淺淺的、帶著幾分曖昧幾分挑逗幾分邪肆，她往往不當回事，一個白眼了結。但是現在的她，明顯能看到他眼中笑容裡，是滿滿的溫柔。

最難消受美人恩，段非煙的那雙眼睛，簡直溫柔得能讓人沉溺而死，明知不敢看，也不願意挪開眼睛。

不正經的人一旦正經起來，會讓人心疼。

就像他，若以最初相遇時的印象，她只怕嫌棄至死，但瞭解越深入，這個男人的另一面開始讓人不捨，讓人想起來就會唏噓。

大約，她太心軟了吧？

也不盡然，只能說他們之間牽絆太深，有過纏綿悱惻、有過生死與共，說過放下，但是放下何其艱難？

對一個人動心，其實很簡單。

對一個人難以割捨，也很簡單。

甚至最初不曾察覺，當想要放下的時候，才發現放下其實太難。

她以為她不會動心，所以才沒有戒備，當她想要戒備的時候，那個人就這麼侵入了、占據了，放不下了。

他的話嵐顏還沒回答，倒是杜清和笑得很開心，「我這麼多年，都沒有真正打理過杜城，論能力只怕還不及你，你若願意，我這就宣布將杜城城主之位交予你。」

杜清和看著他與嵐顏之間的曖昧，笑得一臉滿足，「這就是緣分，你們之間註定的緣分。」

段非煙摟著嵐顏，不顧她在懷裡的推擠，死死攬著，笑著抬頭，「也對，若沒有緣分，你們又怎麼能結識？若非她知道我的過往，又怎麼讓我們相認？如果不是我追隨她而來，又怎麼可能這麼快與你見面？」

他低頭問著懷裡的嵐顏，「妳說是嗎？」

緣分？孽緣還差不多。

但是他的話，卻讓她連反駁的能力都沒有，因為他一句話都沒說錯。

沒有那些前塵過往，她就算結識了杜清和，也不可能讓他與段非煙相認，這一切似乎還真是因她而勾起的。

「你比我有能力得多。」這是杜清和第二次說段非煙能力在自己之上了，不過第一次說的是治理城的能力，第二次說的似乎是……

「那當然。」段非煙毫不遲疑地應承下，「娘親也不過是冰蓮花妖，她可是妖王。」

草，這也算？

嵐顏現在在考慮，如果他再不撒手，她直接用武功震開他了。

她可沒說過與他有什麼，他居然就這麼大咧咧地在杜清和面前承認他們之間關係匪淺，這人也太不要臉了吧？

「妳再動，我就在這裡親妳。」段非煙在她耳邊低低說著，威脅性十足，「反正我也是不要臉的人。」

他連她的想法都能看穿，她還能說什麼？以她對他的瞭解，他真的會親。

他對自己的追求已經寫在明面上了，他那無法無天的性格，做任何事她都不覺得稀奇。

杜清和一臉滿意，眼角眉梢都寫著：不愧是我的兒子，什麼都比我強。

從這點上，他們父子之間還真是心意相通。

她相信，杜清和對她是十分滿意的，恨不得立即宣布段非煙和自己的婚事。

她拿眼神警告著段非煙，讓他別太過分。

但是這樣的目光落在他人眼裡，似乎變成了含情脈脈。

杜清和輕輕拍了拍段非煙的肩頭，「我去準備一下，至於你說的白虎內丹的事，反正禁地嵐顏姑娘也去過，讓她帶你去好了。」

丟下話，杜清和轉身出了大廳，顯然他要將段非煙是自己兒子的事昭告天下，除了父親對兒子的最大補償，也是發自內心的愛。

可是，就這麼把他們兩個人丟在大廳裡，似乎……

「少城主。」一個唯唯諾諾的聲音在旁邊響起，「您有什麼吩咐？」

她倒忘記了，還有一個老管家。

段非煙眼睛一橫，「門口守著。」

「您還要什麼？」老管家哭喪著臉。

段非煙看著他，「你似乎不想跟著我？」

老頭的表情更苦了，搖頭道：「沒有，您是少城主，是未來的城主，伺候城主是老奴的責任，也是榮幸。」

「很好。」段非煙懶懶地抬起手指，指了指門口，「去守著，聽到什麼聲音都不准進來。」

老頭苦哈哈地點著頭，蹣跚著出了門，默默地站在門口。

他目光遠眺，已經看不到杜清和遠去的背影，老臉一皺，渾濁的雙眼裡滿是委屈，「城主啊，老奴好歹伺候了您三十年，沒有功勞也有苦勞，說送就送人了，老奴好可憐啊。」

他自怨自艾著，索性一屁股坐在臺階上，「伺候城主是老奴的職責，如今杜城有少城主了，老奴應該感覺高興的，而且少城主如此器重老奴，更應該好好伺候才是。」

想到這裡，他似乎心情又好了起來，咧開笑容，忠誠地守在門前。

老管家嘀嘀咕咕地說著自己想說的話，明明是自言自語，卻逃不過房間裡那兩個耳聰目明的傢伙。

嵐顏憋著笑，「人家似乎對你的搶人行為很不滿。」

段非煙哼了聲，「將來他會更不滿。」

嵐顏推著他的胸膛，笑道：「你這又何必，他不過是忠於城主，一切從城主利益出發而已，不算錯。」

段非煙伸手抓住她的手腕，「得罪我，就是錯。」

握著她的手送到唇邊，「最錯的是，他不該叫妳城主夫人。」

「睚眥必報的小人。」嵐顏不屑地開口。

「哪兒小啊？」段非煙不僅臉皮厚，嘴巴更是大膽，配合著他此刻瀲灩水光的眼神，分明就是調情。

他是天生的調情高手，一個眼神、一個動作，都寫滿了性感，配合著那低沉沙啞的嗓音，勾得她心中的弦一跳一跳的。

他的話滿帶含義，如果他們之間未曾有過其他，她也只當一句玩笑話就過去了。可偏偏他們之間有過什麼，太容易讓她想起曾經的相處。

曾經的每一次翻雲覆雨。

他還真的……不小！而且技巧非常好。

該死的，她在想什麼！現在是想這個的時候嗎？

她猛地搖了下頭，揮去腦海中那些旖旎的畫面。看到她這個動作，段非煙低沉的笑聲又一次傳來。

這笑聲，分明是看穿了她在想什麼。

「我以為，妳忘記我了呢。」薄薄的唇貼近，就在她的面頰前，呼出的氣息灑過她的臉頰，吹動她的髮絲，幾分撩人又幾分親昵。

那麼近，近到她似乎只要動一下就能與他親吻，讓她有種無形的被壓制感，可這距離他拿捏得十分好，就是差了這幾分毫，沒有親上。

除非，她主動。

他的氣息，很熟悉。熟悉得輕易能將她帶回到彼此相處的那些日子，就像這個懷抱，也曾經無數次地這樣擁抱著她。

他們的開始，是最為激烈的纏綿。

他們的回憶，也太容易就回到那一刻。

一個不討厭的人。

一個不討厭還有過纏綿的男人。

一個不討厭有過纏綿還為她付出過性命的男人。

一個不討厭有過纏綿為她付出過性命依然愛戀著她的男人。

嵐顏真的無法讓自己強硬，因為對男人的思念有多深，只有在分別之後才知道；對他的愛戀有多深，只有在重逢的那一刻，才能直視。

自欺欺人，在這一刻都騙不了自己。

也許與段非煙對她的愛相比起來，她愛他沒有他愛她多，但是見到他的那一刻，她的心跳還是加快了。

終究對他，還是動心了。

明知是錯、明知不該、明知道太多的明知，她還是無法控制。

她的頭更疼了，對鳳逍的承諾未曾做到，徒惹了無數情債。管輕言、封千寒、曲悠然，現在還多了一個段非煙。

她該怎麼辦，誰來救救她？

「妳這個多情的女人。」一道聲音穿過腦海，是滿滿的不屑。

蒼麟，她倒忘記了他的存在。

現在他大部分時間都是醒著的，剛才的一幕想必也看得真切吧？

她猛地一推段非煙，她可不想自己與段非煙的事情被蒼麟看得清清楚楚，私密的事被別的男人大咧咧觀賞，她還沒那個膽子。

「你，不是要去看白虎靈丹嗎？我帶你去！」她再也不敢與段非煙靠近，飛也似地拉開門，朝著聖泉而去。

她的身後，段非煙露出一抹意味深長的笑容，眼角飛揚，追隨她的腳步離去。

第四章

白虎覺醒

聖泉中，段非煙遠遠站著，沒有靠近，似乎有什麼東西讓他畏懼一般。表情嚴肅，眉頭深鎖，這種沉重的感覺，讓嵐顏心頭有些發愣。

她當然不會讓段非煙毀掉白虎靈丹，只是她心中有一個疑團想要得到答案，這個答案就在段非煙身上。

「你不是想要毀掉它嗎？」

她在一旁壞心地挑唆著，眼睛卻一眨不眨地觀察著段非煙的表情。

雖然她的猜想有些荒誕，但是可以一試。

她與杜清和在聖泉中第一次接觸到白虎靈丹的時候，她的妖氣告訴她，這靈丹霸道而邪氣，帶著強大的侵蝕力，彷佛跟它的主人白虎一般，散發著警告的話語：誰敢覬覦本神，就要付出巨大的代價。

這種感覺也與杜清和說的一樣，白虎雖然是神獸，但最為桀驁，一向不與他人親近。

她能清晰地分辨出自己身上白羽的氣息、蒼麟的氣息，這些都不足以讓白虎靈丹對她產生親近感，唯一的可能性，就是她身上留存了白虎本身的氣息。

可要在她身上刻印下氣息，必須是她極為親近的人，親近到有過肌膚相親的關係，而這樣的人只有兩個：鳳逍和段非煙。

她的心裡，隱約有一個聲音在告訴她，這白虎靈丹與段非煙，有著莫大的關係。

或許是段非煙的性格，總讓她想到白虎靈丹吧？

段非煙皺著眉頭，慢慢靠近、靠近，卻又在幾步之外停了下來，他盯著那乳白色的靈丹看著，「就是這個東西？」

嵐顏心頭的期待一瞬間落了空，段非煙的反應完全在她意料之外，臉上是滿滿的厭煩。

「就是這個東西害了我娘？」他冷笑著，掌心抬了起來。

嵐顏一怔，伸手抱住他的胳膊，「等等。」

她害怕，害怕這個脾氣怪異的傢伙真的伸手要毀掉靈丹，想也不想地就攔住他。

「妳不讓我毀掉它？」嵐顏的舉動讓段非煙垂下目光，看著她緊張的動作，「妳有什麼事瞞著我？」

「沒有。」嵐顏馬上鬆手，擠出一縷假笑，「我只是覺得神獸靈丹存之不易，又是杜城的根基，沒、沒必要毀掉吧？」

段非煙的目光一寒，「妳到底有什麼事瞞著我？」

她擺擺手，「沒有。」

段非煙冷笑一聲，「妳有事沒告訴我。」

沒錯，她是有事沒說，關於神獸、關於千年前的那些祕密，關於白羽和蒼麟，她不說只因為她覺得沒必要。

段非煙終究只是凡塵俗世中的人，如果他不是，就不必牽扯在神獸的往事中。

段非煙步步緊逼，眼神中帶著攝人的光芒，每進一步就讓嵐顏情不自禁地後退一步。

「我不想妳有事瞞著我。」

他一向是王者，掌控一切。他不喜歡她有事自己卻不知道的感覺。

應該說，任何人在面對自己喜歡之人的時候，都希望知道對方的所有，因為只有這樣，才能讓自己感覺到，自己是他心中獨一無二的人，能夠分享他所有祕密的人。

滿足的，不過是心底那一點點自我感覺而已。因為自己，比任何人都與他親近。

所以，當他發現她有事情瞞著自己的時候，那個感覺不好，非常不好。

不好到，他心裡竄起了怒意。

「沒有。」嵐顏堅持著，她答應過白羽不讓任何人知道這些事，她也不想讓段非煙知道蒼麟的存在，畢竟這是她的承諾。

段非煙的眼睛瞇出漂亮的弧度，卻讓嵐顏心頭一凜。

後退、逼近，再後退、再逼近，兩個人就這麼無聲地僵持著。不遠處的白虎靈丹光芒流轉，氣息活躍地跳動著，但是這個小小的變化，嵐顏已經無暇去顧及。

「好，妳不說，我就毀了它。」此刻的段非煙看上去格外妖邪，全身上下都散發著詭異的氣息，隱隱流轉在周身，髮絲飄飄飛揚。

妖中帶著一股仙氣，讓人眩惑到挪不開眼睛。

但是那凶殘的氣息也比往日更濃烈了許多，讓人無法抵擋、無法反抗，只能順從的氣息。

尊貴如神祇，驕傲地睥睨一切。

她居然覺得此刻的段非煙，無比迷人。

這一定是她的錯覺，一定是的！

段非煙的手伸出，嵐顏驚訝地看到一股氣息從他掌心中彈出，瞬間包裹上了那乳白色的白虎靈丹。

這、這怎麼可能？

最是桀驁不馴的白虎靈丹，任何人靠近都會被吞噬的白虎靈丹，居然就這麼簡單地被他捏在了手心裡？

就像一個孩子面對強大的大人似的。

嵐顏簡直無法相信自己的眼睛，之前在她面前還那麼難以控制的白虎靈丹，如今乖巧得讓人咋舌。

這些詭異的情形都讓她無法去思考，因為她所有的注意力都在另外一件事上——她不能讓段非煙毀掉白虎靈丹。

「別這樣。」她搖頭，一臉為難地看著他。

他一言不發，手指慢慢收攏，那靈丹之氣也隨著他的動作開始改變，氣息在渙散，朝著四周迸裂。

不行，她不能讓他毀掉白虎靈丹。

嵐顏的手探出，直點段非煙的手腕脈門，想要逼迫段非煙收手。

現在的她有些後悔，不該將段非煙帶到這裡來，只為了驗證她心頭莫名的猜測，卻導致這樣的後果。

她不能對不起蒼麟，如果白虎靈丹消亡，蒼麟想要重振神獸的想法，將再也實現不了。

她也不知道為何段非煙會如此暴戾，所有的一切都出乎了她的意料之外。

她快，段非煙也快。手腕一抖，躲開了她的攻擊，轉身間一掌揮向她。

這是他第一次對她出手，卻如此不留情面，強大而狂暴的力量，讓她都不敢直接面對，旋身躲開。

再想要攻擊，手已抬在了空中，卻不敢出手了，因為段非煙的手掌在她面前，緊了緊。

白虎靈丹原本圓潤的流轉光芒，更加緊縮、凌亂了起來。

一次偷襲不中，就沒有了第二次機會，段非煙這個姿態，擺明就是在威脅她，她只能訥訥地放下手。

「現在還不說嗎？」段非煙威脅十足地開口。

她無奈了，「我告訴你了，你放手行不行？」

段非煙沉吟著，表情卻有些不正經，「那要看妳說什麼了。」

她的目光看著段非煙，眼神卻看著段非煙的身後，此刻在段非煙的身後，悄然無聲地出現了一道男子的身影。

金色的、高貴的身影。

蒼麟出現了，她的心中燃起了希望。

她不動聲色地面對段非煙，「好，我說就是了。」

段非煙還是那邪氣的表情，靜靜地等待她的下文。

「其實，這與千年前的神獸有關……」她慢吞吞地說著，看著蒼麟靠近段非煙。

「神獸？」他神色一動，似乎很有興趣。

「嗯。」嵐顏的聲音壓得低低的，「神獸隕落，靈丹流失人間，但是現在……」

她的聲音更低了，低到幾乎聽不清楚，段非煙的身體前傾靠近她，似乎想要聽清楚她在說什麼。他的注意力，全都在嵐顏身上。

就這一瞬間，蒼麟出手了，淒厲的指風直撲段非煙的手腕，嵐顏心頭一喜，蒼麟的偷襲必然得手。

誰知道異變忽起，段非煙就像腦後長了眼睛一樣，突然飄身退開，整個動作突兀而迅速，嵐顏與蒼麟誰也沒有料到。

蒼麟的偷襲落了空，不僅如此，段非煙的手一收，那原本在空中浮著的白虎靈丹，突然凌空飛起，飛向段非煙的手中。

段非煙的手虛攏著，那靈丹就在他的掌心中跳躍，他看著蒼麟，手腕輕輕拋著，白虎靈丹就在他的手心中上下滾動，很是可愛。

完了。

嵐顏的心中閃過兩個字，以段非煙的性格，只怕這白虎靈丹真的要保不住了。

誰知道段非煙只是看著蒼麟，嘴角慢慢地、慢慢地揚起了一抹微笑，「蒼麟，多年未見，你還是這麼讓人討厭。」

這、這是怎麼回事？

嵐顏的目光從段非煙身上挪到蒼麟身上，打量著、猜測著、揣度著……

蒼麟威嚴的眼神停留在段非煙身上，兩人之間有種詭異的氣場在流轉，終於蒼麟開口了，冷冷的，帶著高位者獨有的傲氣：「多年不見，白虎。」

白虎？

段非煙真的是白虎？

那麼她沒有猜錯，只是……他明明記起了前塵，為什麼卻不承認？為什麼還要故意毀掉白虎靈丹？

她相信自己的感知，那一刻段非煙是真的想要毀掉靈丹。

「我不想做什麼白虎，我只想做個普通人。」段非煙撇了下嘴角，滿是不屑地說道：「這個東西對我來說是累贅，留著終究是個禍患，我可不想再做那個偉大的白虎神獸，守護著這群骯髒的人類。」

最後一句的語調，簡直與蒼麟每次掛在嘴邊的話如出一轍。

「這是神獸的職責。」蒼麟沉聲，語氣冷硬。

「可我現在不是神獸。」段非煙哼了聲，「我在鬼城這麼多年，見到的世間百態淨是醜惡，人類自相殘殺，為了內心的欲望鬥爭著，我看他們沉溺其中樂此不疲，哪裡還需要守護？他們不需要神獸，那這靈丹也就沒有存在的價值了，毀掉不是更好？」

他看著手中的靈丹，搖搖頭，「或許我真的不該來這地方，不來這裡就不會因為它的氣息而想起前世，就不會堅定了我要毀掉它的心。蒼麟，你還沒死心嗎？」

段非煙的目光上下打量著蒼麟，質問道：「你還沒有幻化成型吧？還在努力嗎？這些年，還未醒呢。」

像是感慨，又像是無奈。

但是嵐顏聽出了他內心深處的……痛。

他比任何人都有資格放棄，因為段非煙是鬼城的城主，他見到的是人類最陰暗、最噁心也最貪婪的一面，要他重燃信心，談何容易？

白虎若對人類還有信心，當初就不會自毀身軀拋棄靈丹離開了。如今又是這般境遇，怎麼會願意回來？

「你當年就是因為這樣而離開嗎？」蒼麟開口問道。

段非煙皺了下眉頭，「對不起，當年的事還沒有記起來，只是認識你、想起了自己的身分而已，至於怎麼放棄內丹的……」

他想了想，無所謂地回答：「大概再也不想回來，自我封印了吧。」

「和青龍一樣嗎？」蒼麟深思著。

「青龍？」段非煙眼神一震，「他回來了嗎？」

蒼麟的目光投向嵐顏，嵐顏心頭一驚，暗叫不妙。

如果讓段非煙知道青龍就是封千寒的話，恐怕又有一場醋好吃。

不過……他吃醋關她什麼事？

段非煙從蒼麟的眼神中看到了什麼，回頭正巧看到嵐顏心虛的表情，「青龍是誰？」

話問出口，他也只是略一思索，就發出了一聲冷笑，「封千寒！」

這不是疑問，而是肯定。

他這麼聰明的人，只需要聯想起最近封城的異變，就什麼都明白了。

「你呢？」段非煙盯著蒼麟的臉，「與她什麼關係？」

「白虎。」蒼麟的臉沉了下來，「本尊不需要回答你。」

段非煙嗤笑了聲，「我記得你從來不自恃身分的，現在倒是變了啊？」

蒼麟不自恃身分？

嵐顏幾乎以為自己耳朵聽錯了，這、這怎麼可能？

嵐顏想起了封千寒對待蒼麟，有著貴家公子應有的姿態，卻從來沒叫過一聲尊主，蒼麟真的也沒在乎過。

蒼麟只有在對著她時才會自恃身分。

難道是她比較招蒼麟欺負？還是她長了一張欠欺負的臉？

段非煙的眼神瞥過嵐顏，「你既然龍身未成，應該只能寄身在龍珠內，依照你剛才出現的情況，莫不是你的龍珠在她體內？」

一語命中，她連解釋的話都不用說，實在是太聰明了。

「這個說來話長了，當年白羽師傅……」嵐顏想要告訴他些什麼，才一開口就看到了段非煙神色又是一動。

「白鳳也出現了？妳還叫他師傅？」他靠近嵐顏，單手撐在她身側的牆壁上，低下了頭，「白鳳可是最清冷秀美，飄逸出塵，對不對？」

這姿勢下，嵐顏退無可退，只能又一次在他曖昧的姿勢裡，失神了。

無意識地，點了點頭。

「青龍、主神，再加上一個白鳳，看來我不回歸都不行了。」他把玩著手中的靈丹，低頭在她唇上淺淺一吻，「為了妳。」

第五章 鳳逍魂魄

杜清和急切地想要將段非煙昭告天下。

三日後，鬼城城主段非煙是杜清和兒子的事情就傳遍了天下，各種議論紛紛。

有人說，段非煙與杜清和達成協議想要爭霸天下，所以才有了這所謂父子的說法，不過是為了壯大實力的聯合。

也有人說，段非煙用暗影血宮獨特的蠱毒控制了杜清和，杜清和這麼多年未出現，就可以證明這一點。

還有人說，杜清和和段非煙之間，是情人關係。說什麼父子，是杜清和為了愛人將杜城拱手相送，討段非煙歡心呢。

「噗！」嵐顏毫無氣質地噴出口中的茶，捂著嘴巴不住地咳嗽，一邊咳一邊看著段非煙那氣結的表情，笑得不亦樂乎。

段非煙沒好氣地瞪她一眼，「是不是想挨揍？」

她咳得眼淚都流出來了，順著眼角劃過臉頰，她伸手擦了擦，還是笑得打滾。

「其實，這也不能怪別人，你的名聲就是如此。男女不忌，多少人爬上過你的床，所以……」她望著那個氣結的人，拈了塊玫瑰花糕丟進嘴巴裡，「換做是我，也會這麼想。」

名聲是他自己糟蹋的，現在裝什麼委屈。

現在她面前的段非煙，不，正確的說法應該是白虎，在融合了白虎靈丹之後，更加的邪氣逼人，一個眼神就能讓人不敢靠近。

對她來說，卻更加魅惑。

氣質這種東西，是獨一無二的。他與生俱來就是這種氣質。邪氣往往比正氣更加吸引女人，段非煙能讓那麼多女子為他趨之若鶩，不是浪得虛名的。

「多少女人上過我的床？」他哼了聲，「以後只會有一個，妳覺得我名聲不好，那我就大張旗鼓娶妳過門好了。」

她什麼時候說過要嫁了？

人可以無恥，但是無恥成他這樣，就過分了。

嵐顏白了他一眼，伸手再度拈起一塊玫瑰花糕，放在口中咬了起來，狠狠一口咬下去，彷彿那塊玫瑰花糕是他的肉。

「我只是想搶在封千寒的前面。」他的手越過桌面，從她手中把那剩下的半塊玫瑰花糕搶了過去，舌尖在咬過的小小月牙兒上舔過，「別說他沒打這個主意。」

嵐顏心頭一跳，這個男人怎麼連吃個糕點都能吃得這麼淫蕩？讓人恨不得成為他手中的那半塊糕點，被他這麼細細地舔過。

嵐顏低下頭，收攝自己瞬間飛走的神志。

果然和這個人在一起久了，連她也變得無恥了起來。

他慢慢咀嚼著那半塊糕點，手指忽然又伸了過來，在嵐顏還不明白發生了什麼事的時候，擦上她的唇角，抹去一塊殘留的餅屑。

那手指清涼細長，不過是一剎那的工夫，可她只覺得臉上始終殘留著他的溫度，久久不散。

他的手指撫著薄唇，輕輕舔了下。

嵐顏又是心頭一蕩，這男人還真是無時無刻不在引誘她。

「這些日子，妳想我嗎？」他的眼神蕩漾著波光，有幾分可憐、幾分委屈，更多的是誘惑，那聲音輕輕的，「哪怕是一點點。」

一點點……

好吧，嵐顏不能違背自己的心，她的確有想過他。

她沉默不語地低下了頭，看不到段非煙嘴角漸漸擴大的笑意。

「我是不是能認為，我在妳心中有那麼一點地位？」他又追問了一句。

又是一點？

好吧，她還是不能違背自己的心，段非煙的確有著獨特的地位。

又是沉默，腦袋更低了。

段非煙嘴角的笑意，則越發大了。

「既然妳想我，心中也有我，我是否能說，妳對我動情了？」他的手指撫上她的下巴，將她的眸光抬了起來，「哪怕還是一點點。」

她能說不嗎？

他的一句句問話，縱然是他想要知道的答案，卻也讓她誠實面對了自己的心。

她想過他、無法忘卻那些相處的日子，她也知道他在自己心中有著特別的地位，那些她從來不敢面對的內心深處，就在他的一句句問話中，被挖了出來。

他的目光蘊滿柔情、他的動作不容她逃離，只能面對他毫無保留的深情。

這深情，吸引著人，沉溺、淪陷、無可自拔。

這雙眸，就像是擁有勾魂攝魄的力量，將她的思想、她的心，全部都勾了過去，忘記了思考、忘記了一切。

只記得，眼眸中的濃情。

有一種男人，天生是情場的浪子，沒有人能夠束縛、沒有人能夠留住他的腳步，但若真正的瞭解他，才會發現他獨守著他的專情，留給某個人。

一旦留下了他的心，生死不改那份情。

嵐顏很清楚，段非煙是那樣的男人，而自己就是他認定了的女人。她從未懷疑過他的心，只是不敢接受。

「既然動了情，為何不願意嫁給我？」他的聲音極為輕柔，與他的眼眸一樣，引誘人跟隨著他的話語，失了主張。

她該點頭嗎？應該點頭的吧？

嵐顏的眼神有些迷茫，紅唇微微張開，他的聲音引領著她，「答應我。」

「我……」她在他的笑容中迷失，「答應……」

他的眼中，有了得意的深情，臉上的笑容也格外俊美，嘴角輕輕地拉伸。

才拉開一半，她的手猛推上他的胸口，「段非煙，你是在我身上試驗你的白虎靈氣嗎？」

段非煙低下頭，嘴角是掩飾不住的笑意，胸膛輕輕起伏，「終究還是沒能魅惑到妳。」

廢話，她是誰？

她是妖王，是九尾妖狐，論媚術天下間還有誰能比她更強大？她要是輸在段非煙手上，她這狐狸臉還往哪兒放？

「無論我用什麼方法，但是我的心是真的。」他又一次把她拉入懷中，親吻上她的臉龐，「妳知道的。」

她知道，正因為知道，她才無法抵抗他。

若是玩弄，這樣的男人她可以隨意拋到腦後，可他偏偏不是。

但是她不能，因為她還守著一個承諾，對別的男人的承諾，沒有他的允諾，她不能答應。

就算是辜負了深情，就算是這個男人讓她難以割捨，她還是不能點頭。

——鳳逍，你在哪裡？若還是找不到你，只怕我要堅持不下去了。

嵐顏苦笑著。

忽然，她神色一動，表情凝重了起來。

「看來，我還是高估了自己。」段非煙將她的表情收入眼底，自嘲著開口。

嵐顏彷彿沒有聽到他的話，眉頭越鎖越深。

夜晚的後院，安靜得只有風吹過耳畔的輕柔聲，月光看上去輕柔寧靜，彷彿蒙上了一層薄薄的輕紗。

似霧非霧，似煙非煙。

嵐顏的手揮過，那平靜的夜色就像水面起了層層的波紋，波紋晃動著，越來越大，將眼前美麗的景色也扭曲了起來。

妖氣，這是妖族的氣息。是妖族在呼喚她嗎？

段非煙也似乎察覺到了什麼不對，「妖氣？」

在這月華滿溢的時候，妖族的氣息也格外熾盛，她終於感應到了久違的妖族氣息，對於她這個離開妖族百年的妖王來說，猶如回歸到水中的魚兒，興奮不已。

更重要的是，這妖氣中，還隱約藏著什麼讓她熟悉的氣息，很淡、卻不容忽視。

嵐顏閉上眼睛，雙臂伸展在空中，妖丹從她口中飄出，在空中飛舞。

那些零散的妖氣，圍繞在妖丹周圍，慢慢地融入。

妖族，她有多久沒回去了？那些長老們只怕已經是望眼欲穿了吧？若不是因為蒼麟，她也早該回去了。

如今段非煙已經融合了白虎靈丹，蒼麟在白虎覺醒的助益之下，靈珠又增長了，從早上開始，他就脫離了她的身邊，不知躲到哪個角落修行去了。

要不了多久的時間，她就可以回去了吧？

鳳逍還在等她尋他的魂魄呢，那個讓她日思夜想始終牽掛的人……

忽然，嵐顏的妖丹爆發出一陣光芒，原本的乳白色上，流轉了一絲殷紅的光暈。

嵐顏的臉色變了。

她的妖丹感知到的不止是妖氣，妖氣不會讓她變色。

那是她的內丹氣息，最初那枚被她放棄的內丹的氣息，追隨著鳳逍魂魄而去的內丹的氣息。

她，感應到了鳳逍。

嵐顏想也不想，身上的妖霞衣忽然爆發出華光，將她整個人籠罩在其中，她催動了妖霞衣的能力，她要回到妖族，她要去找鳳逍。

「嵐顏，妳要幹什麼？」

段非煙似乎猜到了她的舉動，急切地叫著她，伸手抓住了她的手腕。

「我要回妖族。」嵐顏堅定地回答著：「我感應到了鳳逍，我要去找他！」

她的手從他的掌中抽出，朝他搖了搖頭，妖霞衣的光芒盛放，將她的身體全部包裹住。

月光下，她就像一朵盛放的紅蓮花，綻放著絕世的蓮華，盛放了所有的氣息，衣衫在無風自舞。光華盛開到極致，她的身影驟然消失，那美豔的紅色與蓮華，也同時消失不見。

夜色，又恢復了平靜，只有段非煙沉默著、思量著，望著早已經虛空的月光，若有所思。

「既然追妳已成了習慣，那就只好繼續追下去了。」他歎息著，帶著笑。

第六章

重回妖族

一片廣闊的黑暗，只有月光靜靜灑落，月色昏黃下，什麼聲音都沒有，安靜得猶如死寂。

一眼望不到邊的黑暗，沒有人跡也沒有聲音，似乎永恆不變。

夜空中，忽然閃出一個小小的光點，逐漸變成光暈，然後越來越大、越來越大，最終顯現出人形。

紅蓮綻放妖異，在月光下飛舞，月華落在她的身上，所有的光華都被她吸收了。

她輕輕地落了地，那熾盛的光芒也漸漸消散，變成了一個個小小的光點，縈繞在她的周身。

嵐顏站在那裡，輕輕吸了口氣，草木的味道迴蕩在呼吸間，是她暌違已久的氣息，她的眼中不禁浮現起薄薄的淚意。

這是她的家，她上一世生長的地方，那些味道都是她記憶深處所熟悉的，太久不曾回來，卻還是烙印在心底。

妖族，她又回到了妖族！

雖然她的舉動有些衝動，但是她真的無法在感應到鳳逍存在的時候，還依然留在杜城。

鳳逍，是她最深的牽掛。

鳳逍，是她最大的羈絆。

她要找到鳳逍的魂魄，為鳳逍再塑身體，然後再去找蘇逸。

她對蒼麟的責任，也做到了這麼多，沒有人能讓她在感應到了鳳逍的存在後還無動於衷。

她愧對了太多人，也愧對了妖族，但最愧對的就是鳳逍。

妖丹，在空中飛舞，依然是白中透著紅色的光芒。

她的腳步緩緩，隨著妖丹飛舞的方向而去。

每一步，都經過了深思熟慮。

每一步，都怕行差踏錯。

她要找到鳳逍，這一次決不允許犯任何錯誤！

妖丹在前面領路，她在後面跟隨著，妖族的妖氣讓她的感知更加敏銳，對那若有若無氣息的捕捉，也越來越強烈，嵐顏漸漸露出了笑意。

這感覺，就像是在釣魚，當感覺魚兒上鉤的時候，都有些不確定的慌亂，確定有魚兒上鉤的時候，還是帶著幾分不能抓住的急切，當魚兒徹底落在地上，即便還沒抓在手中，內心深處也告訴自己，抓到了。

現在的她，就是這樣的感覺。

鳳逍魂魄帶來的感覺，就像是落在地上的魚兒，近在咫尺。她知道，自己就要握在手中了。

在妖族，散落的魂魄都是隨處飄蕩，沒有意識地在妖族吸收著妖氣，直到有一天能夠再度成型，成為新的妖，忘卻了前塵過往，完成了自我的輪迴。

所以，她若不去找鳳逍，鳳逍永遠也回不來。

在她的想法中，夜晚是最為安靜的，月華正濃，也是妖氣最盛的時候，她只要順著這縷氣息，就能找到鳳逍的魂魄。

嵐顏不禁想著，此刻鳳逍的魂魄，是在草叢間，還是在樹木上？或者和狐尾花一樣飄蕩著？那小小的一點魂魄，那麼精緻、那麼脆弱，不過在妖族不會受到任何傷害。

她很放心，妖族的妖們，對精魄的四散已經習慣，他們不會去傷害、不會去奪取，也不會利用別人的精氣來讓自己修煉。

所以，魂魄在妖族，是極度安全的。

而她，就要找到他了。

嵐顏甚至開始幻想，當鳳逍醒來的時候，看到自己時會是什麼樣的表情？

自從那日之後，她有很多經歷、很多故事，都想要急切地告訴鳳逍。

她會告訴他她已經覺醒了，她知道他就是封淩寰，也知道自己是秋珞伽了，她沒有忘記前世的承諾，也知道他為自己付出的一切。

她還有很多疑惑想要問他，那些縈繞在心頭的不解之謎。

她要問他，為什麼人界靈魂的他會在妖界？還有他是怎麼擁有妖族的九尾身軀？更要問他，他與封千寒的約定，是不是真的？

久別重逢，她是要與他喜悅相擁，還是要罵他？算了，先喜悅相擁，再罵他好了。

罵他不該用那麼決絕的方式讓她覺醒，罵他知不道讓她傷了多久的心，罵他為什麼都隱瞞著她，什麼也不說。

如果可以，她還要狠狠地咬他一口，要咬到他見血，讓他知道她這些日子以來的痛。

算了，還是不要見血了，咬一口就好了。

當然，要他道歉，保證以後再也不會做這樣的事情。

她的鳳逍，她的愛人，她回來了。

興奮已經讓她的腳步變得輕盈起來，腦海中滿滿都是那個人的身影、那個人的笑容。

月光在頭頂，她看著那輪月色，彷彿看到了鳳逍媚眼挑逗的表情，他那雙狐狸似的眼眸，還真的比她更像妖狐呢。

眼前那輪月光，彷彿幻化成了他的容顏，她伸出手，想要撫摸他的臉。

卻只摸到了一片虛空，那容顏遙遠地掛在月稍，摸不到。

失落，閃過心頭。

不過只有一瞬間，她就重振了精神。因為很快，她能觸碰到的，就不再是虛無，而是真正的他了。

她想他，真的想了。

原先不想，因為不敢想。

可是現在人離自己並不遙遠了，居然急切到覺得一刻都等不下去了。

她加快腳步，追隨著妖丹的氣息，一路急奔。

近了，就在這附近。

她的目光四下打量著，眼前的世界除了高高的蒿草，就是幾棵高大的樹木，難道鳳逍的魂魄就在這草木之間？

蒿草很高卻是荒蕪，這種地方的靈氣是很少的，魂魄不應該依存在這附近啊。

難道，是那些樹木？

她的腳步靠近著、靠近著。

忽然，她的身體猛地躍起，後掠，快速而急切。同時，一道光刃貼著她的臉頰飛過，帶起一縷斷髮。

嵐顏落地，手指撫摸過臉頰，指尖流下一抹嫣紅的血跡。

幸好她剛才感覺到了一絲殺氣，作出了最快的應變，否則以她那時候的分神，再靠前一步，只怕就沒這麼簡單了。

不死，也是重傷了。

「什麼人？」她冷冷地開口：「膽敢在妖界隨意動武？不怕長老們察覺到嗎？」

妖界，以和平為主，所有的人都進行自我修煉，妖界的妖物們不准私下隨意動武，一旦有打鬥的氣息洩露，妖族的長老們會立即趕到，對隨意武鬥者作出懲罰，嚴厲的甚至會剝奪妖丹，重新修煉。

這規矩，和鬼城段非煙的嚴厲手段有著異曲同工之妙，妖族一直是和平而安寧的。但是她這個妖王，在百年未歸之後的第一次回來，就在她自己的領地上被人偷襲了。

莫不是她這個妖王已經過氣了？還是妖族的規矩改了？

她當然不會單純地這麼想，她的眼睛盯著某棵樹後面，冷然地開口：「怎麼，敢偷襲卻不敢露面嗎？」

雲朵，慢慢散開，再度將月光露出。樹後，斜斜地拉出一道人影，長長地落在她的腳邊。

那人影一動，從樹後慢慢走了出來。

全身被黑色的衣袍包裹，從頭到腳都被黑色掩蓋，唯有手中一柄寒刃，散發著濃烈的殺氣。

「既然這麼想殺我，為什麼不敢讓我看到你是誰？」嵐顏冷笑了聲，「按理說如此濃的殺氣，你我之間必然是深仇大恨，那我們也應該認識嘍？」

正是這殺氣太濃烈，才讓她感應到，似乎她還要感謝對方對自己的下手心切呢。

「可惜妳猜錯了，我只是受人所託。」那人咭咭一聲怪笑，抬起了手腕。

這聲音好難聽，比鍋鏟劃過鍋底還要難聽，但是嵐顏敢肯定，這個聲音她從未聽過。

剛才偷襲的手法足以證明對方武功高強，這樣的武功她若遇到過，不可能不記得，何況還是聲音這麼難聽的男人。

「受人所託？」她冷笑了下，「我似乎結仇的人，不多。」

對方一愣，似乎沒想到她會給出這麼一個答案。

嵐顏冷笑著，「我流浪江湖時只是個乞丐，我在封城時是九宮主，無論是哪種地位，都不容易和人結仇，你要不要讓我猜猜你是受何人所託？」

那人顯然被她的話逼住了，生怕她再說下去，一隻手忽然伸出，嵐顏心頭抽緊。

小小的白色光點在他掌心中跳動，外圍繞著一圈淡紅色的光暈，嵐顏的妖丹在空中旋轉著，她心頭的感應告訴她，這是鳳逍的魂魄。

那人的手，慢慢捏緊，彷彿捏著嵐顏的心，也在抽緊。

那是鳳逍的魂魄。

鳳逍的魂魄啊！

第七章

挾持

「你怎麼會有鳳逍的魂魄？」嵐顏的眼中爆發出狂烈的殺氣，死死地盯著眼前的人。

那人又發出一聲咭咭的怪笑，五指捏了捏。

魂魄的氣息頓時被壓制得暗淡了幾分，妖丹相依的嵐顏，也剎那察覺到了難受。猶如窒息一般的難受。

「如果我說他的魂魄一直都在我手上，妳作何感想？」那人冷笑著，「從他死的那刻開始，他的魂魄就在我的手中。」

「怎麼會？」嵐顏的心頭凜然。

當初那場事故，難道不是因劍鑾而起嗎？就算有幕後指使者，也是封南易。莫非，她將事情想得太簡單了？

聯繫所有的前因後果，她覺得自己似乎被捲進了無形的圈套中，所有的事情，絕非她想像中的簡單。

「蘇逸呢？」她忽然開口：「是不是也在你手中？」

「聰明。」對方上下拋著鳳逍的魂魄，就像是把玩著玩物一樣，「不愧是妖王，這麼快就聯繫到一起了。」

果然與蘇逸有關，那麼這件事，根本就是衝著四聖獸而來的？

那人黑袍後的眼神停在她的臉上，「準確地說，是蒼麟。」

他居然知道蒼麟？

「封城之中，蒼麟居然現身救妳。」那人的目光死死地盯著嵐顏，「妳與他是什麼關係？」

嵐顏的心中瞬間閃過無數個念頭，判斷著該如何應對。

「他叫蒼麟嗎？」嵐顏故作無辜，「我不認識，我只知道當初我與封南易決鬥，封南易將我逼入死地，忽然出現了異狀，我就被那黃龍所救。」

「他救妳？」那人身體一動，踏前一步，「為什麼？妳有什麼值得他救的地方？」

果然，這人並不知道蒼麟的靈珠在自己身體裡的事情。

「你應該知道青龍覺醒了吧？」嵐顏的眼睛緊緊盯著鳳逍的魂魄，讓自己露出一副急切而擔憂的模樣。

對方發出一聲冷哼，「若不知道，也不會來找妳。」

「蒼麟現身救我，不過是要我幫忙喚醒青龍而已。」嵐顏的表情真誠無比，被脅迫之下又露出幾分楚楚可憐，「因為我與封千寒的關係，可以幫他喚醒封千寒體內對青龍靈丹的呼應，除掉封南易，封城就是青龍的天下了。」

「呵呵。」黑袍人怪笑了一聲，「他還妄想著恢復四方聖獸統治天下的時代嗎？」

這個人，知道很多當年的事啊。

嵐顏攤開手掌，「就這麼多了，我是妖界的人，妖界與封城的宿怨你應該知道，對我而言，既然有人幫我，那自然是合作了，其他的關係就沒了。」

「是嗎？」

嵐顏用力地點頭，「當然。」

「哼。」對方一聲怪笑，手指忽然捏緊，鳳逍的魂魄火焰，頓時暗淡了下去，幾乎只能看到一絲微弱的光芒。

「不要！」嵐顏大叫著，往前欲撲。

對方手一伸，威脅十足地對著她，「妳再靠前一步，我就毀了這魂魄。」

「別！」嵐顏露出哀求的表情，「求求你，不要！」

「倒是個癡情的女子啊，可惜妳沒說實話。」那人的手伸在空中，「如果只是青龍，我就相信妳了，可是白虎覺醒的時候，妳也在。妳讓我如何信妳？」

這麼快？段非煙的覺醒才短短兩日，他怎麼這麼快就知道了？

「不關我的事。」嵐顏搖著頭，「杜清和託我尋找他昔日的妻子，一位妖族的女子，所以我才到了杜城。至於段非煙如何成為白虎，我是完全不知道。」

「妳不知道？」那人的聲音有些遲疑，「妳可是段非煙身邊的女人。」

嵐顏故作嘆息，「段非煙身邊的女人來來去去也不知有多少，你覺得他會給真心嗎？若我與他有私情，又何必為了鳳逍被你威脅？」

段非煙，為了救鳳逍，只能委屈段非煙被她貶低了。

嵐顏心頭暗忖，臉上卻是一副真誠又委屈的表情。

可惜，她還是衝動了，如果她在感應到鳳逍魂魄的時候能等一等蒼麟，或者帶著段非煙一起來，也許事情就不會是現在這個樣子。

「是嗎？」對方似信非信，忽然猛喝一聲：「跪下。」

嵐顏想也不多想，雙膝一軟，跪在了對方面前。

「看來妖王的癡情是真的呢，當初為他殺上擂臺，真是情感動天，可惜啊終究是沒讓妳殺死封千寒。」

對方的一句話，讓嵐顏猛地抬起頭，「你殺死鳳逍，就是為了讓我為鳳逍報仇，在仇恨之下殺死封千寒？」

這所有的一切，都是陰謀嗎？

這個人，究竟是從什麼時候開始算計自己的？

對方到底是什麼人？

那人似乎也察覺到了自己失言，微一遲疑之後，又是一聲怪笑，「讓妳知道也無妨，我對妳沒興趣，只是想借別人的手殺了封千寒而已，可惜封南易太過倚重封千寒，不聽我的話。讓那青龍居然得以復生，死不足惜。」

借自己的手殺了封千寒……所以自己妖王的身分，與封城的宿世仇怨，都成了被這個人利用的地方。

「鳳逍的死，也是出自你的授意吧？」嵐顏的目光彷彿要穿透那黑色的袍子，看穿袍子遮掩之人的真實模樣。

她，竟然就這樣成為別人手中的棋子，茫然地被利用了這麼久。

「我只是提點了封南易幾句，至於怎麼做，那不關我的事。」他低頭看著手中那個小小的魂魄，「一時好玩之下收了這個魂魄，沒讓它流離失所，妳還不謝謝我？」

謝謝他？

只怕他留著鳳逍的魂魄，根本就是為了將來控制住自己。

她的眼中，再也掩飾不住對對方的仇恨，那濃濃的恨意，讓她恨不得現在就撲上去，將對方撕成一萬片。

「啪。」一聲清脆的聲音響起，那人縮回一隻手，「我告訴妳，我很討厭別人拿這樣的眼神看我，尤其是妳。」

嵐顏從地上爬起身，輕輕擦了擦嘴角，手背上留下一抹紅色的血跡，口中滿滿都是血腥味。

對方倨傲地看著她，「給我跪好了。」

嵐顏咬著唇，無聲地跪好。

才剛剛跪定，對方手一抬，「啪。」

嵐顏身體一晃，終究是穩住了身體。

這兩巴掌，她記住了。

「現在，你要我怎麼做才把鳳逍的魂魄還給我？」嵐顏努力露出討好的表情。

那人的手捏著鳳逍的魂魄，似乎是在考慮著。

嵐顏膝行了兩步，拽住了那個人的袍角，「我只要鳳逍的魂魄，你要我做什麼都行。」

那人立即後退兩步，將衣袍從嵐顏的手心裡拽了出來，「好，我要你斷了和蒼麟之間所有的聯繫，無論之前妳與他只是普通關係，還是彼此合作，我要妳再也不與他有聯繫。」

嵐顏忙不迭地點頭，「好！」

那人的手伸在空中，指著嵐顏的身上，「知道我為什麼要妳來妖界嗎？妳以為我不知道妳身上的是妖霞衣？三界任妳來去的妖族至寶，現在我要妳當著我的面毀掉它。」

毀掉妖霞衣？那就意味著身處妖界的她，再也不能任意前往人間，她就算想要和蒼麟聯繫，也不可能了，想要再回去救蘇逸，也不可能了。

這一招，好狠毒。

「怎麼，不想答應嗎？」那人的手一捏，嵐顏的心猛地抽緊。

「我答應。」她毫不猶豫地抬頭，手腕拉上腰間的繫帶，妖霞衣從肩頭滑落，墜在地上。

她看也不看地揮手，蒼藍色的狐火燃燒在她的指尖，落在妖霞衣上。

狐火不似人間的火焰，感受不到那種炙熱的烈焰，但那陰柔的燃燒之力，卻絕不是普通的人間火焰能比的。

妖霞衣是妖界的至寶，若是普通的火焰，根本不足以燒毀，但她燃起的是狐火，九陰狐火，妖王至高的力量。

妖霞衣慢慢地變小、萎縮，最終化為一縷氣息，消失不見。

嵐顏的臉上沒有任何不捨，她的眼中只有對方手中的那縷魂魄，懇求道：「現在，你可以給我了嗎？」

那人對她的行為似乎非常滿意，點了點頭，將手伸了過去，「拿去吧。」

嵐顏小心翼翼地伸出手，全神貫注地看著手中的那縷魂魄，眼裡跳動著滿滿的激動。

就在嵐顏的手即將碰上鳳逍魂魄的同時，黑衣人低垂的目光裡，再度閃過一縷殺意。

但是這一次，他掩飾得很好，嵐顏也沒有察覺到。或許她所有的注意力，都被鳳逍的魂魄吸引，根本顧不了其他。

她低著頭，捧向鳳逍的魂魄。

那人的另外一隻手，抬起。

寒光四溢中，落下……

第八章

爭奪鳳逍魂魄

跪在地上的嵐顏也同時動了。

不是後退，而是向前。

她抬起肩頭，迎向對方的匕首，另外一隻手飛快點向對方的脈門，在匕首入肉的同時，手指也點上了對方的脈門。

強大的力量，讓對方身體一震，快速地縮手。

手心裡鳳逍的魂魄再也無暇顧及，從手中落了下來。

匕首穿透嵐顏的肩頭，從後肩穿透，嵐顏就地打了個滾撿回魂魄，護在手心裡，逃離。

她從開始就知道，那人根本沒有放過她的意思，也知道對方在殺了她之後，也必然毀掉鳳逍的魂魄。

為了鳳逍，也為了自己，她決定賭。

那人發現不對勁，手中飛快變化了招式，一招接一招地拍向她的心口。

那人也知道，現在的嵐顏受了重傷，左手幾乎不能用，而右手緊緊護著鳳逍的魂魄，根本沒有還手之力。

他算計她，她居然也在算計他，以身體的重傷抗下他的攻擊，然後偷襲得手。

這個女人絕不能留。

從一開始，他就沒想要放過嵐顏，只是剛才專注於第二次的偷襲，卻讓她反算計了。

「妳以為妳跑得掉？」那黑色的袍子飛舞著，是他鼓動的真氣。

嵐顏知道，現在的她確實不是他的對手。

她的傷很重，那匕首的位置，只怕已深入骨頭，筋脈不能運轉，她所有的武功都打了折扣，更何況她還要保護鳳逍。

跑？只怕她現在也跑不過對方。

打？她拿什麼打？難道衝上去用嘴咬嗎？

狼狽地躲閃著對方的掌風，淒厲的掌風從她臉頰上颳過，臉頰上一片火辣辣的疼。但是她顧不得去管，因為她不斷忙著躲閃。

嵐顏不斷喘息，幾乎是還沒來得及站定，就立刻感受到對方進攻的力道，於是又是一波艱難的躲閃。

這樣下去，她被打中甚至被殺，都是遲早的事。

而對方，就像逗弄耗子的貓，將她玩弄於股掌之間，「妳既然拚了命都要搶回他的魂魄，那就和他一起，魂飛魄散好了。」

這個人，不僅瞭解四方神獸的事，甚至對妖族也非常瞭解，他知道想要讓妖族人徹底消亡的方法，就是打散魂魄。

嵐顏一邊躲閃，一邊努力讓自己看著他的身影，希望從對方的身影裡找出些許端倪，「你到底是什麼人？」

「知道又如何呢？」那人的怪笑聲在耳邊，「可惜我不會讓妳知道的。」

這個人是個謹慎的傢伙，即便此刻嵐顏已經無法逃離反抗，他還是不肯露出任何消息。

可是，以一個謹慎的人來說，應該是以最快的速度殺了她永絕後患才對，為什麼卻幾次打傷她來折磨自己呢？

嵐顏的心中，各種念頭不斷閃過，她狼狽卻不慌亂，無論受到什麼傷，也很快地站起，拉開兩人的距離。

又是一掌打了過來，方向，她的右手。

她知道，以對方此刻的力量，一旦打實，她肯定握不住鳳逍的魂魄。

不行！

在掌風即將碰上右肩的時候，她硬生生地挪動半尺，將胸口送了上去。

「噗！」一口血雨噴出，瞬間在空中綻開，朝著對方臉上噴去。

那人飄身後退，眼中是無比的厭惡。

嵐顏的身體重重地落在地上，又是一口鮮血噴出，順著她的唇角滴落她的衣衫，一滴、二滴、三滴……

嵐顏卻笑了，她以為這一下之後，自己若無法起身，對方再度攻擊時必然無法躲過，沒想到對方卻比自己先退了。

這一口血倒是救了自己一命呢。

絕美的笑容，豔麗的血色，在月光之下交相輝映，淒美無比。髮絲被汗水浸透，貼在臉頰邊，也沾染了血跡，她抬起手腕擦過額頭，撩動了髮絲，卻在臉上留下一片紅色的絲狀血跡。

此時她的臉看上去有些讓人懼怕。

「看不出，你還挺愛乾淨的呢。」嵐顏呵呵一笑，搖搖晃晃地站了起來。

對方一聲冷哼，笑道：「妳太髒了，不想汙了我的衣衫。何況我若要殺妳，也不過是彈指一瞬間的事。」

「原本我以為你是要殺人滅口。」嵐顏喘息著，質問道：「但是看來你似乎很討厭我，莫不是你我認識？」

她的話音落，對方沒有回答，卻燃起了濃烈的殺氣，這殺氣撲向嵐顏，將她包裹了起來。氣息鎖定著嵐顏，讓她再也無法逃離，這一次他是要下殺手了。

面對著幾乎讓人窒息的殺意，嵐顏卻笑了，「惱羞成怒了？看來你我果然認識，難怪你遮擋得如此嚴實，就連出手殺我，也顧及著不讓我看到你的臉，你就這麼害怕被我看到嗎？」

那人的衣衫飄動，氣息已經鼓脹到了極致，「不讓妳知道，是因為妳不配知道，妳不甘心我就開心了。」

是麼？

看來不僅僅是認識，他們之間只怕有著深深的私仇呢。

深到對方就連一點小事，都不想讓她如意。

這麼說來，她倒更想知道對方是誰了。

這個時候，黑袍人的手已經抬了起來，掌心中跳動著橙色的火焰，那火焰凝聚著可怕的力量，跳動、跳動著……

嵐顏的腳下慢慢後退，她知道對方強大，沒想到強大到這個份上，衝著這功力，就算她沒有受傷，勝負依然難料。

她就算跑，也跑不出這股氣息的籠罩。

對方顯然也不想再留她這個禍患，閃身一動，身影如鬼魅地向她飛掠，手掌中的火焰飛出，直奔嵐顏而來。

現在的嵐顏，似乎沒有任何辦法了，除了等死，還是等死。

火焰之風吹過，撲上嵐顏的身體，那嬌小的身影瞬間被吞沒，只剩下漫天的火焰，在熊熊燃燒著。

黑袍人看著那火焰燃燒，口中飄出一聲冷笑，再也看不到嵐顏的身影，這讓他十分開心。他的腳步，一步步地靠近著那團火焰，似乎想要欣賞對方慘絕的死狀，可是才靠近兩步，他就警惕地停下了腳步。

「呼！」火焰忽然從中分成兩半，隨後四射開來。草地上濺滿了火星，點點燃燒著，將這一片草地映射得格外清晰。

紅色的身體趴伏在地，紅色的尾巴在空中搖擺著，猶如升騰炙熱的火焰，招搖著無限的生命力，一雙漂亮的狐狸眼清冷地看著黑袍人，嵐顏的聲音淡漠中帶著嘲諷，「你似乎忘記我是誰了，看來你的記性不怎麼好。」

九尾妖狐！

狐火是天下間最陰柔的火焰，能夠駕馭這種火焰的人，又怎麼會輕易被火所傷？

剛才那黑袍人的力量席捲而來的時候，嵐顏選擇了幻化出九尾狐的真身，以狐火抵擋著那狂暴的力量。

被火焰包裹的一瞬間幾乎難以呼吸，但是她抗住了，那狂暴的力量在陰柔的狐火之下，慢慢消散，只剩下嚇人卻沒有威力的火焰。

「我是小看了妳。」那人哼了聲，「想不到妳苟延殘喘之下，居然還能倚仗真身抵抗住，可惜下一波妳再也沒力氣抵擋了。」

「是嗎？」嵐顏反問了聲，聲音裡充滿了自信，「不妨試試？」

狐尾搖擺，看上去毛茸茸的煞是可愛，九條尾巴尖上，忽然彈射出一道道蒼藍的火焰，直撲對方。

人身的她無法還手、無法抵擋，但是九尾的她，可不是任人宰割的。

空氣中所有的靈氣瘋狂地湧向她，一道道勁風從狐尾上彈出，在空中交織成詭異的網，同樣籠罩著對方。

兩隻手，還可以判斷對方出手的方位，但九條尾巴九個方向，太難判斷。何況是嵐顏這種網狀的攻擊。

那人顯然也不想就這樣放棄，手中的勁氣不斷彈射而出，抵擋、躲閃、追逐，在月光下交織出最激烈的廝殺。

兩個人都抱定了殺了對方的心，誰也不肯相讓，而嵐顏顯然更瘋狂，她甚至不願意躲閃，只為了能傷到對方。

一縷勁風擦過她的身體，在那紅色的狐狸腰身上落下深深的傷痕，紅色的血頓時沁出，而同時一道藍色的火焰拍打上那人的腳，燃燒著。

陰柔的狐火，撲不滅的，它會印刻在肌膚上，一直燃燒，直到肉中。

那人低頭看著自己的腳踝，全身殺氣暴漲，嵐顏也是冷哼著，由著血跡從皮毛上滾下，滴在地面上。

這一下，誰也沒占到便宜。

但是對方顯然比嵐顏更難受。

嵐顏本就打算著一招換一招，她不在乎受傷，她身上的傷也不少，說難聽點，她習慣了。

但是那人並非這樣，他愛惜羽毛，甚至不想被嵐顏的血沾染上，同樣的痛落在他的身上和落在嵐顏身上，是完全不同的。

痛的感知力不同，下一刻的出手也就會不同。

一個看到能傷及對方就越戰越勇。

一個因為從未受傷在突如其來疼痛之下的瑟縮。

這就是他們兩人的差別。

嵐顏又是一道狐火彈出，再度打上對方受傷的腿，同樣的地方、同樣的位置、同樣的傷。

下場就是她的腰間，也同樣多了一道傷口。

傷上加傷，要麼是麻木，要麼是疼痛加劇，是什麼反應也只看個人。

那人的身體一晃，腳下退了一步，也正是這一步，讓他又一次晃動了身體。

「疼嗎？」嵐顏問著。

狐狸口中發出一串清脆的笑聲，彷彿她是個靈動的少女，半點不受所擾，「狐火的疼，可是一直燒進骨髓裡的，你不好受吧？還有，被狐火燒過的地方，會留下黑色的痕跡，你一輩子都忘不掉我給你的印記了。」

兩人的氣勢，已在此刻有了變化。

她嵐顏雖然又懶又饞，卻從來都不是被人壓制、任人擺布的人，至於秋珞伽性格剛烈，更是不允許被人折辱。

妖王的氣勢迸發，火焰升騰，兩人間原本一邊倒的態勢變成了勢均力敵，又逐漸朝著嵐顏的方向倒去。

這裡是妖族，她是妖王，怎容人如此欺凌？

黑袍人巋然不動，不說話也沒有動作，似乎正在醞釀著什麼。

嵐顏高傲地抬著臉，全身戒備看著他。

在這個時候，不容她有失。

遠處，衣袂聲陣陣，從遠而近飛快飄來。

有人來了，而且來的還不是一兩個，有近十人，也從遠處傳來大喝聲：「妖族長老在此，什麼人竟然敢在妖界私鬥？」

嵐顏的口中發出輕輕的笑聲，「你現在知道我為什麼要震開你的火焰了嗎？這麼一大片的明亮，我可是唯恐長老們看不到呢，我剛才就和你說過，妖族一旦殺氣外洩，可是很容易被長老們感知到的。」

她打了這麼久，拚了這麼久，等的就是這一刻。

遠遠的聲音已經驚呼了起來，「九尾，是族長，族長回來了。」

警覺的長老立即發現了不對，「有人對族長不利，快攔下那人！」

一道道人影飛射而來，可是那黑袍人卻始終不動，就像是一塊木頭。

對戰中，要麼打要麼跑，這木頭樣地站著，不對！

嵐顏心頭閃過一絲不妙，狐尾彈出一道狐火，直奔那人的身體，狐火在空中飛過一道蒼藍的火焰，然後……墜地。

方才黑衣人站定的位置，已是空空蕩蕩，再也不見人影。

嵐顏心頭一沉，長老們也紛紛趕到。

「這是怎麼回事？」

「那人怎麼不見了？莫不是也和族長一樣，有妖霞衣？」

「這人怎麼能隨意進出妖界？」

是啊，那人怎麼能隨意進出妖界？

在她的記憶中，除非如她以往擁有妖霞衣的人，才能三界任意穿行。畢竟三界之間的阻隔結界，不是尋常人能穿越的，就連她也不能。

顯然剛才那人的沉默，是在催動他身上的某樣東西，帶領他離開妖界，而她……沒能來得及攔下。

長老們可管不了那些，對於他們來說，族長的回歸勝過一切。

「族長，您可回來了。」有人已經激動得老淚縱橫。

「族長，我們等了您百年，終於等到您了。」更激動的，已經跪倒在她的身邊。十餘人，圍繞在她的身邊，紛紛訴說著自己的激動之情。

嵐顏的眸光劃過他們，艱難地抽了下唇角，「你們晚點再哭，先讓我……昏一會兒。」

慘烈的打鬥，重傷的身體，在威脅消失後剎那鬆懈下來，身體再也承受不了，她趴倒在地，慢慢閉上眼睛，陷入了黑暗中。

第九章

嵐顏的決心

嵐顏恍惚地做了一個夢，夢中她就是一隻小狐狸，瘦小而乾巴，沒有修煉也不是妖王，卻每日都無憂無慮地在草叢裡打滾。

一片綠草，一朵紅花，都可以讓牠開心很久。在陽光下曬著，渴了就去河邊喝水，餓了就在山林裡撲兔子。

雖然大部分的時間牠都在餓肚子，但是牠很快樂。自得其樂的快樂，哪怕扯下一朵花，臭美地蹭上自己的腦袋，到河水邊照照自己的影子，都美滋滋的。

嵐顏慢慢睜開眼睛，那真實的夢境讓她有些不想動，回味著。

那麼真實的感覺，就像是親身經歷過一般，夢境中青草拂過皮毛的真實觸感還殘留在身上。

那是她嗎？

不是吧！在她的記憶裡，不管是嵐顏的，還是秋珞伽的，都沒有過這樣單純的日子，單純到美好，那夢境中輕鬆的快樂，是她從來沒有感受到的。

或許，是她的某一世吧？又或許，是她幻想中最期待的生活？哪怕沒有人相伴，哪怕只是自己孤獨流浪著，卻還是快樂的。

一隻傻狐狸呵。

而她現在想要做一隻傻狐狸，都不能。

她是妖王，她的身上肩負著帶領妖族的責任，這責任也不允許她肆意妄為，不允許她那麼呆傻地曬太陽臭美。

身體猶如被碾子碾過一樣，全身痠疼無比，肩頭與腰間的傷還在一陣陣抽疼著，饒是她內息強大，不斷修復著她的身體，卻也抵擋不了那麼重的傷。

多想，再多躺一會兒，就像那隻小狐狸在草叢裡曬太陽一樣……

嵐顏的嘴角抽出一抹苦笑，撐著身體坐了起來。

這個動作扯動了她的傷勢，臉上不自覺地扭曲了一下。

長老們還沒有出現，不知道是為了歡迎她回歸在準備著，還是不敢打擾她的療傷，現在屋外是一片安寧。

她的視線流轉著，入眼的是古樸的床榻，輕柔的紗幔垂落地面，窗外的陽光打在紗幔上，朦朦朧朧的光影讓人覺得舒服極了。

嵐顏伸出手，慢慢撫上那紗幔，入手輕柔，從指縫中滑過。

肌膚與紗幔的輕觸，才是最真實的，提醒著她這一切才是真正存在的生活。

紗幔在手指邊滑開，露出了床外的景色。

老舊的梳妝檯，一面銅鏡，還有一個精緻的妝匣。

一旁的牆上，掛著一幅畫，那畫已經泛黃，不知已多少年月了。

嵐顏的腳尖慢慢落了地，赤裸著足踝，行向那妝檯邊，銅鏡泛黃，映出一張如花的容顏，與那畫中人有著八分相似。

是的，八分。

眉目幾無二致，差別是氣質。

畫中人更加瀟灑隨興，而鏡中人卻多了幾分妖嬈、幾分慵懶。

明明是同一個人，卻會有這麼大的差別，大約就是秋珞伽和嵐顏的差別吧？秋珞伽大氣，她慵懶散，秋珞伽也霸氣，她卻無賴。不同的生活，造就了不同的性格。

但內心深處，還是相同的。

拉開妝匣，露出了裡面漂亮的珠花，珠光依舊，簪色也明亮，彷彿這妝匣的主人，昨日才將它們放進匣子裡。

可事實，已過百年。

她將珠花握在手中，輕輕把玩著，目光卻望著眼前那幅畫。

準確地說，是望著那畫上的落款——湖畔初見，封淩寰留贈玩賞。

她記得，那次與封淩寰的初見之後，第二日他便送上了這幅畫。從此之後，這幅畫就一直放在了她妖族的梳妝檯邊。

她坐在妝檯旁的椅子上，將窗戶推開。

綠色的草地上，滿眼的狐尾花在飛舞，輕柔曼妙，盤旋在空中，隨著風悠然遠去，又飄搖歸來。這是她記憶中的妖族，記憶中屬於她的房間，她是真的歸來了。

一朵狐尾花從窗外飛入，貼上了她的臉頰，她的手撫上臉頰邊，無聲地笑了。

記得有一次，封淩寰正在窗邊為她畫眉，也有這麼一朵狐尾花貼上她的臉頰，而封淩寰索性為她在眉眼旁描繪了一朵狐尾花。

用他的話說，唯有這至豔的花朵之色，才配得上她那帶著侵略性的容顏，色絕天下的美，也只能他來描繪。

那是她打扮得最為豔麗的一次，配著身上的妖霞衣，猶如新嫁娘般的美。

他說，他回去交下城主之位就來娶她，要她帶著那新娘的妝容等他回來。

她沒能等到他回來，卻為他戰死在了封城。

一句嫁娶的承諾，等待了百年。

她還記得，那一日她殺入封城，找到的卻是他氣息全無的身體，她找不到他的魂魄，所以一怒之下瘋狂地要將封城翻過來。

她沒有想過屠城，她只是要找到封淩寰的魂魄，只有找到魂魄，才能重新讓他活回來。但是封城沒有人相信她，他們只覺得她是來侵略封城的妖王。

一波又一波的人群，她開始無力，變得無法抵擋，最終倒落在無數的刀劍之下，妖霞衣帶著她的妖丹離去，但是秋珞伽的身軀卻永遠葬身在封城之下。

那一日的離去，她從未想過會相距這麼久才回來，不過幸運的是，她還是回來了。

只是，有些對不起蒼麟和蘇逸了。

她原本的想法中，只是為了來妖族救回鳳逍，然後趕回杜城，再次尋找蘇逸的下落。

如今妖霞衣已毀，再想要回到人間只怕沒那麼簡單了。

蒼麟的靈珠還在自己身體內，也不知蒼麟會怎麼樣？

還有那個黑袍人，明顯對蒼麟、對封千寒、對段非煙極為熟悉，那人的目的就是為了不讓他們轉世成功，不讓蒼麟恢復昔日黃龍的身軀。

嵐顏心頭一驚，現在她回不去，而他們依然不知情，她想要通知他們，也做不到。

再是急切，終究無能為力，為今之計她只能先讓鳳逍恢復，再想辦法打破妖界與人間的結界，或者找到薄弱口，趕回去。

封淩寰的身體已消失，她只能依靠魂魄，憑藉妖界的靈氣，為他重塑身體。這要耗費她巨大的功力，絕不允許有半點錯失，但是她相信自己能做到的。

嵐顏的手攤開，一個小小的光點出現在她的手心中，這是她拚盡一切，從那黑袍人手中奪來的鳳逍的魂魄。

忽然，她的臉變得蒼白，再從蒼白變得慘白。

因為她發現，手中的這抹魂魄，精氣好弱好弱。

在妖族飄遊著的魂魄，吸收著妖族的靈氣，轉化為自身的精氣，當精氣成長足夠的時候，才會再度塑成妖形。

也就是說，縱然有鳳逍的魂魄，精氣虛弱也是無法塑形的，甚至如果精氣越來越弱，魂魄也會消亡。

是那個黑袍人，只怕在拿出鳳逍魂魄威脅她的時候，他就已經將其中的精氣抽離，他就是故意要讓鳳逍魂飛魄散。

她手心中的魂魄，精氣幾乎弱得已經察覺不到，只要她再多睡一會兒，或者她晚一點發現，鳳逍的魂魄就自動消散了。

這個黑袍人好狠毒！將一切都算計到底，就算她贏了，拿到了魂魄，也無法為鳳逍塑形，那人就是要她眼睜睜地看著自己的愛人死亡，在她面前魂飛魄散。

授意封南易讓劍鸞殺了鳳逍，甚至還侮辱鳳逍的屍體，扒皮散魂，真正要傷的人，是她！

他們之間到底有什麼深仇大恨，能讓那人做出這樣的事？那人究竟有多麼恨她，恨到想出這樣的辦法來折磨她？

這些都無暇去想了，嵐顏衝出屋外，朝著記憶中妖族的禁地而去。

那是族長修習的地方，沒有外人打擾，才能全心地投入，最重要的是靈氣最為熾盛，在那個環境之下，才有可能成功。

她知道，自己的身體本就撐不住塑型，但是鳳逍等不了了，她必須現在去做。

如果她不成功，那就隨著鳳逍，一起魂飛魄散吧！

假如這也是那個人為她挖下的坑，那她心甘情願跳進這個坑中。

族長修煉的禁地之外，還有長老守護著，這是妖族的規矩，無論任何時候，都必須有長老守護族長禁地，防止外人侵入，也防止外人打探。

她沒有想到的是，在她不在妖族的日子裡，長老們依然還履行著以前的規矩，當她站到禁地前時，立即引起了長老的驚詫。

「族長，您起來了？」秋無長老睜大了眼睛，滿是詫異。

「嗯。」嵐顏無暇多話，「讓開，我要進去。」

「族長。」秋綬長老攔到嵐顏面前，「禁地中的修煉，都是為了功力精進，您此刻的狀態並不適合強行修煉，您需要養傷，待身體恢復。」

「讓開。」嵐顏拉下了臉，「我心中有數。」

她越是堅持，兩個人越是不肯讓開，「族長，長老不能違背族長的命令，但是您才剛剛回來，我們等待了百年才等到您，不能再容許妖族族長有任何受到傷害的可能。大長老說了，您有任何決策，都必須經過他的同意。」

兩人情真意切，更能看到眼中對嵐顏的在意，他們在惶恐中等待了百年，對於嵐顏的出現分外珍惜，又怎麼能讓她肆意妄為？

嵐顏能感覺到鳳逍魂魄中的精氣越來越淡，淡到連她都快要探查不到了。

「我知道你們是為我好，但是你們若要攔我，我就動手了。」嵐顏的臉上是滿滿的無奈。

「您等我們回稟了大長老再進去好嗎？」兩人固執地擋在禁地之前，「您的身體，現在不適合修習。」

她知道，她當然知道自己身體的情況，可是她不能說是為了給鳳逍塑形，因為這比修習，還要凶險萬分。

她深吸一口氣，一瞬間目光變得威嚴而堅定，「我以族長的身分，命令兩位長老，讓開。」

兩人對看一眼，無奈地讓開了身體。

妖族中若是族長下令，所有人不得不從，若是違抗命令，將受到最為嚴厲的處罰，斷靈根、去精魄，從此消失在妖界。

嵐顏不願意以這樣的話去對待忠心的長老，但是她不能再等了。

她的腳步越過兩人，推開了禁地的石門，轉眼消失在門背後。

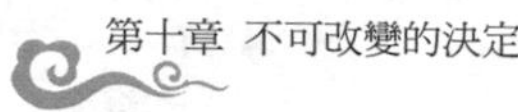

第十章
不可改變的決定

說是禁地，卻不是外人想像中的莊重森嚴之所，這裡反而是妖族最美的地方，只是尋常人不知道而已。

大片的花海，漫天飛舞的狐尾花，前方還有一棵桃花樹，正開滿了粉色的花瓣，輕輕的，一瓣桃花從枝頭落下，慢悠悠地、慢悠悠地，飛散。

空氣中流淌著絲絲霧氣，濃烈地繞在身體周圍，讓人的視線也氤氳了起來。這裡，是妖族靈氣匯聚之所，這一絲絲的霧氣，是靈氣匯聚而成的，已成了實質的狀態。可見這百年來，這裡的靈氣已經飽滿無比。

嵐顏的心頭閃過一絲喜悅，這濃郁的靈氣會帶給她一些助益，畢竟她要做的事太過凶險，只要有一點點的幫助，她都會無比開心。

她攤開掌心，對著手心裡那個漸漸衰弱的光點堅定開口：「鳳逍，我絕不允許自己第三次失去你，不管他人說我魯莽還是說我衝動，我都不在乎。」

鳳逍，是她活著的執念。

這執念，比她生命更重要。

她閉上眼睛，那顆魂魄脫離她的手心，飛到空中，懸停。

她身邊的靈氣開始飛快旋轉，凝成一縷絲線般的霧氣，進入她微微開啟的唇中。

強大的靈氣在她的身體裡流淌，帶動了她身體內的妖丹，釋放出強大的能量。

霧氣越來越薄、越來越淡，盡皆被她吸收殆盡，她知道當這禁地中所有的靈氣被她吸收完的那一刻，她與鳳逍的魂魄就真正牽在了一起。

一生俱生，一毀俱毀。

最後一縷霧氣進入了她的體內，就在嵐顏功力即將發動的一刻，她身後的石門無聲地打開。

嵐顏眉頭一皺，停下了動作，回頭看去。

一個老邁的身影緩緩踏了進來，鬚髮皆白，臉上卻看不到一絲皺紋，精神矍鑠。但是此刻這鶴髮童顏的老者臉上，卻掛滿了不贊同。

「鐘長老。」嵐顏看到他，也不得不恭敬地低下頭，對他行了個後輩的禮儀。

來者，正是妖族的大長老，秋鐘。

即便是當年的秋珞伽，也要對他叫一聲前輩，何況身為嵐顏的她。

「妳可知道後果？」秋鐘的聲音沉穩，猶如悶鐘，似乎不帶一絲責難，卻彷彿有著無形的壓力，讓人無法喘息。

「是。」嵐顏毫不隱瞞，點頭。

秋鐘透徹的目光看著空中的魂魄，臉上劃過一絲了然，「妳要為封淩寰塑形？」

嵐顏平靜地面對他，「知道。」

「說說看。」

嵐顏毫不遲疑地開口：「若成功，則精力功力受損，需要靜養最少三個月。」

「若失敗呢？」秋鐘的視線劃過她的臉，精光沉穩。

「若失敗，則魂飛魄散。世間再沒有我這個人。」她還是那麼平靜，平靜得彷彿在說著別人的事。

秋鐘的手緩緩抬起，撫摸上她的髮頂，「妳如今叫什麼？」

「嵐顏。」嵐顏遲疑了下，「秋嵐顏。」

秋鐘點了點頭，「妖族的長老們，才剛剛知道妳回來的消息，甚至還不知道如何稱呼妳的姓名，妳就要讓他們百年的希望，再一次成為失望嗎？」

嵐顏沒有回答。

秋鐘再度開口：「妳可知道外界對妖族的欺凌？」

嵐顏沉默著，點頭。

沒有人比她更瞭解外界對妖族的目光、對妖族的覬覦，對妖族的掠奪之心，因為她在人間長大，更看透了人間的欲望。

秋鐘的手挪開，指著遙遙前方那片猶如仙境的美景，「我想要知道，妳是否愛著妖族？愛這片安寧祥和的地方？愛這裡的子民？」

「愛。」嵐顏同樣認真地回答，「當我覺醒後，無時無刻不在懷念這裡，無時不刻不想著要回到這裡。也正因為在人間，我才知道自己有多麼懷念這裡，我敢說我比當年的秋珞伽更愛這裡的一切。」

因為失去過，才更加珍惜，才更加捨不得。

「嵐顏。」秋鐘溫和地叫著她的名字，讓嵐顏想起了曾經的過往，他也是這樣溫和地叫著自已珞伽，「妳覺得，如果妖族再一次失去族長，我們能否再撐住一個百年？」

這個問題很沉重，沉重得讓她不想去面對，可是秋鐘的目光，讓她不得不面對這個問題。

她只沉吟了一下，很快就抬起頭，「不能。」

族長的存在，就如同妖族的魂魄，魂魄離開身體一時，只要儘快回歸，身體還有救，弱魂魄離開身體太久，這個身體就將徹底崩塌。

她離開的這百年，已經是妖族最大的承受力，妖族絕對禁受不起第二次失去族長。

「身為族長，妳可牢記了妳的責任？」

嵐顏緩緩點頭，「記得。」

「當年，妳可錯了？」秋鐘的聲音忽然嚴厲了起來，高聲道：「不是身為女人的妳，而是身為族長的妳。」

嵐顏輕輕地點頭，「錯了。」

當年她不顧一切為了鳳逍而殺入封城，完全沒有想到族人在失去自己後會是怎麼樣的結果，她做到了一個真正的女人為愛情能做的事，卻忘記了身為族長最應該做的事。

審時度勢，為族人而犧牲。

她，卻讓族人為了她而犧牲。

「那麼，在妳燃燒了我們百年的希冀之後，妳是否要再重蹈覆轍呢？」秋鐘看著她的眼神裡，有了威嚴。

他的話語並不重，他只是讓她自己思考。

空氣中，鳳逍的魂魄越發淡了，她知道要不了多久，那魂魄就要消失在她的眼前。

但是這一刻，原本在她最難抉擇、最需要思考的時候，嵐顏卻毫不猶豫，甚至她露出了一抹笑容，「不會。」

不會放棄族人，不會再背離族人，那麼她放棄的，似乎只有鳳逍了。

秋鐘臉上的表情柔和了些許，就在此刻嵐顏又開口了：「但是，我還是要為鳳逍塑形。」

秋鐘的表情一下子凝結了，他看著面前這個與秋珞伽長相一模一樣，但是氣質卻不類似的女子，忽然覺得自己有些看不穿她。

秋珞伽是瀟灑的，卻也是固執的，她可以放開一切、瀟灑面對一切，獨獨放不下一個情字，那麼眼前這名女子呢？

有著秋珞伽魂魄、有著秋珞伽記憶、有著秋珞伽所有情愛的女子，是否會走上與秋珞伽同樣的路？

答案，似乎那麼簡單。

「我正因為前世錯過，所以我不能再錯，我的每一個決定，都關乎妖族的生死。」她平靜地開口：「所以我在做每一個決定之前，都是真正深思熟慮的，將妖族的一切放在最前面。我要為鳳逍塑形，是因為我相信自己，可以為他塑形成功。不僅有我的自信，也有我的堅持，因為我不能失敗。」

她微微一笑，「我也不會失敗。」

秋鐘，彷彿在她身上看到了秋珞伽的另外一個影子，自信的影子。

「其實，你根本不必區分我與秋珞伽，不必在意我和她的抉擇會不會有不同，我就是秋珞伽，你不妨將我當做一個成長了的秋珞伽，多了一番人世滄桑經歷的秋珞伽。」她的笑容很平靜，「我這一次的選擇，是為了愛情。但是，我更考量了自己的能力，損耗精氣難免，但是我一定會成功。」

沒有人會在同一個地方跌倒兩次，她也一樣，所有衝動的背後，她都心念電轉過千百回，才做出了這個最終的決定。

這一次秋鐘的臉上，終於露出了笑容，「沒錯，妳是成長了。縱然選擇一樣，中間已是天差地別。」

他的手揮過，兩邊高高的狐尾花就像被無形的手分開一樣，朝著兩邊彎下，筆直的路延伸著，一直通往桃花樹下。

狐尾花被這力量蕩散了，紛紛揚揚在空中飄蕩，桃花瓣也在波動中，零落飛舞遮了視線。桃花樹下，一名青衣的男子靜靜睡著，彷彿花叢間的精靈。

嵐顏的眼睛瞪大了，「鳳逍！」

沒錯，那是鳳逍的身體，準確地說那是封淩寰當年的身體。他身上那件衣服，還是在封城時她最後見他時的那件。

他那睡著的姿勢，也與最後在她懷中時一模一樣。

這、這是怎麼回事？

她記得，當初她在封城中抱著他沒有了氣息的身體，然後瘋狂地想要找尋他的魂魄，最後怒意瘋狂的她，燃燒了火焰，崩塌了封城的城牆，卻再也回不到他的身邊。

是長老們帶回了他嗎？將他安置在這靈氣最盛的禁地中，以靈氣保持著他的身體百年不變。

「我知道妳有很多疑問，不如待他醒來問他本人更好。」秋鐘緩緩地轉身，「我想有了身體，妳也不必花力氣塑形，只要讓他魂魄歸位就好了，應該簡單很多，不用拚上性命，更不會魂飛魄散了吧？」

當然，最艱難的一步不需要走了，對她、對鳳逍，都將風險降到了最低。

望著那個老邁卻挺直的背影，嵐顏輕輕開口：「謝謝你，大長老。」

目送人影消失，嵐顏讓自己的心平靜下來，轉頭遙遙地望著那個花叢中睡著的容顏，再度閉上了眼睛。

這一次，心如止水。

因為，她有了絕對的自信。

第十一章

鳳逍回歸

雙臂展開，她的身體瞬間幻化，紅色的妖狐展開了妖異的尾巴，無數道妖氣散出，交織成一張青色的網。

那張網慢慢落下，帶著那精魄，慢慢地籠罩上花叢裡的睡美男。

靈氣透入他的體內，在他的四肢百脈中流轉，那一點精魄與身軀慢慢完美地貼合，直到消失不見。

不需要她再塑身軀，對她來說容易得多，甚至沒有什麼危險，可她還是忐忑、還是不安、還是惶恐。

越是在意的東西，在沒有徹底掌握在手中的時候，人都會惴惴不安，何況是所愛之人。

魂魄已經融入他的身體之內，為什麼他還沒有甦醒？

嵐顏不敢隨意停下，靈氣在他的筋脈中繼續遊走，她能感應到他筋脈的跳動，從虛弱的一點點，到慢慢變強，最終變為有力。

還有那心跳，一下、一下……

對於她來說，這就是世間最美妙的聲音。

他睡在花叢中，那麼安靜、那麼俊美，身邊飛舞著狐尾花，桃花瓣在片片飄落，周圍的靈氣全部籠罩在他的身邊，讓他看上去有一種不真實的氤氳美感。

鳳逍明明就在不遠處，卻讓她感覺如此遙遠。

遙遠是因為不敢親近，不敢親近卻是因為太想親近。

嵐顏就是這麼矛盾著，矛盾到連她自己都無法判斷此刻心中閃過的各種念頭，究竟哪一個會占據上風？

心頭明明有無數個聲音在慫恿她衝上前，就像百年前一樣，抱他在臂彎中，感受他的真實存在。

可她的腳步無法挪動，只敢遠遠地等待著、看著。

她在害怕，可是害怕什麼，她自己也無法說清楚。

這一切美得就像一場夢，等待了這麼久，他終於又回來了，她還是覺得不夠真實，害怕當她伸手的一瞬間，夢就醒了。

一步，又一步，這距離她已經能看到鳳逍胸口的淺淺起伏。

他，要醒了嗎？

不，那雙她記憶裡最勾魂的眸子，還未睜開。

只有細密深長的睫毛，在臉上投射下一片陰影。

安靜的他，如神仙般縹緲。

動態的他，若妖精般靈秀。

無論是哪一種樣貌，都讓她怦然心動。

大約愛一個人，就是這般吧。無論對方什麼姿態、什麼動作，看在自己眼中，都是天下間最美的畫面。

一抹不經意的笑，都會在心中成為永恆的懷念。

也就是這樣不經意的畫面，在失去那人的時候，成為了錐心刺骨的利刃。每一次思念，都懷著猶如自殘的勇氣。

不想，痛。

想，更痛。

在痛過了無數次之後，她終於可以撫平那傷口了，他回來了。但是曾經的艱難，讓她牢記，從此珍惜不再放開。

這一次，她再也不會讓他受到半點傷害，無論他是否比她強大，無論他是否比她更有地位、更有威望、更有權勢，她都要保護他。

這是女人對愛人的保護欲，與身分無關。

這些念頭，鳳逍不會知道，他還在沉睡著。

嵐顏的腳步終於挪動了一步，這一步之下，她才知道自己的身體有多僵硬，她就這樣癡癡地望著他，站了多久。

為什麼，他還沒醒？

會不會出了意外？

不會的，絕對不會的，她對自己的能力有數，也對妖族的禁咒有數，絕不可能出錯。

但是他一刻不醒，她就感到害怕。

靠近，再靠近，她甚至忘記了幻化成人身，全心都牽掛在樹下的男子身上。

「鳳逍！」她輕輕地叫著那個人的名字，小心翼翼的，生怕驚嚇了他般。

她看到他的睫毛在微微抖動，是要醒了嗎？

他的手指小小地跳了下，她的心隨著他那個動作，跳動飛快。

她甚至沒發現，自己原本張揚在空中的九條漂亮的狐尾，已經無聲地垂落下來，耷拉在身後，可愛無比。

拖拉著尾巴，探頭探腦，從花叢中伸出，直勾勾地盯著他。

現在的她，哪裡還有半點妖王的氣質，十足十的一隻天真無邪小狐狸。

她輕輕地靠近，低下頭看著他的臉，伸出小爪子，撥開他額前一縷遮擋的髮絲。

現在的距離，她可以輕易感受到他的呼吸，一陣陣律動，輕輕噴在她的臉上，十分溫暖。

活生生的鳳逍，她的鳳逍。

哪怕這最普通的呼吸噴在她臉上，她都是無比幸福，因為他就在身旁。

有時候愛情就是這麼簡單，不需要驚天動地，只要你在我身邊，我能聽到你的心跳，感受到你的呼吸，便是最快樂的事。

低頭靠近他的臉側，那呼吸一波又一波，拂動著她身上的毛髮，嵐顏靜靜微笑。

忽然間，嵐顏對上一雙眼眸，清明乾淨，如天空湖水般深幽空遠的眸子，安寧地看著她，一直看著。

時間，彷彿在這一刻凝結。

這如畫的美景中，只有他們兩個人，彼此對望。

熟悉的眼眸、熟悉的深情，似乎一切的分離都不存在，彷彿他們的纏綿，那一場畫眉後的約定，就在昨天。

他的嘴角輕輕勾了勾，她有些恍神了。

這個動作，媚氣又銷魂，是嵐顏記憶中的鳳逍，倒是封淩寰一向正經，少有這樣的神情。

「我以為，會有投懷送抱。」他輕聲地開口，帶著初醒的低啞微笑著。

此刻，天地失色，就是最豔麗的狐尾花，也不及他此刻笑容半分。

他醒了，真好。

他一切無恙，她也終於可以放下心了。

「投懷送抱是吧？」她慢慢地後退，話語輕輕的，聽不出情緒。

她的後退，讓他撐起半個身體，似乎是想要挽留她。

就在這個時候，那火紅的身影忽然躍了起來，帶著強大的力量，撲上了他。那衝力瞬間將他撲倒。

她的雙爪按在他的肩頭，九條尾巴在身後飛舞，那雙清澈的眼睛裡跳動著火花，一字一句說道：「你要的投懷送抱！」

當擔憂盡去，她心頭的怒火開始瀰漫，她要跟他算的帳太多了，多到她都不知道要從哪裡開始清算。

「妳費盡力氣讓我重新回來，就為了親手打死我？」他的慵懶、他的隨意，他那習慣性輕慢的語調，都讓嵐顏心頭的火蹭蹭地燒了起來。

如果不是塑形太難，她真的會這麼做，以消她心頭的怒意。

被她的身軀壓制住的他，笑容卻更大了，那雙媚眼彎出風情的弧度，胸膛震悶，一陣陣的。

「如果可以，我希望妳先變回去，再打我。」他笑聲中氣息不穩，連聲音也帶著喘息。

嵐顏舉起爪子，鋒利的爪子在空中閃著寒光，「我是不能打死你，但是我能撓花了你這張漂亮的臉蛋，反正我也不嫌棄你。」

標準的口是心非。

鳳逍也不回答，輕輕地抬起了頸項、閉上了眼睛，一副引頸就戮的模樣。

偏偏就是這副不抵抗的模樣，讓人心生憐惜，畢竟此刻的他，還帶著剛剛恢復的清弱。

她抬起的爪子停在了空中，捨不得落下。

他的唇角邊，掛起了清淺的笑意。

「混蛋！」嵐顏一聲清叱，鋒利的爪子擦著他的臉頰落下，狠狠地插進他臉側的土中。

明知道他是故意示弱讓她不忍心，她還真的是……不忍心。

「我想好好地看看妳。」他的一聲歎息，雙手摟上了她的腰身。

紅色的狐狸尾巴輕輕耷拉下了，沒有了張揚，只剩下柔順，乖巧地落在地上。而那眼中噴發的火焰，早在無形中消失殆盡。

最後，她低下了頭，貼上他的頸項。

當那腦袋趴上他胸口的時候，顯現的是嬌美的容顏，還有臉上濃濃的眷戀。

她依偎進他的懷中，被他的手摟著，兩人誰也沒說話，只享受著這安靜中的親昵，他撫摸著她柔順的長髮，她在他懷中輕輕蹭著。

「想我了嗎？」聲音，滿是柔情。

她咬著唇，在他懷中輕輕點了點頭，將臉又埋深了些。

他的味道、他的懷抱，怎麼親近都不夠，真希望就這樣永遠下去，在他的懷中再也不要起身。再是堅強的女人，總有她柔軟的一面，靜靜地為她喜歡的男人綻放。依賴著她愛戀的男人，在他面前成為最乖順的貓兒。

因為有他，就不需要堅強。

因為有他，可以肆意放任自己的脆弱。

臉埋在他的胸前，任淚水無聲地流下，落在他的胸口，燒燙了彼此。

因為是他，她不需要強勢；因為是他，她可以放肆；只因為……是他。

也只有在這一刻，她才能徹底發洩那些堅持背後的委屈。

他的手撫上她的臉頰，輕輕地、輕輕地，帶著留戀般的記憶，一寸寸撫過。

當撫到那淚意的時候，他低下頭，吻上她的額頭、眉間，然後是眼角，極珍惜地吮掉那一滴淚珠，最後緩緩地落在她的唇上。

輕柔地觸碰，是許久的眷戀，深深的吮吸，是彼此忘我的糾纏，彷彿要將所有的傷痛，都在這一吻間化去。

沒有瘋狂地吮咬，他小心翼翼，她溫柔迎合。柔軟地觸碰，像雪落梅花瓣的無聲，柔暖與清涼的交合，不敢太炙熱怕融化，就這麼一點點地傳達著自己的溫度。

他一個翻身，將她壓在身下。

她的上方是他的容顏，還有那一片片飄落的桃花瓣，頭頂的天空那麼藍那麼深邃，他的眸光卻比天空還要深，她情不自禁伸手摟上他的頸，歎息著：「鳳逍……」

他親吻著她的臉頰，「我最愛妳這般的模樣。」

這般的模樣？

嵐顏眨巴著眼睛，忽然反應過來什麼。

從妖身變回人身，她似乎……是沒有衣服的。

難怪他口口聲聲讓她變回來，這個該死的傢伙。

她目光一凜然，正要發火，他的唇已落下。

這一次，是瘋狂、是侵略、是彷彿要榨乾她空氣的霸道與強勢，讓她瞬間無力抵擋。

那吻，是炙熱的愛戀之火，讓她無法反抗，由著他勾挑著、侵入著。

這該死的，她還有好多問題要問呢，她還有好多帳要算呢。

混蛋、混蛋、混蛋！

算了，親完再算！

她勾著他的手慢慢柔軟了，身體貼合向他，在他的熱吻中，沉淪。

第十二章

拋卻往昔，從頭開始

「嘶。」鳳逍倒抽一口涼氣，蹙著眉頭。

嵐顏的牙，從他的頸項間挪開，看著他頸間那個紅紅的牙印，猶未滿足。

她對自己說過，一定要狠狠地咬他一口，發洩這些日子以來的不滿，這一口算輕的了！

鳳逍當然明白她的意圖，只是忍著，把她的螓首按在肩頭，「想咬，就再咬吧。」

這麼說，她卻又捨不得了，從他的懷中抬起頭，「告訴我，前因後果。」

鳳逍的手摩挲著她光裸的背，一副享受的表情，眼睛半瞇著，慵懶的表情讓她想要揍他。

「哼。」嵐顏不爽地翻了個白眼，扯著他的外衫披上自己的肩頭。

「還在生我的氣嗎？」被她扯去了外衫，他只有一件裡衣，配合著他慵懶的表情，隨意的姿態，彷彿全身上下都散發著一個意思——來吃了我吧、吃了我吧、吃了我吧……

嵐顏猶豫著，考慮著到底是要把這個風騷的男人從頭遮到腳，還是擋住自己的身體讓他不能上下其手。

最後的選擇，把衣服蒙上他的臉，揉成一團。

這個賭氣的舉動，讓他在衣衫下笑著，慢慢帶落她的手，也帶下了那團凌亂的衣衫。滿眼笑意，柔情入骨。

「妳想問我，為什麼會是九尾，還到封城成為質子，對嗎？」

嵐顏點了點頭。

「妳還想問我，身為封城人，為什麼會有妖族的血統，連封南易都瞞過去了，是嗎？」

嵐顏除了點頭，還是只能點頭。

這些，才是她想要知道的根源。

他的手指點上她的心口，「還記得那血誓嗎？」

他指的，是鳳逍為她立下的，還是當年封淩寰為秋珞伽立下的？

手指彈上她的額頭，「當然是封淩寰為秋珞伽立下的。」

她點點頭，「記得。」

其實，無論是鳳逍為嵐顏立下的，還是封淩寰為秋珞伽立下的，她都不會忘記。

那是性命的交予，她如何能忘？

「那是我將自己交給妖族的誓言，我知道妳尋不到我的魂魄，是因為對妳的血誓已經讓我來了妖族。」他笑著，「妳該慶幸，我不是妖，我不會失去意識。」

因為他來了妖族，所以她找不到他的魂魄，這個誤會讓她在封城瘋狂，然後導致了這百年的分別嗎？

「是秋鐘長老，為了完成妳最後的囑託，把我的身體帶來妖界，我才知道妳為了我留在封城。我就在妖族等待著妳，等著妳的魂魄回歸，可是我怎麼等也等不回妳。」他嘆息著，「之後，妖界被不斷侵入、不斷受到攻擊，他們用盡辦法，也找不到妳的氣息。封城為了徹底壓制妖族，要妖族將所有可能擁有九尾體質的人送入封城做質子，一代又一代。眼見著妖族人才凋零卻又找不到妳，我才想出了那個辦法。」

「辦法？」她眉頭深鎖，思量著他話中的意思。

「集所有長老之妖氣，塑造一個九尾的假身軀，放入我的魂魄，以我對封城的瞭解、對妳的感知，想辦法尋找妳的存在。」他緩緩地開口：「妖族已近油盡燈枯，找不回妳，只怕就要徹底崩散了，這是唯一的辦法。」

所以，鳳逍就是封淩寰，只是換了一個身軀，一個由所有妖氣幻化出來的身軀，妖族所有長老的妖氣，自然讓他騙過了封南易，以為他就是族長的傳承，又一個九尾。

「你就這麼傻傻地在封城等我嗎？」她的聲音啞啞的，短短幾個字，出口時那麼艱難。

雖然身軀是幻化的，但是所有的一切感知都是真實的，他在封城承受了所有的侮辱、苦楚，就為了尋找她。

「這方法很笨是嗎？但是很好用，至少我等到了妳。」他滿不在乎地笑著，「可惜，妳只顧著封千寒，我這個吊斜眼哪裡入得了妳的眼？」

這個記仇的傢伙，他居然還記得她曾經諷刺他的話。

嵐顏訥訥地低下頭，假裝沒聽見。

「唉……」鳳逍發出一聲似真似假的嘆息，「當年纏綿之時，說什麼最愛這眉眼間的溫柔，最喜歡看我的雙眼。有了其他男人的誘惑，我就成了吊斜眼。」

嵐顏扭曲著表情，「我、我那不是還沒記起你麼。」

不知者無罪，他怎麼能怪自己當初對封千寒的迷戀啊。

鳳逍的眼睛輕輕一掃她，口中飄出一聲嗲嗲的聲音，「千寒哥哥……」

嵐顏一個哆嗦，手下意識地抬了起來，想要捂住他的嘴。

他的話，讓她輕易地想起了自己當年那些荒誕的歲月、那些癡迷的糾纏、那些猶如尾巴一樣掛在封千寒身後轉悠的模樣。

鳳逍知道自己，他時時刻刻看著自己，看著自己追在封千寒身後，十年，整整十年。

手，下不去了。

無論鳳逍要做什麼，要討回什麼公道，都是應該的。

縱然她那麼無情地對待，他依然堅守著，等待著。他教她的曲子，都是他們曾經最為熟悉的，他畫的畫，也是妖族的風景。

可她，從未想起過。

她忽然想到，如果有一天，鳳逍不記得自己了，追逐著另外的女子，想要得到她的青睞。她是否能在身邊，默默地等待十年，等待他的回眸，等待他的轉身，等待他想起自己？

到最後，依然無悔地用性命來喚醒。

只用想的，她就能體會到那種酸楚，那種看在眼內、澀在心頭，卻只能微笑面對的心情。

愛有多深，唯有在看到他和別人在一起的時候，才知道。

而他，看了十年。

那手，還是落下了，在他的眼上。

輕輕地撫摸，描繪著它的形狀，「對不起。」

三個字，不足以表達她的歉意，他們之間也不需要歉意，她只是因為體會到了他的難受。

「不過他對妳，終究是認真的，妳也不算纏錯了人。」鳳逍歎息著，「他居然能感應到我的氣息不對，從而猜測到我們之間的關係，最後來與我談判。」

嵐顏心一抖，她想起了封千寒對她說過的話。

難道他們之間的交易，是真的嗎？

他的雙手捧起她的臉，「這十年，我瞭解了嵐顏的性格。當妳失蹤的消息傳來，我知道若我不去找妳，妳太容易有危險。」

他忽然又笑了，「如果妳責怪我與他的交易，那麼剩下的事交給我，這本就是我與他之間的戰爭。」

他和封千寒，還要鬥下去？

他甚至沒有問，她是如何得知他們之間的交易的。

「以他對妳的占有欲，當妳回到封城之後，他一定會告訴妳。」他笑著回答，臉上卻露出了算計的表情，「他一定沒告訴妳，我只承諾讓他去做，可沒答應分享。所有的決定權，在妳。」

好狡詐的鳳逍，所有決定權在她，當她知道了他為她做出的犧牲後，還怎麼答應封千寒，還怎麼敢？即便這樣，封千寒也會答應的吧？那個自傲的男人，既然起了心，又怎麼會放棄？

如他所說，這是兩個男人間的戰鬥，卻要由她來收尾。

如果，她說還要加上一個段非煙呢？如果的如果，她說還有一個管輕言呢？

四個人，夠湊一桌麻將了。

「封千寒不是普通人，對嗎？」他歎息著將她摟入懷中，她臉上瞬間的糾結又怎麼可能逃得過他的眼睛。

嵐顏不語，因為她不知道如何開口。

他的唇貼上她的耳邊，「我不是要把妳讓出去，而是我終究要為自己的錯誤付出代價。若不是我當年不聽妳的話執意要回到封城，也不會被人算計，更不會讓妳那般慘烈地留在封城。妳會遇到封千寒，說到底是我種下的因。所以，無論妳作出什麼決定，我都不會反對，這就是我說的決定權在妳。」

她搖著頭，如果當年封淩寰作出了錯誤的決定，秋珞伽又何嘗不是？她的一意孤行，讓妖族陷入了巨大的災難，也沒能回來遇到他。

一個錯，誤一生。

一個決定，一輩子的擦肩而過。

「妳還沒告訴我，他到底是什麼人。」鳳逍對她的瞭解太深，深到一個眼神、一個表情，就知道她在想什麼。

嵐顏深深地吸了口氣，「傳說中的四聖獸之一，青龍。封城鎮城靈丹的真正主人。」

奇異的是，鳳逍的臉上並沒有更多的驚訝，「這種強大的對手，果然不好對付啊！」

這是屬於鳳逍的戰鬥心嗎？

「另外一個是誰？」

鳳逍顯然並沒有就此打住，他的問話就像無形的錘，重重敲打在她的心上。

嵐顏張了張嘴巴，又閉上。

鳳逍的眼睛瞇了起來，「不止一個？」

這個感覺真不好受，嵐顏覺得自己就像被抓姦在床的淫婦，被丈夫逼問著到底偷了多少個男人。

明明是她的逼供大會，怎麼變成了對他的招供大會了？

嵐顏別開臉，搖搖頭。

她不想說，她不想在鳳逍剛剛回歸的時候，再一次去聽聞自己對他人動心的事情。

鳳逍擁著她，兩個人的身體緊緊貼合，他的手就在她的腰間，他們親密無間地環抱著彼此。

一切，就這麼靜默著。

一朵狐尾花落在她的臉頰上，她想要抬手拂去，卻被他按住了胳膊。

他的手，就在她的臉頰邊，「還記得我為妳描的那個妝嗎？」

她不需要說話，一個眼神就足夠了。

一片花瓣，將兩個人同時代入了那濃情蜜意回憶裡。

可他們之間有太多生離死別，任何情濃的回憶，都夾雜著痛。

那種感覺揮之不去，令人恐懼。

「為什麼，要用那麼慘烈的方法，你知不知道，我的心中從此埋下了陰影，每當我想起與你曾有的快樂，那瞬間的痛苦就會突然襲來。」

「我也不想。」鳳逍苦笑著搖頭，「我相信妖族的封印會讓他們追蹤不到，想著只要與妳多些時間接觸，妳終究會想起我，到時再想方設法回到封城取回秋珞伽的妖丹。可惜劍鑾出現了，我到現在還沒想通，他究竟是如何探查到我們的氣息？」

「因為有人利用了我們，介入聖獸的鬥爭中。你我都不過是棋子而已。」嵐顏將自己遇到的事原原本本地告訴他。

鳳逍在沉默，身上的氣息凝重。

嵐顏知道，這是他生氣的表現。

看到深愛的人在自己眼前死去，這是多麼殘忍的事情。鳳逍愛她，就不捨得她難過。

他氣的是因為他人的算計，讓她償到了撕心裂肺的痛。

他們之間應該是輕鬆的，不應該如此沉重，沉重到無論什麼回憶，都不想要提起。

「嵐顏。」鳳逍忽然開口：「我們忘掉過去好不好？」

她沒有說話，只是乖順地點了點頭。

「從現在起，我重新追求妳這妖族的王，妳可願意？」他的笑容綻開，讓她的心都跟著舒展了起來。

「不。」她驕傲地別開臉，「既是追求，那便看你如何討我歡心了，豈能隨意答應？」

鳳逍低頭輕聲笑了，「看來現在的我，還不如封千寒呢。」

嵐顏的表情僵硬了，可她還來不及武裝自己，鳳逍的第二句話又隨之而來，「甚至，還不如段非煙！」

段非煙……他怎麼會提到那個人？

現在的嵐顏呆滯得就像木頭，淫婦偷人的姦夫，竟被丈夫挖出來了，太羞恥了。

「他對妳的覬覦，當年我又不是未曾見到。那種人的性格，怎會輕易放手？以他那名聲妳是不屑的，那麼他又做了什麼，讓妳心動了？」

曾經絕世天下的封淩寰，絕不是浪得虛名的人，這麼少的線索，他也能輕易找到線頭，然後順藤摸瓜，挖到重點。

「現在，我不是妳的丈夫、不是妳的愛人，只是一個追求者，我有沒有資格知道我的對手如何強大？」鳳逍的眼睛裡，認真得沒有半分虛假，讓她看到他的真誠。

嵐顏沉吟了一會兒，將她與段非煙之間的過往與交集，都原原本本地說了出來，包括段非煙的身分。

「青龍、白虎……」鳳逍的表情可不怎麼好，沉吟道：「我的對手，似乎強大得有點出乎意料之外。」

「從現在起，由我保護妳。」鳳逍的身上散發出強大的氣場，「無論那黑袍人是誰，無論妳被捲入了什麼樣的鬥爭裡，我鳳逍都要保妳安全無虞。」

她輕笑著，「這算是追求者在展示自己強大的能力以博取歡心嗎？」

鳳逍攤開雙手，笑望著她，「可以這麼說。」

重新開始，不失為一個好的約定，情不能抹去，但所有故事可以重寫，她知道鳳逍要用更多柔情與甜蜜，重新為她畫出美麗的風景，掩蓋曾經的痛苦。

讓她在與他相愛的時候，不再有傷感，只有快樂。

這彷彿孩子氣似的約定，卻能透出鳳逍對她的在意。

那她，也該還他一份快樂，在那些灰色的記憶上，重新留下彩色的痕跡。

「既然是重新追求，我們這樣似乎太親密了？」她忽然從他懷裡跳起來，披著他的外衫，一個縱躍離開了他的身邊。

鳳逍的聲音從她身後傳來，身體從地上躍起朝她追來，「能不能從明天再重新開始？」

她回頭翻了個白眼，在狐尾花叢間飛奔。

赤裸的足踝，跳躍的身影，兩人嬉戲追逐著。

嵐顏忽然發現，他的武功比她想像中要高出很多，甚至有凌駕於她之上的趨勢，這、這怎麼可能？

他一個閃現，出現在她的身邊，伸手抓住了她肩頭披著的衣衫，「妳忘記了，這身軀在妖族的禁地中，睡了百年。」

百年的沉睡，吸收了多少妖氣靈力，這些氣息存在他的身體內，化為了真氣。就像他修煉了百年一樣。

他作勢欲扯那衣衫，嵐顏猶如孩子般發出一聲尖叫，死死按著肩頭那件外衫。

兩人的力量較著勁，薄薄的衣衫可架不住這樣的力量，瞬間被扯破，撕開，露出了她雪白的肩頭。

嵐顏也管不了那麼多，跑為上策。

這禁地太小，他武功太高，在這裡與他追逐下去，下場定然就是被他抓住。她想也不想地抬起手腕，掌心推上禁地的石門。

才推開，她就呆住了。

門外，大大小小十餘名長老正翹首望著，一個個臉上都是焦急的神色。

嵐顏這才想起，她在禁地中為鳳逍鑄魂，長老們擔憂，必然是在外面守著，這一下……

她低頭，破爛的衣衫掛在自己肩頭，下面是赤裸的雙足和雪白的大腿，外衫從中揪住，卻隱約可從衣衫的縫隙裡看到下面未著片縷，還有一大片裸露的肩頭。

再加上追逐間凌亂的髮絲，奔跑中氣喘吁吁泛紅的面頰，怎麼看都容易讓人想歪。

嵐顏淡定地抬起臉，「為了給鳳逍公子鑄魂，現了真身，所以借了鳳逍公子的衣衫。」

「喔……」所有長老們都露出真誠而淡定的表情。

嵐顏卻發現，他們的目光直直地越過她，看著她身後的鳳逍，準確地說，是看著鳳逍脖子上那個紅紅的牙印。

「那個……」她努力保持著淡定，暗中卻恨死了自己當初的嘴賤，為什麼要咬在那麼明顯的地方，咬個沒人見到的地方就好了。

這個位置實在太引人遐思了。

「那一定是妖王大人為了救鳳逍公子施功時留下的。」秋無長老淡定地開口，表情比嵐顏還要正經。

「妖王大人功力深厚，吾等難以企及，屬下這就回去刻苦鑽研。」秋綬的表情同樣刻板而認真，連眼神都真誠無比，看不出半點破綻。

有他們兩個人開頭，其他長老眼中頓時露出了然的神情，紛紛低頭，「妖王大人為救鳳逍公子辛苦了！」

「妖王大人施展功力，勞累了！」

嵐顏的腳步從容地走著，身後一片片慰問和稱頌的聲音，外加鳳逍那勾魂的笑聲，一聲聲不斷。回頭，鳳逍的眼中藏著無邊笑意，有意無意拽了拽衣衫。

又一個紅紅的牙印露了出來。

那群人眼睛都不多眨一下，聲音更大了，「妖王大人殫精竭慮，保重身體。」

這群該死的老妖精！

嵐顏腹誹著，狠狠瞪了眼鳳逍。

他是故意的，一定是的！

鳳逍卻咬著唇，拋給她一個輕佻的媚眼，「妖王大人鑄魂之恩，鳳逍唯有以身相報了。」

「妖精！」嵐顏憤憤地吐出兩個字，轉身離去。

身後那認真的稱頌聲依然在飄蕩，追隨著她的腳步。

第十三章 夜舞

「妖王大人。」門外傳來興奮的聲音，不等她開口，就探出一個俊俏的小臉蛋，「我是伺候您的秋夕，給您送典禮上的衣衫來了。」

妖族是一個愛好和平的族群，也沒有那些過多的繁文縟節，她不介意這小丫頭的擅闖，因為純真本就是妖族的天性。

秋夕放下手中的禮服，一雙漆黑的大眼睛直勾勾地盯著嵐顏，不時地眨巴眨巴，嵐顏從來沒被一個女人這麼看過，被看得怪不自在的。

「妖王大人，您真好看。」秋夕露出一個甜甜的笑容。

真摯的讚美，不帶半點討好，純粹發自內心，讚美道：「這麼多年以來一直聽說妖王大人是妖界最美麗的女子，我們都好想一睹真容，聽聞要給您送衣服和首飾過來，大家都搶著呢，不過我搶贏了。」

秋夕顯擺地露出她的胳膊，作出一副強大的模樣，可愛的姿態讓嵐顏不禁笑了出來。她的回歸，給妖族帶來了生氣，她知道自己存在的責任。

今夜，妖族要舉行盛大的晚會，為了慶祝妖王的歸來，這些華麗的衣衫和首飾，就是為她準備的。

看著面前折疊整齊的衣衫，她輕輕拿了起來。

輕柔的薄紗，不是她曾經穿過的豔麗鮮紅，卻是雪白絲緞，長長地拖曳在身後，下襬繡滿了她最愛的狐尾花，給純淨的衣衫增添了奪目的光彩，華麗又優雅。

腰間沒有用絲條圍繫，而是用了一根細細的金鏈子，鏈子的下端，兩個小巧的金鈴鐺碰撞出清脆的響聲。

再往下卻再沒有遮擋，雪白修長的大腿，就這麼裸露在空氣中。

妖族人熱愛自由，性格奔放，自也不愛束縛。這樣的裝束對他們來說，才是最能體現妖族的隨興。

嵐顏記得，自己也不愛著履，赤裸雙足踩在草地間，心情會變得格外快樂。

秋夕又一次呆滯了，「妖王大人，今夜的晚會肯定有不少少年向您表達愛意，您可要好好挑選喲！」

嵐顏再度被她逗樂了，「小丫頭，想什麼呢。」

她當然知道，妖族人沒有世俗的束縛，心中所想便大膽去做，若是喜歡自然就表露心意。既沒有所謂的驕矜，也不會拿捏作態。被人吐露愛意，在她以往的記憶中，也是時常有的事。

「妳這丫頭，這是在慫恿她挑選別人嗎？」門口傳來溫朗的笑聲，「可是讓我傷了心呢。」

秋夕瞪著圓圓的眼睛，望著門口踏入的人影，紅色的嫩唇張得大大的，「鳳逍公子，您、您、您是妖族最俊美的男人，比、比妖族所有的男人都像妖精。」

「噗！」嵐顏笑了。

鳳逍無奈地搖頭，倚著門邊，瀟灑又隨意。

「哎喲。」秋夕忽然想起了什麼，「我忘記拿首飾了，這就去拿來。」

她朝著門外飛奔，與鳳逍擦肩而過跑出兩步，又忽然停了下來，回頭看著鳳逍，「鳳逍公子，秋夕喜歡你。」

抛下話，這才快步跑走。

嵐顏的笑聲更大了，鳳逍雪白的手指扶上額頭，再度無奈地搖頭說道：「妖族的熱情，委實消受不起。」

「你還沒吃到我的醋，便讓我先吃你的醋了嗎？」嵐顏為他轉身，雪白的裙角飛揚，裙襬上的狐尾花蕩起層層疊疊的波紋，鮮活舞動。

此刻的鳳逍，已然換了一身衣衫，脫下了那身青碧色，換上嵐顏在封城中最常見的豔紅。

紅色熱情又妖異，在男子身上，總會多了幾分陰柔的美感，弱了陽剛之氣。可太過陽剛的男子若著紅，就會變得無法融合，不倫不類。

男人駕馭紅，一如女子駕馭紫，都是最難交融的顏色。

可是紅色在他身上，總是有奇特的韻味。他的慵懶與瀟灑，將紅色的妖異和飛揚同時釋放到了極致，深藏了暗夜的靈動。

秋夕說得沒錯，他比妖族所有的男人都像妖精。

這話在妖族，可是最高的讚美了。

成妖易，為精難。所謂精靈之氣，要的就是那個靈字，靈動地彷彿斂盡了天地精氣。比仙多了幾分活潑，比妖勝出數分縹緲，介於兩者之間的飄逸之氣。

這氣質，鳳逍駕馭得完美無缺。多一分陰、少一分剛。他就在這二者之間，讓人心動。

「怎麼，就開始追求大計，怕我被妖族少年表白嗎？」她調侃著。

「當然。既是要追求妳，自然要使盡渾身解數了。」他緩步走到她的面前，捧起她的臉，「今日，讓我為妳上妝。」

曾經，她最豔麗的妝容也是他上的。

嵐顏的腦海中，不禁劃過昔日的那一幕。心頭，乍然地揪緊了。

他的手從背後伸出，手中是一束桃枝，粉嫩的桃花瓣，嬌美帶露。手，從妝檯上拿起筆，輕沾了胭脂，點落在她的眉心處。

不是眼角，不是眉梢，而是雙眉的中心。

嵐顏無聲地吁出一口氣，釋然了什麼，閉上眼睛。

不是往昔，不是曾經，不是那朵狐尾花。

鳳逍說過會用現在鳳逍的情，掩蓋一切過往，她相信他一定能做到。

他就在她的面前，即便沒有睜開眼睛，她也能從他的動作裡感受到他的認真。心愛的男人為她描妝，心間的滿足，又怎是言語能夠形容的？

他的手從她臉上挪開，「看看。」

她睜開眼睛，銅色的鏡中露出她光潔的額頭，三瓣粉色交疊，中心一點花蕊，嬌嫩得彷彿風過就能吹落。

她的氣質本就妖嬈，在這輕柔嬌豔的花瓣圖案下，明豔四射。

鏡子微轉，露出她俏麗的笑容，在她身邊，是一雙溫暖的笑眼。

小小的鏡子，印出兩雙容顏。輕輕靠近、依偎。

「妳的首飾，我也準備好了。」鳳逍拿出一串精巧的細鏈子，一枚水滴狀的透明水晶，折射出七彩的光芒。

鏈子繞上她烏黑的髮頂，七彩的光芒在黑髮間閃耀，只那麼一點，就勝過萬千華麗的步搖。簡單又精緻，卻妝點出了極致的美。

他執起她的手，十指交扣相握，「還差一點點呢。」

「什麼？」她自覺已找不到再添加的部分，鳳逍已將她打扮到了十分。

冰玉手指點上她的紅唇，「一點胭脂。」

胭脂嗎？

嵐顏皺了下眉頭。

胭脂之色不是不好，而是太濃。於她而言，似乎會有些過。色過，則俗。

「不過，胭脂的顏色太豔了，不適合妳，可我偏偏又想再添些，妳說怎麼做好呢？」他俯下臉，柔聲訴在她的耳邊。

嵐顏心頭還思量著，他的唇已經貼了上來，含上她的唇瓣，細柔地吮住。

她回應著，迎接著他點點如蜜蜂戲蕊般甜膩的吮吸。

鳳逍這一次的吻很纏綿、很細膩，含著她的唇瓣，小小地舔著，咬著那柔嫩。

這溫柔，她無力抵抗，癱軟在他的懷中，由他恣意憐愛。

他放開了她的唇，嵐顏只覺得嘴巴上有些麻、有些腫，鳳逍將銅鏡放在她的面前，「妳看看，這樣正好。」

鏡中的她，雙頰泛起桃花色，嘴唇紅潤光澤，眼神溫柔迷離，水霧眸光中，嘴角含春。

就連她都覺得此刻的自己，美得有些不真實。

「真不想讓這樣的妳被他人看到。」他歎息著，卻牽起了她的手，「妖王大人，鳳逍可有這個榮幸，與妳執手相行？」

他的認真、他眼中的期待，讓她忽然覺得，他們又回到了最初，那個小心翼翼的相遇時候的彼此，對對方的每一個動作、每一個行為，都是心懷著驚喜。

她能感受到自己內心的雀躍，心口跳動著喜悅，卻揚著頭抿著笑，不將手給他。

小女兒家的心，總是要矜持拿喬的。

鳳逍看著她的表情，忽然單膝跪下，手指掬起一片她的裙角，放到唇邊一吻，再度將手抬了起來，等待著她。

嵐顏這才傲嬌地將手放入他的掌心中，被他牽著，走出了門。

門口，秋夕張著嘴，臉上紅彤彤的一片嬌羞之態，望著兩人壞笑。方才的一幕，只怕都被她看得清清楚楚。

嵐顏被他牽著，慢慢地行向神壇。

遠方的天空已經悄然暗了下來，只留下一片光彩晚霞，映襯出天邊最後一抹亮色，輕紅在雲後射出，柔彩得讓人心醉。

他們兩人並肩而行，不疾不徐。

他知道她太久沒有回歸，任何景色對她來說，都是值得貪婪去牢記的，哪怕一草一木，都會心中感動。

所以他走得慢，讓她可以盡情地去看、去牢記、去感動。

嵐顏也明白鳳逍的心，相扣的手很輕地握了下，在他側臉間嫣然一笑。

她的感謝，也不必說出來，一個眼神他就能明白。

嵐顏的手指著前方，一片花叢搖曳著，花瓣滿枝頭，一串串白色的花朵像是垂掛的風鈴，當風吹過嬌柔擺動，無聲勝似有聲。

「鈴蘭花！」嵐顏驚訝地叫了起來，拎起裙襬衝了過去，絲柔的裙角擦過草地，發出細柔的聲音，她的髮絲飛揚在空中，聲音也清麗動人，「鳳逍，你可知道這花？」

她的興奮就像個孩子，低下頭撫摸著那花朵，抬頭揚起的笑容，燦爛無比。

「知道。」他行到她的身邊，為她把一縷亂髮撥到腦後，「別跑，妳快或者慢，它們都在那兒呢。」

「當年我在人間遊玩，覺得這花柔美婉約之下清麗得讓人心動，於是帶回一株植在這裡，沒想到如今已經是這麼大一片，收穫的驚喜來得太突然。」她叫嚷著，拉著鳳逍的手不住搖擺，「好美啊。」

「鈴蘭有毒，妳可知道？」他忽然伸手，摘下一朵鈴蘭花，拈在手指中把玩。

嵐顏毫不在意地揚起臉，「知道，越美的東西越有毒，常理。但是我喜歡，又有能力抵擋它的毒性，何必害怕？」

毒？何懼！有能力駕馭的人，才敢親近。

做人，做事不都是這般的道理麼，若無能力強行去駕馭，只會被傷。

她，有自信。

鳳逍突然笑得詭異，伸手極親昵地捏上了她尖尖的下巴，「越美麗的東西越有毒。」

她明眸大睜，表情無辜，「你是在說我嗎？」

鳳逍笑而不答，把手中那朵鈴蘭別上了她的鬢邊，「它與妳，還真是相得益彰。」

「有嗎？」她歪著臉，表情可愛。

「一樣漂亮得讓人挪不開眼，看似純潔嬌弱，卻帶著毒，不小心就中了它的毒，自己還甘之如飴。」他緩緩地開口，視線停在她的臉上，久久不肯挪開。

她的手撫過鬢邊，花朵在她手中輕顫，「多謝誇獎。」

唯有她，會將這話甘之如飴地收下當做誇獎。

也唯有他，會這樣地真心地讚美她。

天色徹底暗了下來，他牽著她的手，「快走吧，不然妳的子民們又要焦急了。」

嵐顏開心地笑著，身體飄起，腳尖點上鈴蘭花瓣，飛掠向前。寬大的裙襬在身後飛揚，如夜空下一朵雲彩，炫目至極。

白色的衣襬在空中飄揚，身後是被風帶起的一片狐尾花，追隨在她的衣裙之後，飛舞出長長的花帶。

鳳逍在她身後，看著那背影，低聲呢喃：「中妳之毒，縱然此生無解藥，亦不悔。」

第十四章 妖王嵐顏

廣闊的草坪上，燃起兩道火把長廊，像是夜空下的兩道星帶，黑壓壓的人群在四周攢動著，翹首企盼。

火光在風中搖搖晃晃，讓視線在看清楚的剎那，又忽然變得朦朧起來。

這樣的光線，反而讓人更加踮起腳尖，想要看清楚所有的一切。

雪白的衣衫，帶著飛舞著的狐尾花，從遠方凌空飛來，原本嘈雜紛亂的人群，驟然無聲。

足尖一晃，身體飄然落下，裙襬緩緩歸於她的腳邊，如盛放的花朵，那一片豔麗的花帶失去了她的引領，一片片環繞在她的周身，慢悠悠地飄墜。

夜色下的妖，迷幻而靈秀，剎那讓人目眩神迷，隨後就為她失了心志，在不知不覺間被奪了靈魂。

這是書中對妖的形容，而她，不負這般讓人敬畏又妄想的形容。

「妖王大人！」

人群在短暫的沉默後，忽然爆發出震天的歡呼聲，整齊地跪倒在地。

嵐顏堅定的腳步踏上了長長的路，那道路的盡頭，是至高無上的神壇，除了妖王無人可以站上的地方。

一步、一步，慢慢地接近，忽然間她停下腳步，朝著人群之後，勾起了一抹笑容，掌心抬起。人群之後，響起了歡快而縹緲的樂聲，兩旁的人群不由隨著樂曲踏起了節拍。

妖族的舞蹈，神祕而詭幻，輕吟淺唱著他們才懂的韻律，在火光搖曳中翩然起舞，祭祀般奉獻著他們的曼妙。

這就是妖族，無論人們怎麼看待，他們過著自在的生活，吟唱著他們的快樂，釋放著他們的心情，勾魂的鈴聲響徹草坪。

他們喜愛這種清脆的鈴鐺聲，有人傳說妖族人用鈴聲勾住人的魂魄，然後吸食精魄為自用，其實不過是他們的愛好而已。

奔放自由的妖族，享受著天地間最美好的精華，向天地貢獻他們美好的舞蹈。

嵐顏聽到了歡呼，看到了雀躍，這才提起腳步，再度向前。

腳尖踩上神壇，身後的舞蹈更加歡快，鈴聲不絕於耳，人群的身影在空中跳躍，扭動著妖嬈，釋放著嬌媚，在月光下哼唱著。

嵐顏的足輕巧一轉，手臂勾起在空中，纖細的腰身彎出驚人的弧度，在驚歎聲中，腳尖飛快地點了起來。

裙襬在飛揚，鈴鐺在跳動，火光在搖曳，她的身影在飛旋。

月光撥開雲彩，照落在她身上，輕薄的紗被照出半透明的光影，隱約可見那完美的身軀，可是想要看清什麼，卻又是沒有。

她是妖族的王，她帶領著妖族感謝天地的恩賜，感激上蒼的垂憐，跳著獻祭的舞蹈。

傳說中狐妖的拜月之舞，天地間最為曼妙妖嬈的舞姿。

此刻的妖族，沒有了愁苦、沒有了哀傷，只有歡樂。無論外界如何看待他們，他們都是天地間最靈秀的存在。

衣裙在舞蹈中微亂，從肩頭滑落少許，露出了半抹雪膩的肌膚，嵐顏也不遮掩，擺動著腰身，任那風情在舞蹈中展露。

任性的妖族人，為什麼要受人界教條的管束？這是他們的世界、他們的天地。

她有多久不曾這般肆意發洩過了？她有多久沒有這般放下一切全心投入舞動了？

這一場酣暢淋漓，是長久的宣洩，是情感在積壓太久後的渲洩。

何止是她，妖族中的每一個人都是這般。

她是他們的王，她知道他們的壓抑，也知道他們需要什麼。

這一夜的瘋狂，就由她來引領吧。

歡叫聲響徹耳邊，嵐顏的手指彈出，一抹火光從火把上跳起，飛向前方的中央。

那裡，堆砌著高高的柴堆，當那火光落下的瞬間，砰然聲中，熊熊的烈焰開始升騰。

歡呼聲到達了頂點，人群朝著火堆湧動，圍繞著熊熊的烈火，開始舞蹈。

歌聲、舞聲、鈴鐺聲、歡呼聲，月夜下的草坪，熱鬧無比。

嵐顏站在神壇之上，那一場舞蹈讓她有些微喘，臉上卻是滿滿的饜足笑容。

她望向身邊那些長老們，發現每一個人的臉上都是同樣的興奮，秋無甚至已經與人群一起，在火堆旁舞蹈著，就連最老成持重的秋鐘，手中的拐杖也隨著節拍敲打著地面。

大家等待這一刻，都太久了。

百年之後，他們的妖王大人終於回歸了，妖族又有了主心骨，所有人都可以放下心頭的那塊石頭，歡慶。

俊美的少年，秀麗的少女，妖族的人容顏都那麼出眾，看他們的面龐，都讓人身心愉悅。

「妖王大人，過來一起同樂啊！」秋無從人群中歡快地跳了出來，哪裡還有半點妖族長老的矜持。

妖族的駐顏之術是最出色的，幾乎人人都有著不老的容顏，而他們又是天真的，在隔絕的環境中，無論年歲更迭，心境始終如一。

嵐顏被她拉著，無法掙脫，回頭看去人人都是一副歡快的表情，她也不再堅持，隨著他們進入了篝火圈中。

她，無論在哪裡都是最耀眼的存在，篝火也阻擋不了那明媚的笑容，場中的笑聲裡，她那清脆的聲音，也是最為讓人心動的。

渴望了太久，回到這裡的她，心底是壓抑不住的興奮，是難以按捺的快樂。飛舞的裙角，就是她此刻的心情。

「妖王大人。」秋夕擠到她的身邊，手中的藤杯中是滿滿的酒，「還記得妖族的梨花雪酒嗎？我親手釀的，妳嘗嘗好不好？」

不忍心讓那雙期待的眼眸失望，嵐顏想也不想接過一飲而盡。

妖族的人熱愛生活，連酒也是極為精緻的，當那清甜入口，她長長吁出一口氣，熟悉的味道，醇厚的酒香，剎那間將骨髓中的記憶勾引了出來。

「妖王大人喝我的酒了。」秋夕興奮地叫嚷著，這一嗓子可捅了馬蜂窩，一瞬間嵐顏身邊圍滿了人。

「妖王大人，試試我的桃花香。」

「妖王大人，請品嘗我的海棠醉。」

「妖王大人，您一定要喝我這杯百果香醇。」

嵐顏無法推辭，一一全收，轉眼間已是十餘杯酒下肚。說她放縱也好，她只是想尋找，尋找那些記憶裡存在的味道，在真實中感受她摯愛的妖族。

妖族的酒本就醇厚，一藏就是幾十年，他們為了在妖王大人面前獻寶，更是把珍藏都拿了出來，這連續的十幾杯下肚，饒是嵐顏的酒量也扛不住，有了微醺的醉意。

當她再度拿過一杯酒，才啜了一口，身邊伸出一隻修長白皙的手，將酒杯從她唇邊挪開。

她抬起醉眸，看到來人後，露出了一抹甜膩的笑容。

「我替妳喝好不好？」那聲音低聲哄著。

嵐顏發出撒嬌的聲音，搖頭，「不要，這是他們的心意，我要自己喝。」

話是這麼說，人卻自然而然地靠上了他的肩頭，支撐著自己略有些不穩的身形。

鳳逍扶著她的身體，低頭看她的眸光中，滿是溺寵。

一名俊俏的少年走到了嵐顏的面前，嵐顏瞇著眼睛，「你也要敬我酒嗎？」

「不。」那少年忽然單膝跪在她的面前，手中托起自己的內丹，「妖王大人，我喜歡您，您能否接受我的愛意？」

直接而爽朗的妖族人，永遠不會掩飾自己的愛意，將妖丹奉獻，是妖族最誠摯吐露愛意的方式。一旁的笑聲，很大。

「我……」曾經她也無數次面對這樣的示愛，但是回歸之後，這還是第一個。

同樣久違的感覺，讓她的笑容漸漸變大。

她開心，是因為又見到了妖族的傳統。

可這笑容落在某個人的眼中，可不一樣。

鳳逍擋在她的身前，跟少年說：「我比你先表白，她還沒回應我呢。」

少年的眼中流露出一絲失落，卻笑得真誠，站起了身。

喜歡就表白，但是不糾纏、不妒恨，這就是妖族的人。

就在這個時候，秋夕忽然拉住了鳳逍的袖子，高聲道：「鳳逍公子，秋夕也喜歡您，您還沒回答呢。」

她的手中，也托著一枚白色的妖丹，眨巴著大眼睛看著鳳逍。

鳳逍的臉上閃過一抹尷尬，幾乎是同時，數名少女將鳳逍圍了起來，「鳳逍公子，我也喜歡您，請您接受我的心意。」

兩名篝火中最出色的人，就這麼瞬間被人團團圍住，各自分離開，面前都是一雙雙期待的目光，和手中托著的妖丹。

最難消受美人恩，他們現在要面對的，是無數熱情和愛慕。

嵐顏在人群中望著，此刻的鳳逍也忽然偏過臉，隔著推擠的人群，兩人的視線在空中交纏。

無論他在哪裡，她永遠都有辦法知道，現在他就在自己視線之內，帶著她熟悉的愛戀眸光，看著她。

有一種護衛，是無形的。

有一種心境，只因那個人的存在，一切變得安寧。

她展開笑臉，帶著歉意，「對不起，我已經有了選擇。」

「那妖王大人，能否接受我的酒呢？」少年沒有癡纏，只是將一杯酒恭敬地舉過頭頂。

嵐顏伸手拿過，一口含下。

這時的她已有了數分的醉意，腳步虛浮，身體晃了晃。

一雙手從身後攬上了她的腰身，她不用回頭，也能從熟悉的氣息中知道——是他。

她側身，將自己完全地依進他的臂彎中，瞇著眼睛，嬌憨笑著。

唇，落下。

熱情而肆意，分開她的唇瓣，侵占進她甜美的柔軟中，那還來不及嚥下的酒，順著兩人的唇滑下，濕濡了衣衫。

身邊，是喧鬧的喊聲，聲音裡，滿滿的都是祝福。

酒意總是讓人衝動的，她反手勾上他的頸，咬上他的唇瓣，探入他的唇縫中。

才侵入，就被他糾纏上，不容她退縮，帶著她在他口中，掠奪。

沒有任何的束縛，也不會有異樣的眼光，所有的一切都那麼真誠。

人群圍繞著他們歡快地舞蹈著，熊熊烈焰之下，兩人忘情擁吻。

這樣的感覺，真好。

第十五章

調情

篝火還在燃燒，舞蹈還在繼續，嵐顏與鳳逍卻偷偷地溜出了人群。

聽著遠處的歡樂歌聲，走在安靜的草原上，心情舒暢又歡快。

醉意讓她的腳步有些不穩，索性一屁股坐在地上。

鳳逍伴著她坐下，嵐顏將螓首輕輕靠上了他的肩頭，「剛才，有多少姑娘向你表白？」

「二十三。」鳳逍略一思索，給出了準確的答案，低頭看著她慵懶的姿態，「那妳呢，有多少少年對妳獻出妖丹？」

嵐顏扳著手指頭，數來數去，最後只能搖搖頭，「喝多了，數不清。」

抬頭，一個傻傻的笑。

有多少又何必在意，反正她眼中的人，只有他。

「妳拒絕了那麼多人，我呢？」鳳逍的眸光炯炯，「妳還沒給我答覆呢。」

「什麼答覆。」她愣了下，「你又沒跪在地上向我獻妖丹，我需要立即給答覆嗎？」

聲音越到後面，越沒有底氣，因為她忽然想起了在房中時，他那個跪地的動作，與妖族少年示愛獻妖丹幾乎一模一樣。

差別只在於他沒有妖丹。

莫非……

果然，鳳逍的眼裡帶著笑意，「我真的沒有嗎？」

依照妖族的禮儀，他示愛了，她就應該給出答覆，可她偏偏就是故意的，不想給。

有時候明明大家都知道答案，可是親耳聽到從對方口中說出來的感覺，是不同的。她知道他要什麼，就是那麼壞心不給。

酒意會讓人作出超越理智的事，她平常的冷靜理智此刻統統飛到了天邊，就是想要調戲鳳逍，看他著急等待的樣子，「不管，沒有妖丹，就不算妖族的禮儀，我可以不回答。」

耍賴又如何，她就是耍了。

「好吧。」鳳逍無奈，伸手抱起了她。

身體忽然懸空，嵐顏下意識地摟上他的頸，「你要帶我去哪兒？」

「閉上眼睛，一會兒妳就知道了。」他親了下她的額頭，哄著她。

醉意讓她渾身綿軟，乖乖地在他懷中閉上了眼睛，耳邊聽到風聲呼呼，是他在飛馳的聲音。

沒多久，他腳下停住。

「好了嗎？」嵐顏問著。

「沒有。」她的身體被放下，清涼的手指點上她的額頭，「繼續等著。」

「喔。」她老實地點頭，閉著眼睛沒有睜開。

她能聽到他的腳步聲漸漸離她遠去，失去了他懷抱的溫暖，總是有些不安。

嵐顏又一次揚起聲音：「鳳逍，可以睜開了嗎？」

「不行喲。」他的聲音從不遠處傳來。

聽到他的聲音，知道他的位置，那心莫名地就安了，於是繼續選擇等待。

直到他的腳步重新回到她的身邊，將她抱了起來，嵐顏在他懷中抬起頭，問道：「這一次可以了嗎？」

鳳逍沒有回答，雙臂將她拋出。

「啊！」忽然被丟入空中的嵐顏一驚，下意識地睜開了眼。

鳳逍的動作很快，手中甚至加入了功力的禁制，讓她做不出任何反抗，就這麼落了地。

眼前，鈴蘭花飛起，滿滿地侵占了她的視線，她只覺得漫天都是白色的鈴蘭花，身體落在地上，卻是軟軟的。伸手摸去，淨是花瓣的柔軟。

嵐顏低呼一聲驚訝地坐起，呆呆地看著眼前，看著身下。

身下，厚厚的一大片，全是她喜愛的鈴蘭花，一個個小小的風鈴在她周圍堆砌成一張花床。

夜色廣袤之下，漫天星斗，一張寬大的花床。

她伸手撫摸著，驚喜堆滿心胸，竟然不知道該說什麼，再抬眼時，只有跳動著的感動，望著鳳逍，「你……」

「喜歡嗎？」鳳逍走到她的面前，「為了妳的花床，我把妳的花田都揪禿了。」

嵐顏看去，原先那一片片盛放的花田，此刻已經是光溜溜的，一朵花也不剩了，鳳逍摘得可真徹底。

「什麼時候的事？」她看著身下厚厚的花床，伸手攏起一捧，拋了起來。

花朵紛紛揚揚，一個個嬌羞的小鈴鐺在她眼前、在他們之間墜下，兩人的眸光，在花朵的紛落裡，牽繫。

偶爾一朵花阻隔，但當花朵落下，他還在那裡，帶著永遠不變的眼神，溫柔如水。

「妳與他們在歡快舞蹈的時候。」他聲音柔軟，沁入心中。

那個時候，她全心沉浸在回歸妖族的快樂中，完全忽略了鳳逍的去向，沒曾想居然在這裡為她做了一張花床。

「其實很簡單的，有武功的倚仗，採下並不難。」鳳逍的語調沒有邀功、沒有得意，只有看到她開心後同樣的輕鬆。

不，她知道縱然有武功，也絕不如他所說的那般輕鬆。

武功可以瘋狂捲落葉般地掃過，但是那樣花朵會散開，只剩下花瓣。但她面前的全部都是一朵朵完整的鈴蘭花而不是花瓣，只因為他知道她喜歡鈴蘭花的形狀。

「鳳逍。」她呢喃著他的名字，「我想，此生我都不會忘記你送的這份禮物。」

鳳逍點頭，將她摟入懷中。

她知道，鳳逍在兌現自己的承諾，要她忘卻曾經的回憶，他會給她新的甜蜜，讓她不用再沉浸在痛苦交織中。

她也告訴他，她不會忘記這份驚喜，屬於重生後的他們，新的記憶。

嵐顏一用力，摟著鳳逍倒入花床中，兩邊的花朵被力量激蕩起，飛舞著，又落下。

花瓣中他的容顏，比花還讓人迷戀，心醉。

「這裡，無人。」他的聲音灑落她的耳畔，更醉人。

情到濃時，有些事那麼自然，也順理成章。

唯一的岔子，在於她體內的那一堆酒。

十幾種酒此刻在她體內騷動著，被風一吹，更上頭了。

「鳳逍。」她醉眸望著鳳逍，「我想……」

當鳳逍的耳朵貼上她的唇邊，卻聽到她一聲歡呼，「我想要變回妖身。」

什麼？

鳳逍的表情一僵，呆住了。

嵐顏傻傻地憨笑著，身體在花床上扭動，那美麗的裙子剎那碎裂，火紅的身影出現在鳳逍的眼前，九條尾巴在風中搖擺著。

「這……」鳳逍露出一絲苦笑。

酒意讓她無法控制自己的妖氣，此刻的釋放只覺得舒服極了，她在花床上翻滾著，「鳳逍，好軟好舒服，你來啊。」

說醉，也沒有醉成死豬。

說不醉，這樣的憨態可掬如何讓人說她沒醉？

這分明就是標準的——耍酒瘋。

一條尾巴捲上鳳逍的腿，把他拉向自己，「鳳逍，來嘛。」

這如何來？鳳逍哭笑不得。手掌撫摸上她毛茸茸的頸，揉了揉，「乖，變回來好不好？」

「不要。」她驕縱著，借酒裝瘋。

七分醉中，多少還有三分醒，她就是要看鳳逍如何自處。

「這……」鳳逍搖頭，「真的來不了。」

嵐顏的眼中，藏著無比的壞，「要麼你來啊，要麼你也變啊，我記得在封城的你，漂亮著呢，八尾巴狗兒。」

鳳逍歎息，「以後再也不讓妳沾酒了，妳這傢伙的酒品，實在不怎麼好。」

說她酒品不好？

尾巴一晃，瞬間如藤蔓般纏繞上鳳逍，不讓他離開，硬生生將他困在床榻間。

「話可是妳說的。」鳳逍雙眸一瞇，閃過危險的光芒，手指解上頸間的盤扣。

嵐顏一怔，呆了。

不、不會吧，他、他不會真的被她刺激瘋了吧？被驚嚇到的嵐顏完全停滯了動作，那九條使壞的尾巴，也不知不覺間垂落了下來，失去了力量。

酒醉的人、包括酒醉的妖，在這個時候腦子反應都是慢的，等她念頭閃過的時候，鳳逍的衣衫已經隨著他的動作，落了地。

矯健的男子身軀，細膩如雪的肌膚，在月光下泛起珠光色澤，髮絲散落的瞬間，魅惑無雙。

「你……」一般像她這種人，都是只敢點火不敢面對，當鳳逍全身赤裸地站在她的面前，她反而徹底慫了。

修長的雙腿，緊窄的腰身，微微起伏的胸膛上兩點殷紅，那雙腿中間的……

有力的雙臂一展，把那花床上打滾的狐狸拖到面前，雙手按著她的兩隻爪子。

嵐顏想起此刻自己的身形，驚恐地大呼：「鳳逍！」

邪惡而輕佻的眼眸瞇出他最為風情的表情，「妳叫我來的。」

「我、我、我……」嵐顏結巴了。

威脅十足地低下頭，「妳說的話，可別忘了。」

啊，不是吧？

她現在是妖身啊、妖身啊、妖身啊！

她烏黑的眼睛，完全木然了，眼中只有鳳逍邪惡的笑容，無限放大。

他的身體，忽然變化了。一副雪白的狐狸身軀，出現在她的眼前，雪白的尾巴揚起。

「你、你、你怎麼有妖身？」嵐顏更加結巴了。

封城中的鳳逍身軀，是妖族長老們靈氣的匯聚塑造出來的，現在的身體，則是真真切切的封淩寰，怎麼會有妖身？

「妳忘記了，我說過禁地中的妖氣，已經改變了我很多。」鳳逍依然保持著壓制她的動作，聲音慢悠悠地，無比自然。

他說過，可惜她沒有深想，或許說她也沒想到，他的身體能被改變得這麼多。

那飛舞的尾巴在空中，她努力地睜著眼睛想要數清楚，「一條、兩條、三條……」奈何迷離的醉眼想要看清楚，實在太難。

她開始扭動著、掙扎著，想要把自己的小爪子從他的壓制中抽出來，低聲道：「讓我摸摸，我數不清。」

「摸？」他的眼中再度閃過危險的光，壞笑道：「我記得某人的手似乎曾經在摸尾巴的時候做過什麼？」

嵐顏快要哭了，她想起了當年在封城，她無意中戳過、戳過他的某個部位。

他該不是要報仇吧？

「我不報仇，不過剛才妳叫我來，現在的我們都一樣了，似乎很公平。」這話狠的，比說報仇還讓她絕望。

她雖然是狐狸，可是她以前是隻純潔的小狐狸啊，做人這麼多年，難道現在要回歸到最原始的狀態去體驗？

喔，她不要。

她的掙扎和哀求全都寫在臉上，苦哈哈地看著鳳逍。

鳳逍的眼睛深沉得看不透，嵐顏只能哀求著，「我變回去，好不好？」

「好啊。」鳳逍回答得很乾脆，嵐顏心頭一喜，還來不及開心，就聽到了鳳逍下面的話：「可我不想變。」

什麼？

人身的她，妖態的他？嵐顏簡直不敢想像那個畫面。

什麼叫作繭自縛、什麼叫自作自受、什麼叫挖坑自己跳，她可算是徹底明白了。

「我錯了。」嵐顏再度苦苦哀求。

「接受妳的認錯，不過還是要懲罰。」

「嗚嗚。」可憐的小紅毛狐狸發出哀鳴，眼巴巴地望著他。

鳳逍的爪子鬆了鬆，終是逃不過她的示弱，心頭早已經軟了。

不過某個一心想要逃離的狐狸，可沒發現這個改變，她只想著如何解決此刻的困局，眼睛望著鳳逍張揚在身後呈現扇形的尾巴，心頭一動。

紅毛尾巴悄悄地伸了起來，朝著鳳逍尾巴之下的某個柔軟的部位探去，一戳！

「啊。」鳳逍發出一聲輕喚，身體跳開。

機不可失，嵐顏想也不想地彈了起來，蹦上草地間。

「嵐顏！」身後，是某人的叫聲。

她才不要答應他，她才不要被他逮著，嵐顏身軀在草地上飛奔，聽著身後同樣奔跑的聲音。

想逃跑，卻又捨不得這美麗的花床，嵐顏索性繞著床，與鳳逍展開了追逐戰。

月光下，一紅一白兩道優美的身影，在肆意地跳躍追逐，歡快地奔跑。

再到後來，已經成了喜悅的打鬧。

她夢中那種快樂的生活，她一直渴望的單純，就這麼悄然地降臨了。

但是現在的她，比那隻小狐狸更加幸福，因為她的身邊，還有他。

鳳逍一個飛撲，嵐顏靈巧地躍開，順道一爪子撩起花床上的鈴蘭花潑向他。

兩個人明明可以變回去，卻偏偏留戀了此刻的妖態，就為了享受打鬧裡的快意。

「哎喲。」嵐顏一個低呼，被鳳逍從身後撲住，雙爪壓在她的後肩，雙腿踩著她的尾巴。

那最為靈動的狐尾，被他壓制得死死的。

她忽然有種不祥的預感，想起了剛才自己做的壞事。

「鳳逍……」她又一次楚楚可憐地哀求著。

「這次別想我放過妳。」他惡狠狠地說道：「兩次！要是就此輕易放過妳，以後豈不是任妳欺辱了？」

她卻看不到，身後鳳逍的眸子裡有滿滿的笑意。

「我錯了，饒過我吧。」她垂死掙扎。

「以後還這樣嗎？」他威脅十足。

就算還這樣，現在也不能說啊，她忙不迭地晃動著腦袋。

「不了，再也不了。」她姿態無比低下，「饒命。」

「怎麼承認錯誤？」鳳逍可沒這麼好糊弄，繼續威脅。

「我給你跪下。」她一連串的話從口中迸出。

「只有這個嗎？」雪白的尾巴輕輕拍打著她的小屁股，嵐顏身體緊繃，哆嗦著，「你要怎麼樣都行，放過我嘛。」

該示弱的時候絕不強硬，封城裡無能的九宮主一向如此，她知道鳳逍吃這套，毫不猶豫服軟。其實，這也是他們兩人間的情趣，打打鬧鬧中增加感情。

此刻，虛空的一角被無聲地撕裂，一道光芒閃過，兩人同時回頭看去。

一道人影從虛無中慢慢顯露，入眼看到的，就是嵐顏被鳳逍壓制的狀態，揮手間一道勁風直撲鳳逍。

雪白的身影躍起，躲開了這道攻擊。

嵐顏看著眼前的人，「你怎麼來了？」

眼眸掃過地上的紅狐狸，「來找妳。」

鳳逍眼睛盯著面前的人，口中發出一聲冷哼，「這又是哪一個？」

第十六章

男人間的暗戰（一）

這又是哪一個？擺明在問她除了封千寒和段非煙之外，還有哪些其他追求者的意思。

嵐顏白了他一眼，「不是。」

她的否定很自然，鳳逍的眼神卻不自然。

異性看對方，很難看透本質，同性看對方，一眼就能看穿。再多偽裝，都逃不過同性的眼神，這就是不同。

對於鳳逍來說，從這個人身上讀到了威脅，讀到了爭奪的氣息，縱然嵐顏不明白，他可是通透得很。

那人一雙眼眸充滿怒火，瞪著嵐顏，怒道：「妳這個該死的女人，不經過我同意，隨便亂跑什麼？」

嵐顏訥訥地垂下小腦袋，第一次沒有反駁他那貶低的話語。

是她沒有等蒼麟，才讓事情變成這樣。

她的體內還帶著對方的靈丹呢，確實有點不顧對方了。

「我也沒想到中途發生了變故。」她開口解釋著：「我本想著找到鳳逍魂魄馬上趕回，誰知道……」

「妳這個愚蠢的女人。」蒼麟一口打斷她的話，罵道：「做什麼都自以為是，不要找藉口欺辱本尊。」

「本尊？」鳳逍在一旁哼了聲，看也不看蒼麟，對著嵐顏開口：「哪路神仙？」

「呃，」嵐顏無比尷尬，「黃龍大人。」

「中央之神？」鳳逍反應很快，一口揭穿蒼麟的身分。

對於鳳逍的話，蒼麟的眉頭皺了下，倨傲地別開臉，口中冷冷地哼了聲。

鳳逍也同樣驕傲地抬起了臉，「看來比封千寒和段非煙還煩呢。」

如果不是當著蒼麟的面，嵐顏真的想為鳳逍的話拍手叫好，蒼麟的脾氣又大又臭，和封千寒與段非煙比起來，當然煩。

不過，誰讓他是中央之神呢，對於嵐顏來說，她也希望蒼麟能夠恢復，能夠還天地一個平衡、還人間一個安寧，所以……再煩也得捧著。

「蒼麟。」嵐顏忽然想起那個黑袍人，急切地想要將事情原由告訴他，「我遇到了脅迫追殺，對方應該是衝著你來的。」

蒼麟的眉頭擰著，「醜陋的女人，不要用這個模樣跟本尊說話，變回來！」

他今天的脾氣可真大，比以往還大，就像……就像沒吃飽的時候。

嵐顏以大事為重，不想在這裡和他糾纏下去，應了聲就準備幻化回女子之身，「好、好、好，吵死了。」

她的嘀咕讓蒼麟眼中的火焰又濃了幾分，冷冷地哼了聲。

「等等。」鳳逍忽然插入，阻攔了嵐顏的動作。

嵐顏揚起不解的表情，眨巴著目光看著鳳逍。

鳳逍擋在嵐顏身前，一語不發，不多時那雪白的九尾身軀就變成了赤裸矯健的男子身形。

如果沒有蒼麟在身邊，嵐顏一定會露出流口水的表情，好好地欣賞一番。

鳳逍的眼神輕輕掃過嵐顏，看到了她眼中的驚豔，對於這個反應表示十分滿意，唇角淺淺一勾，將衣衫拈起，披上肩頭。

不過，他只穿了裡衣，紅豔的外袍拈在手中展開，將嵐顏的身形與蒼麟的視線隔開，才對嵐顏說：「好了。」

好吧，任何男人都不會願意自己的女人在別的男人面前露出赤裸的身軀，何況是鳳逍這種驕傲又占有欲極強的人。

即便知道了蒼麟的身分，他也沒有半點示弱的意思，將衣衫披上嵐顏的身體，將她打橫抱了起來，轉身面對蒼麟，「無論有多麼重要的事，於理都應該白天說。還有，無論閣下是什麼身分，偷窺他人親密愛憐都是不好的行為。今夜我們要安寢了，你明日請早吧。」

靠在鳳逍的胸口，她能察覺到鳳逍隱隱的怒意。

好吧，任何一個男人被打擾了好事，都會生氣。何況打擾他的人，在他看來還是對他女人有企圖心的人。

鳳逍抱著她就要舉步，嵐顏揪著他的衣服，「我……」

鳳逍低頭看了她一眼，目光中警告意味十足，嵐顏到了嘴邊的話又嚥了回去。

蒼麟的事很重要，但是蒼麟已經來到妖族，讓她不必再擔憂因為自己的衝動而造成了可怕的後果，為今之計還是安撫自己的男人重要。

她已經能預料到，鳳逍跟自己有很大一筆帳要算。

蒼麟的雙手背在身後，雙眼望著天空，對於鳳逍的話恍若未聞，倒是嵐顏從鳳逍的肩頭伸出腦袋，「蒼麟，你的身體沒事吧？」

鳳逍帶著嵐顏行遠，蒼麟那驕傲的臉扭了過去，望著他們走遠的方向，嵐顏的腦袋還在看著他，有些擔憂。

兩人目光一觸，蒼麟狼狽地轉了回來，雙手用力捏在身側，低聲狠狠地說著：「妳這個混蛋的女人！」

「妳這個混蛋的女人。」同樣的幾個字，出自鳳逍的口中。

鳳逍手腕一抖，把嵐顏拋進床榻裡，「說，妳和他之間又是怎麼回事？」

嵐顏一臉為難，「這個、這個說來就話長了啊。」

「那就長話短說。」鳳逍哼了聲，搬了張凳子坐在她的面前，腿一翹、眼一瞪，一副審訊到底的模樣，「時間還長，妳可以說上幾天幾夜，我有的是時間等妳。」

嵐顏堆起笑容，鳳逍絲毫不為所動，嵐顏的小手指輕輕爬到鳳逍的腿上，撓了撓，換來冷冷的一個白眼。

她知道鳳逍是真的發火了，他生氣她居然有事情瞞著自己。

可是如果說出來，他會不會更火啊？

畢竟她瞞著他的一些事情，要從白羽做自己師傅起說，當初她答應過為白羽保密，所以即便面對鳳逍也隻字不提，現在再說……

她懷疑鳳逍會揍她，畢竟被愛人隱瞞那麼多事情，對於任何人來說，心裡都不會舒服。

騙？繼續瞞著？原原本本交代？

幾個念頭在腦海中交替閃過，她計算著厲害結果。

騙，如果鳳逍知道了真相，只怕就不是這麼簡單解決的事了。

繼續瞞著，以鳳逍此刻堅決的態度，今天不把根刨出來，只怕也不會善罷甘休了。

所以，她覺得最好的辦法，就是原原本本地交代，坦白從寬，應該不至於死得太慘。

於是某人耷拉著腦袋，一副有錯就認的表情，將自己從封城離開後認識白羽，以及蒼麟覺醒的各種事情，老老實實地交代了。

「因為答應過白羽師傅，不能對任何人提及，加之蒼麟身分特別……」嵐顏一邊偷眼看著鳳逍，一邊小聲地說著：「所以沒有告訴你，我本想著蒼麟身體塑成，也就了結了此事，誰知道會越來越麻煩。」

「不是越來越麻煩，而是本就很麻煩。」鳳逍冷哼了聲，「妳自己想，一直被追殺的白羽，忽然被滅門的秦仙鎮封家，利用封南易指示劍鑾動手，再拿到我的魂魄，妳沒覺得似乎有雙無形的眼睛，始終在妳左右嗎？」

嵐顏不是沒有想過，而是一直在奔波、一直在忙碌，沒有時間靜下來思考，如果不是蘇逸出事，鳳逍魂魄被掌控，她還未將這所有的事情都聯繫起來。

鳳逍冷靜地看著她，「如果我沒猜錯，這個人一直針對的，就是那個自大狂。」

自大狂？還真是貼切蒼麟的形容呢。

「那人不願意讓自大狂覺醒，因為自大狂的身分會給他很大的阻撓，而封千寒與段非煙的覺醒，讓他覺得事態越發嚴重，所以他急了，急著想要從妳身上得到答案。幸好，他並不知道自大狂與妳如此親密的依存關係，否則早就對妳下手了。」鳳逍一直都是聰明的人，更有著看穿事情本質的能力，「雖然我不喜歡自大狂，更不想妳與他有什麼牽扯，但是……」

鳳逍苦笑著，「一個敢將中央主神當做對手的人，圖謀的絕不可能是普通的事，只怕是整個人間三界了，如果自大狂被他所殺，妳的族人也終將再度淪為他人的奴役。」

他的話，完全沒有任何讓嵐顏反駁的餘地。她相信，如果蒼麟一旦死在那人手上，人間、妖界，都不會再有太平的日子。

鳳逍還不瞭解蒼麟，她卻瞭解，她知道蒼麟始終的目的都是為了讓人間平衡，重回安寧。能把這樣的人當做對手要消滅的人，貪圖的自然也就是和蒼麟一樣的地位。

中央主神！

「妳說蘇逸被抓走，蘇逸真正的身分又是神獸與主神在人間的管家，他一定知道神獸的弱點和祕密，所以只抓不殺，因為要從他口中挖出消滅神獸的方法。」鳳逍的表情很嚴肅，「因為青龍覺醒了。」

嵐顏除了點頭，還是只能點頭。

蘇逸的身分那麼隱祕，從未有人質疑過蘇家的來歷，但是這個人卻在封千寒一覺醒後，立即帶走蘇逸。就是為了不讓其他神獸覺醒，甚至……找到弱點消滅神獸。

是什麼人，能夠如此清楚所有的事情？是什麼人，能夠謀算下這麼多年的計畫？

「容我猜一下，這個人下一步的目標，一定是某個與自大狂有著巨大關聯的人，而且能夠為自大狂成形造成障礙的人。」

能夠為自大狂成形造成障礙的人，不就是自己嗎？

嵐顏心中想著，可是那人並不知道自己與蒼麟的關係。

莫非，還有人能夠牽制住蒼麟？

還有蘇逸，如果他真的知道所有神獸的弱點，一旦這些被那人得到……

嵐顏覺得自己太天真了，一直以為那人擄走蘇逸就不會傷害他，卻沒有想到這一層。

「不行！」嵐顏急了，跳下床直撲門前，「我要去找蒼麟。」

以前，她可以不管蒼麟死活，現在，為了妖族，為了她的子民再也不要受到傷害，她必須幫蒼麟。

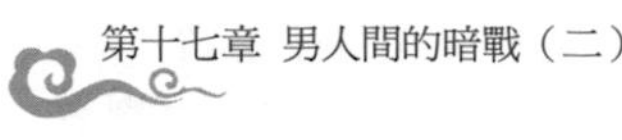

第十七章

男人間的暗戰（二）

嵐顏偷偷摸摸、偷偷摸摸地，一個人賊似地躲到了一棵大樹下，確定沒有其他人了，低下頭，「蒼麟、蒼麟。」

沒有回應。

嵐顏撓撓腦袋，再度低下頭，「蒼麟，你在不在啊？能不能聽到啊？出來！出來！」

還是沒有回應，嵐顏有些洩氣，自言自語著：「莫非睡著了？聽不到我說話了？」

忽然間，眼前出現一道亮金色的身影，驚了她一跳。

看著突然出現的人，嵐顏拍著小心臟，「嚇死我了，原來你聽到了啊？」

蒼麟冷著臉，表情臭得跟茅坑裡的石頭一樣，「妳衝哪裡喊？」

衝哪裡喊，他不是一直在自己體內呢，當然衝著自己身體喊啊。

嵐顏莫名其妙，「我……」

「妳是覺得我在妳襠下麼？低什麼頭。」蒼麟的表情更臭了，冷冷地嘲諷她。

「沒、沒有啊。」嵐顏翻了個白眼，這不是怕他聽不見麼。

「咦？」她忽然發現了什麼，伸出手摸了摸蒼麟的髮絲，髮梢上濕漉漉的，還沾著露水，再摸摸他的肩頭，也有些許晨霧的濕氣，「怎麼回事？」

「什麼怎麼回事？」蒼麟不耐地皺起了眉頭。

「你不是……」她很奇怪地打量著他，發現他不僅肩頭和髮上有水汽，就連衣衫下襬，還濕濡了一大片。

蒼麟不是應該在她身體裡，然後幻化出來的嗎？怎麼會帶著這麼重的露水，就像、就像在野外睡了一晚似的。

「妳又沒給我安排地方，我除了睡在樹上，還能睡在哪裡？」蒼麟沒好氣地翻了個白眼，「妖界一點也不好，連個山洞都沒有。」

呃，她真是不小心，居然讓中央主神大人露宿野外，弄得一身狼狽，真是罪過罪過。

「下次我會記得給你安排個地方住的。」嵐顏很是內疚，忽然間她瞪大了眼睛，看著蒼麟，「你、你、你不是應該……」

她知道他能幻化實體，可是時間並不長啊，一路行來最長的時間也就不到一日，而她從杜城離開到現在，已經三日了，這、這怎麼可能？

蒼麟的眼神再度不屑，「妳這個愚蠢的女人，本尊的能力難道就不會越來越好嗎？莫非妳覺得要本尊一直睡在妳的身體裡，看妳和別的男人廝混嗎？」

也是，她說過不准他窺探自己隱私的，這一點來說，蒼麟還是很夠意思的。

不、不對啊！

「什麼叫看著我和別的男人廝混？」嵐顏很不爽他這個措辭。

「難道不是嗎？」蒼麟哼了聲，「昨日本尊出現的時候，妳和他難道不是在廝混嗎？打鬧追逐，莫非本尊說錯了？」

她是和鳳逍在追逐打鬧，也的確是仗著野外無人有些肆無忌憚，不巧卻被蒼麟看到了。

「既然本尊沒說錯，妳還有什麼好反駁的？」蒼麟永遠是那副高高在上的樣子，讓人覺得他理由充足，底氣強硬。

嵐顏在這樣的氣勢下，小小地反省了下自己是不是太過隨意了，可是為什麼，她還是覺得哪裡有些不對勁？

「你這個語氣，跟吃醋似的。」嵐顏咕噥了聲。

此刻的蒼麟，正低頭拂著自己衣衫上的露水，忽然間手一抖，「嘶……」

金色的衣袍破了個口子。

嵐顏看著他的衣服，他也看著自己的衣服，兩個人都是表情呆滯。

「本尊不喜歡濕漉漉的衣服，撕了。妳去給本尊拿一套新的來。」蒼麟直著脖子，衝嵐顏下著命令。

「喔。」嵐顏走出兩步，又忽然回頭，「你不喜歡就撕了，關我什麼事？」

蒼麟臉上閃過一抹不自在，「本尊做事，何須跟妳這卑微的女人交代？」

他是不用和自己交代，可是他自己撕衣服為什麼要自己去拿？

「真是比祖宗還難伺候。」嵐顏哼了聲，「真希望你趕緊變回去，老娘再也不想跟你牽扯在一起。」

「回來。」身後的蒼麟又忽然開口，攔下了嵐顏欲行的腳步。

「幹麼？」嵐顏莫名其妙地回頭。

蒼麟倨傲地抬頭，「本尊又不想換了，還不快謝本尊。」

「謝謝尊主大人不用小的跑腿，謝謝尊主大人體恤小的。」嵐顏毫無誠意地說著，看著蒼麟臉上滿意的表情，在心裡無聲地翻了個白眼。

這個傢伙今天不正常！

這是嵐顏能想到的唯一解釋，大概是尊主大人露宿野外睡不安寢，於是心情也不太好吧。

「主上大人，您還是沒告訴我，您是怎麼來到妖族的？」如果嵐顏沒看錯的話，她記得昨日是蒼麟撕裂了妖界與人間的結界出現在自己面前的，而不是因為靈丹的作用，隨自己來到妖界再幻化出來的。

「哼。」蒼麟不屑地掃了她一眼，「白虎覺醒，本尊已經恢復一半有餘，若是連這都打不開，豈不被人笑話。」

「噗。」嵐顏一時沒忍住，笑出了聲。

她可沒忘記蒼麟昔日連身形都沒有，只有個魂魄珠子的狀態，現在在她面前擺什麼臭架子？她在蒼麟面前可沒遮掩，那表情被蒼麟看得真真切切。

「本尊可不是依靠著女人的。」蒼麟背著手，一副高高在上的姿態，「本尊已經可以不需要依賴妳了。」

是、是嗎？

嵐顏瞪大著眼睛，上上下下打量著蒼麟，眼中是各種驚訝。

他已經塑形了嗎？不用再依賴在自己身體內了嗎？難怪在杜城的時候，他忽然失蹤了那麼久，莫不是在吸收靈氣，讓自己再度攀升了一個臺階？

她的驚訝、讚歎，讓蒼麟很是受用，傲然地又抬了抬下巴，「本尊如今已經成形，可以不用再被妳這愚蠢的女奴看不起了。」

她看不起他？他們之間一直是他看不起她好吧？

嵐顏看著蒼麟越抬越高的臉，再這麼抬下去，他的鼻孔都能接樹上掉下來的露水了。

嵐顏表情誇張地張著嘴，「恭喜尊主大人。」

她的反應讓蒼麟的臉上有了自滿的神色，「女人，算妳識趣。」

沒有那些發語詞，證明他心情極好。

嵐顏一聲歡呼，「那太好了，我終於不用擔心你會偷窺我洗澡換衣服，也不用出恭的時候想起門外還站著一個人，這種感覺實在太難受了，屎都卡著拉不出來了。」

更重要的是，再也不用擔心和別人卿卿我我的時候，某個傢伙醒著、看著。

蒼麟剛剛鬆弛的表情頓時僵硬了，緊繃繃的。

「還有……」嵐顏晃著手開心地說著：「你既然什麼都好了，那麼我也不用擔心了，只要窩在我的妖精窩裡等你的好消息就行了。」

蒼麟的臉很黑，非常黑，越拉越長。

可惜某個開心的人，似乎沒發現。

「虧我擔心一場，現在好了，解脫啦！」

「解脫？」某人的聲音從牙齒縫裡擠出來，「妳覺得帶著我是個累贅，終於可以甩掉了？」

「當然。」嵐顏毫不猶豫地回答。

能不是負擔嗎？連拉屎放屁都瞞不過這個人，感覺時時刻刻都有一雙眼睛看著自己，現在這雙眼睛終於消失了，她的第一反應當然是快樂。

嵐顏一抬頭，就看到了某人噴火的雙眸。

她立時想到了蒼麟那個怪異的性格，想也不想立即否認，「我當然不是為了甩掉包袱而開心，而是為了您終於解脫而開心。您不用屈居在我這個愚蠢的女人身體裡，恢復了身體的您，就能再造福人類了，我這無能的女人也在為尊主您開心啊！」

她劈里啪啦地說著，臉上淨是討好的表情，內心卻暗自咒罵著自己。

都怪她開心得太早、都怪她毫不遮掩、都怪她一副擺脫尾巴的得意表情，希望現在討好還來得及。

蒼麟的臉還是黑沉沉的，一句話也不說。

沒罵人，代表事情不是太糟糕吧？嵐顏如是想著。

和以往動不動就發火比起來，至少現在的蒼麟沒發火，就是有點讓她也猜測不透的深沉。

看著這麼一個黑面神，又始終不說話，任何人都會有點無所適從吧？

她試探著問蒼麟，「尊主大人，我還是給您去拿件衣服吧？畢竟您的地位，衣服破了有損形象的。」

蒼麟依然不說話，她迅速轉身，準備腳底抹油開溜。

才邁出一步，衣袖就被扯住，伴隨著蒼麟強勢的兩個字：「不准！」

不准？

嵐顏看著他的衣服，「尊主不准那就不准吧，尊主覺得不用換，那就不換了吧。」

「不准留在這裡。」蒼麟拉長著表情，吐出幾個字。

「啊？」嵐顏不明白地望著他，「為什麼？」

「不准就是不准。」他強勢地命令著。

「嗤。」嵐顏才不管那麼多呢，伸手揮開他抓著她衣袖的手，「為什麼？你都好了，我才不管那麼多呢。」

舉步，欲行。

「妳若不跟著本尊，將來本尊一旦回到尊主之位上，第一件事就是滅了妳的妖族。」

「什麼？」嵐顏幾乎以為自己聽錯了。

「跟著本尊，不然滅了妖族。」這一次的回答更簡潔，也更讓她聽懂。

「為什麼？」嵐顏跳了起來。

「因為本尊是黃龍。」一個多麼可笑的理由，一個多麼讓人、不，讓妖無奈的理由，她能反駁嗎？

不能！

「為什麼非得我不可？」她賊心不死地掙扎著，「以您的能力，根本不需要我啊？」

「誰說的。」蒼麟說著：「我只是恢復大半，不是全部恢復，如果妳死了，我就再也不能成長，與其把妳放妖族萬一被人害死，不如放在我的眼皮底下，也好讓我放心。」

嵐顏張著嘴巴，竟然無法反駁，只是默默地說出一句：「這、這是真的嗎？」

「當然。」蒼麟毫不遲疑地瞪她一眼，「妳竟然敢質疑本尊的說法？」

也是，他應該不會騙自己。

「也就是說，我會是你成長路上的絆腳石？」嵐顏忽然想到了鳳逍的話，「只要殺了我，你就恢復不到最佳狀態了是嗎？」

「除此之外，還有嗎？」嵐顏的表情凝重了。

「我是中央主神，我與神獸之間互相依存，覺醒的神獸越多，我的能力就越強。我的能力越強，他們也就越強。如果非說障礙，那大約就是神獸的無法覺醒和消亡。」

神獸的無法覺醒和消亡？

嵐顏忽然猛地驚了下，依稀想到了什麼。

朱雀、玄武，如果他們不覺醒，那麼蒼麟的實力勢必要大打折扣，如果那人打的是這個如意算盤呢？

「我們走！」嵐顏忽然抓住蒼麟的手，急切道：「我們趕緊回去，我、我想我知道蘇逸為什麼被抓了。」

蒼麟的臉一紅，猛地甩掉嵐顏的手，「卑微的妖女，怎麼能隨意抓本尊的手？」

「喔、喔、喔。」嵐顏鬆開手。

蒼麟又哼了聲，「沒有本尊的命令，妳怎麼能說放就放？」

這、這到底什麼意思？

到底是要抓還是要放？

她僵在那裡，蒼麟這才抓起她的手，「看在妳也算盡忠的份上，本尊允許妳抓本尊的手。」

真是個難伺候的主子，不過現在的嵐顏已經沒時間去腹誹他的怪脾氣了，她只是不斷地重複著：「我知道了、我知道了、我知道了。」

「知道什麼？」蒼麟哼了聲。

「蘇逸。」嵐顏大膽地猜測著，「蘇家既然是神獸在人間的管家，他們必然有著對神獸的感知力，一如蘇逸當初對我的青睞，也是感受到了你在我身上的氣息，他那麼精明的人知道也不會點破，只會將事情引導去那個方向。」

對封千寒、對段非煙，蘇逸似乎都有著巨大的推動力，只是之前的她，沒有察覺而已。

如果她沒猜錯，蘇逸必然是早就發現了她與蒼麟的關係。

「那人抓走蘇逸，是要利用他身上的感知力，去查找朱雀和玄武的下落！」嵐顏緊繃著表情，「只要在朱雀和玄武轉世之前殺了他們，你就再也恢復不到最好的狀態，之後再來殺你，奪取這天下。」

嵐顏匆匆地將黑袍人的事情說了一遍，甚至包括對方對自己的算計、對鳳逍魂魄的掌控。一點點對蒼麟有助益的人都不能留，何況朱雀、玄武兩位神獸？

「我們一定要在他之前，找到朱雀和玄武。」嵐顏急了，「這兩個人若無法覺醒，也會成為你最大的阻礙。」

蒼麟搖頭，「不是兩個，是三個。」

「三、三個？」嵐顏呆了，「還有誰？」

「白鳳。」蒼麟緩緩道出兩個字。

「白鳳是誰？」腦子一時沒轉過彎的嵐顏脫口而出，繼而猛然醒悟，訝異道：「你、你說的是白羽師傅？」

蒼麟點了點頭。

嵐顏的心中又驚又喜。

驚的是白羽明明在自己眼前消失，氣息再無，居然、居然還活著嗎？

喜的是，她終於又能再見到那個清高孤絕，神仙般的師傅了。

「師傅。」嵐顏低聲笑著，「師傅沒事，真好。」

「誰說他沒事？」蒼麟今天的火氣似乎特別大，她說什麼他就反駁什麼，讓她被噎得難受，「鳳凰涅槃才能絕地重生，他還在休眠期，最是脆弱。」

「我要去找他。」嵐顏堅決地開口：「我絕不能讓白羽師傅再死一次。蒼麟，你能撕開結界的吧？」

比之剛才，她已經完全改變了想法，甚至比蒼麟更加急切。

每個人都有自己的心結，她也一樣。

白羽於她而言，也是心結般的存在。她要保護白羽！

「當然。」蒼麟大聲地說著：「妳看不起本尊的能力？」

「帶我走。」忽然間，嵐顏看到了前方不遠處，那一道紅色的頎長身影。

鳳逍！

「蒼麟，帶我們走。」嵐顏的目光看著鳳逍的方向。

她可沒打算把鳳逍丟下。

「本尊身體尚未恢復，帶不了兩個人。」蒼麟大咧咧地開口，一雙神光威嚴的眼睛挑釁地看著鳳逍。

多一個就帶不了了？他剛才那口氣，她還以為他能直接打破人間與妖界的結界呢。

「你不試試看嗎？」嵐顏還在努力著。

「不用。」鳳逍翩然走近，不動聲色地將嵐顏的手從與蒼麟的相握中抽了出來，放在嘴邊一吻，「身為妖界的另外一個妖王，若是沒有打開結界的能力，豈配稱王？」

另外一個妖王？

她忽然想起昨日夜晚她最後看到的一幕，那搖擺著鮮活的尾巴，是九條、九條、九條！

妖界，怎麼可能有兩個九尾出現？

但是鳳逍的九尾，也是活生生的。

不等她將疑問問出，她的手就又被蒼麟從鳳逍手中奪了回來，「走了，女人。」

對於這一點，鳳逍只是微微一笑，抬手摟住了嵐顏的腰，在她的唇上輕輕一吻，溫柔如水，

「我很快，就來。」

嵐顏咬著唇，彷彿是要記住鳳逍的味道，默默地點了點頭，有些委屈不捨。

蒼麟的手一扯，抓著嵐顏的手繞上自己的頸，雙手把人打橫抱了起來，「抱好。」

嵐顏乖乖地摟住他，鳳逍眨了眨眼睛，飛出一個媚眼，頓時勾走了她所有的魂魄。

「我可不想看著妳被人抱走，所以我去尋找打開結界的方法了。」鳳逍凌空朝她拋了個飛吻，轉身離去。

看著他的背影，她依依不捨。

不知道為什麼，明明鳳逍是被丟下的那個人，為什麼他此刻身上的氣息，卻有種勝利者的驕傲？而再看蒼麟，雙眸噴火。

「你在生氣？」嵐顏不確定地開口。

「沒有！」蒼麟硬邦邦地憋出兩個字，差點沒把嵐顏燒死。

這麼凶，還說沒生氣，他當她傻子嗎？

嵐顏忽然又想到了什麼，不確定地開口：「蒼麟，我能問你一件事嗎？」

「說！」口氣不善，嵐顏甚至覺得，他其實是條噴火龍吧？

一個瑟縮，想問的話又不願意問了，畢竟在這個時候惹他，似乎不是件明智的事情。

「妳到底問不問？」她放棄，蒼麟還不願意了，凶殘地一瞪眼。

「問。」嵐顏囁嚅著開口：「我記得當年，似乎有人為了得到你的靈丹，要對我開膛破肚，那麼就是說，如果我死了，你的靈丹應該還是恢復成靈丹，與你無傷吧？為什麼你告訴我一旦我死了，靈丹卻不能恢復了？這似乎，與理不合啊？」

好歹她也是個妖王，對於靈丹還是瞭解的。那東西又不是一餐飯、一個包子，吃下去，隨著時間改變就消化了。

「妳不必問！」蒼麟霸道地下命令，「愚蠢的女人。」

「當然要問啊。」嵐顏還是不明白，「如果我死了，你的靈丹還是靈丹，那你就不用保護我，帶我在身邊。」

「別動。」蒼麟的手一緊，兩人的面前瞬間打開一道光門，他抱著她，瀟灑地邁步走入。

這麼輕鬆？

嵐顏看著蒼麟身上毫無任何吃力的徵兆，不禁有些奇怪，這樣的狀態，不可能多帶不了一個鳳逍啊。

「欸，看來還是要我努力保護你。」她哼哼唧唧。

龍眸自帶威嚴，一眼掃過嵐顏，總是讓她哆嗦的，「誰需要妳保護了？」

「多一個人都帶不了，可見你的法力多麼薄弱，我不保護你，你只怕隨時就被人害死了。」她很義氣地拍了拍蒼麟的肩頭。

蒼麟瞪大了眼睛，「誰說我帶……」

話到口邊，狂妄的氣勢頓住，在嵐顏眨巴的大眼睛下，又慢慢嚥了回去，「帶不了也不需要妳保護。」

「我……」

「閉嘴！」蒼麟一聲吼，震得嵐顏耳朵生疼，「妳這個無知、蠢笨、呆傻、多話、囉嗦、無聊的女人！」

這麼多形容詞？

嵐顏一縮脖子，決定閉嘴！

第十八章

蒼麟的家

荒蕪的山頭，站著一個白衣飄飄的女人。

披散的長髮，蒼白的面容，還有陰沉的表情，在黑夜中無比磣人。

「唉……」一聲幽幽的嘆息，彷彿帶著千年的怨念。

隨後那臉上的表情又變了，帶著仇恨、帶著無比的憤然，口中發出兩聲怪笑，「嘿嘿。」

若是有人看到，只怕瞬間就被嚇得昏死過去了。

她的身後傳來一道聲音，「妳站夠了嗎？快點給本尊找食物去！」

白衣女子臉上的怨念更大了，突然轉身，單手扠腰呈茶壺狀，纖纖玉指點在空中，「我給你找食物？你沒看到這裡荒無人煙，連根破草都沒長嗎？」她的聲音大了，「別說野獸，你找個地鼠出來給我看看？」

她原本以為，蒼麟會帶自己回到杜城，可是當她睜開眼睛看到的，卻是眼前這個荒蕪、破爛、除了石頭還是石頭的破山頭。

然後蒼麟就藉口撕開結界對他真氣有損，坐在地上不肯起來，要求休息。

前不著村後不著店，對於餓到肚皮咕咕叫的她來說，簡直是光腳走路踩到屎，鬱悶到底了。

「你就不能找個好點的地方嗎？」

她已經在山頭從白天站到晚上了，保證這裡不會有任何野物路過，抬頭看看漫天星斗的天際，某人又是幽幽地嘆了口氣，「這天氣真好啊。」

「天氣好妳也嘆氣？」蒼麟的聲音從她身後傳來，半點也聽不到真氣受損的虛弱。

「當然。」嵐顏沒好氣地開口：「星空點點，萬里無雲，乾淨到想喝口風都不行。」

「哈哈。」她的身後傳來某人爽朗的笑聲。

嵐顏回頭，他那一瞬間的表情，正巧衝入她的眼簾內。

金色的衣袍上帶著裂痕，他倚在石頭堆邊，身體斜斜地靠著，雙手為枕墊在腦後，一條腿翹在曲起的另外一條腿上，正展開他毫無掩飾的笑容。

那雙眼睛，在篝火中分外明亮，篝火跳動落在他的眼底，彷彿那眸光也隨著笑意跳動了起來。輕展的唇角拉開俊朗的弧度，被篝火照亮的半邊側臉更加豐挺。

這一刻的嵐顏忽然想著，曾經的他是中央主神，巡遊四海無人看到的時候，他只怕就是這副模樣吧？

率性，輕鬆，完全釋放了自我。

只是依他那死要面子的德行，估計沒人看到過呢。

「你什麼時候能好？」她無奈地坐回他身邊，撐著臉看他。

這個地方，除了石頭就是石頭，還真是半點風景也無，相比起來只有他比較好看了。

如果說秀色可餐的話，蒼麟的臉足以成為一頓豐盛的大餐。

當然，前提是要扣掉他那倨傲的破脾氣。

「不知道。」蒼麟的回答讓她完全查探不到底細，「明日再看吧。」

「你為什麼不選擇杜城？」嵐顏揉著肚子，卻發現自己更餓了。

秀色可餐，首先這個秀色得可餐。

蒼麟是秀色，可惜不能餐啊！光擺在面前，還不如不要看到。

「功力不濟。」蒼麟的回答聽上去似乎沒有任何破綻。

嵐顏心中起疑，口中也是不假思索，「可是杜城與封城，是神獸氣息最旺盛的地方，依照你們彼此牽繫的能力來說，你最容易感知到的地方應該是杜城或者封城才對啊，怎麼會是這麼個鳥不拉屎的地方？」

「鳥不拉屎？」蒼麟雙眸一瞪，又開始閃現火花了。

嵐顏覺得他一定是餓壞了，因為只有肚子餓的人脾氣最不好。她說這個石頭山鳥不拉屎可是半點也不誇張，某人還是生氣，只能說他已經餓慘了。

「難道不是？」嵐顏哼了聲，「我站了一天，可是一隻鳥也沒見到，不是鳥不拉屎的地方，是什麼？」

「這裡沒鳥是因為……」蒼麟話衝到了嘴邊，又忽然不說，別開了臉不看她，「本尊就是與他們牽繫不夠，到不了。」

青龍、白虎都牽繫不夠？倒是這鳥不拉屎的地方牽繫夠了？

算了，看在某人自尊心受損的份上，嵐顏決定不再和他爭論下去。

「只是今夜，又要委屈尊主大人露宿了。」嵐顏看看四周，「這地方還是連個洞都沒有，與我妖界一樣讓人討厭。」

不知道為什麼，她發現蒼麟已經悄然扭回了臉，此刻那張容顏上，正閃過一抹不爽。

她說的可是他在妖界說的話，這傢伙又表情古怪什麼？

「誰說沒有了？」蒼麟冷哼了聲。

「咦？」嵐顏好奇地開口：「你對這裡熟嗎？你怎麼知道有山洞了？」

明明都是亂石頭，大大小小到處都是，活像震爛了一座山般，這樣的破地方，就連想找個平坦的地方露宿，都會被硌死。

「妳都沒有四下找找就說沒有，真是個愚蠢的女人。」蒼麟很是不滿，大聲地鄙夷她，「還是個懶惰的女人。」

嵐顏飛了個白眼，「你不懶，你找啊。」

自己功力不濟，在石頭堆裡躺了一天了，還好意思對她頤指氣使？

嵐顏伸出腦袋看了看，高高的懸崖，深得一眼看不到底。在這黑夜中，就像怪獸張開的嘴，散發著磣人的吞噬力量。

就為了他舒服，要找個山洞休息，可憐的她就要在這黑夜中，去探索一個看不清的懸崖。

正腹誹間，那躺著悠閒的蒼麟，忽然站了起來，朝著她的方向走來。

「你怎麼了？」嵐顏莫名看著他越走越近的身影。

忽然間，蒼麟的手一伸，摟上她的腰，猛地朝前一撲……

「啊！」夜空中，傳來女人尖銳的叫聲。

可憐的嵐顏，根本還來不及想蒼麟到底要做什麼，就被他那強大的力量撲倒，而她的身後，就是那無盡的懸崖。

「放手。」空中的她，努力要拿捏身形。

他不是沒恢復嗎？他不是功力不夠嗎？那麼就放開她讓她來啊，這麼雙手死死圈抱著她的腰，讓她如何施展身法？

「不用。」蒼麟的回答簡單而乾脆，甚至抱得更緊。

不行，這樣下去非摔死不可，嵐顏伸出掌心戳向他的穴道，想要從他的桎梏中解脫出來。但是蒼麟的動作比她更快，抱在她腰間的手指一捏，正巧按住她的穴道，嵐顏鼓起的所有內息，頓時被截在了血脈中凝滯。

氣息無法運轉，嵐顏聽著耳邊風聲呼呼，再也使不出半點力氣，只能由蒼麟抱著，墜落。

忽然，她感覺到他身形一蕩，耳邊呼呼的風聲不見了，腳下也沾到了地面，禁錮自己的武功瞬間消失，內息回復了自然流轉。

嵐顏的腳尖一落地，她的雙手用力推上他的肩頭，蒼麟猝不及防，踉踉蹌蹌地退出兩步。

「你故意的。」嵐顏瞪著他，「你說什麼功力不濟，功力不濟能瞬間制住我？功力不濟能這麼輕鬆躍下懸崖？你根本沒有！」

他居然騙她，讓她在山頂喝了一天的風。

氣死她了！

「這裡可還好？」蒼麟是完全的得意，雙目環顧四周，臉上露出了開心的表情，就連她的不尊重，也忘記了鄙夷。

嵐顏順著他的目光看去，這才發現原本應該是黑夜中的山洞，卻散發著乳白色的光芒。

嵐顏抬頭看去，發現山洞的洞頂鑲嵌著一顆巨大的夜明珠，所有的光芒，都是從這珍珠中散發出來的。

柔和的光芒，剛好足以照亮整個山洞，卻不會讓人覺得刺眼。

前方不遠處還有著石床、石桌、石凳。而且這洞中乾淨清爽，沒有半點蛛網塵絲，也不知道是有什麼避塵驅蟲之物。

這明顯不是天然形成，而是有人刻意為之的。

「沒想到，這裡居然一點都沒變。」蒼麟的臉上，露出了滿意的微笑。

「你亂闖別人家。」這是嵐顏的第一反應。

蒼麟哼了聲走向石床，翻身輕巧一躺，睡在了石床上，發出一聲舒服的歎息聲。

嵐顏看他的動作極其熟悉，大大咧咧又放鬆，心頭不禁閃過一個念頭。

她蹭到他的床邊，「喂。」

蒼麟挑起一條眼縫，懶懶地嗯了聲。

果然與往常不同，這麼不尊重地喊他都沒拿他的尊主架子。她不由想起，自從來到這破石頭山，他的狀態就與平常完全不同。

輕鬆、愜意、骨子裡透出的開心，都是之前在他身上看不到的。

她伸出手指頭，戳了戳他，「起來！別人家不要亂睡。」

「誰說是別人家。」他屁股挪了挪，「別吵我，我要睡一會兒，這裡實在太舒服了。」

之後，不論嵐顏怎麼叫喚，他也不搭理了。

原來，這就是蒼麟的家啊！

沒想到一個掌控人間平衡的神獸，也不過棲身在如此平凡之地。

但是蒼麟的滿足與開心，都是這麼明顯。

或許也唯有無欲無求，才不會有企圖心、占有欲，才能理智地去看待一切。

這個傢伙雖然自大些，倒是真的讓人敬佩。

她走到洞口，從她的角度望下去，隱約能看到下面是一潭鏡湖，閃爍倒映著天空的月色，波光淋漓。

沒想到，一個破爛的石頭山下，居然還藏著這麼幽靜雅致的地方。如果山間再多些綠草野花，便是最美的地方了。

站在洞口，清幽的空氣飄送著，嵐顏輕輕坐下，撐著臉享受這夜晚微風的撫弄。

細柔的風撩起她的髮絲，珍珠的光芒打在她的側臉，溫柔的色澤讓她的表情看上去更多了幾分隨意親和，白色的裙角蓋著曲起的雙腿，微微拂動。

那榻上的人不知道什麼時候睜開了眼睛，看著洞口邊的她，那雙琥珀色的眼睛，深沉得不見半點睡意。

她沉浸在自己的思緒裡，望著波光淋漓的湖面，腦子裡紛紛亂亂的。

她一向小事迷糊，大事清醒，只因為活了這麼多年，不想被太多的事情羈絆住，但她內心深處，肯定還是有無數次權衡、無數次思量、無數次抉擇的。

她不是完全無畏的人，她也想過如果蒼麟失敗會怎麼樣？對手的隱藏、對手的算計、對手的心機，都是那麼強大那麼可怕。

蒼麟若被那人害了，下面就是封千寒、段非煙、還有蘇逸，這一個個與她都熟悉而相知的人，都會因此而離去，還有她的妖族……

她不能讓那個人贏，無論作出什麼樣的犧牲，她都要保護好蒼麟。

她從未改變過自己的想法，她沒有為天下為百姓的心，她只想守護好屬於自己的一小塊領地，過著與世無爭的生活。

只是這一小塊領地若有人要染指，她就拚命！

封千寒、段非煙、她的妖族、現在在妖族裡的鳳逍，都是她領地裡不容他人覬覦的存在，至於蒼麟……

雖然他已經不需要她了，但是彼此之間畢竟還是有著無比深厚的關係，互相牽連著難以斬斷，至少現在……至少現在還是她領地上的吧。

那麼膽敢動她的所有物，就要嘗到被她反擊的滋味。

不過，白羽師傅算不算她的所有物呢？

應該也算吧，畢竟她的武功傳承自白羽，白羽的靈氣都還在她身上呢。

還有管輕言，那人的目的既然是人間大亂，又怎麼可能放過如今坐大的四城，只怕原城也要不保呢。

這麼多人要保護，想不面對都不行，想要不戰都不可能。

想著想著，睡意泛起，嵐顏撐在自己的膝上，恍恍惚惚地睡了過去。

不知道是不是連日的奔波沒有好眠過，即便是這樣的姿勢，她也睡得香甜無比，直到清晨的日光打在臉上，才喚醒了沉睡的她。

下意識地翻了個身想要躲開這刺眼的陽光繼續自己的好夢，身體一歪，「啊！」

嵐顏朦朦朧朧地坐起身。

這樣睡了太久，連腰都麻了，全身僵硬。

她晃晃悠悠地站起來，朝著床榻所在的位置搖搖擺擺地走了過去，想也不想地躺下，繼續睡。這床不錯，昨天明明記得硬邦邦的樣子，怎麼睡上去軟軟的，還透著暖意，莫非是傳說中的溫玉床？

稀里糊塗地想了兩句，嵐顏又一次睡了過去。

這一次也不知道睡了多久，直到全身慵懶如麵團，她才慢慢睜開了眼睛。

頭頂上的崖壁，讓她眨了眨眼睛，努力地找回思緒。

她記得自己明明是睡在洞口吹風的啊，怎麼會在洞內？還有……她伸手摸了摸身下，硬硬的石床，有些涼。

沒錯，她的確是在蒼麟的石床上，嵐顏依稀想起了自己迷糊中的舉動。

不過這床的感覺，似乎與自己夢中的不一樣。

她伸了個懶腰，這才舒坦地下了地。

身體剛起，一抹金色閃過眼前，從她的身上直滾落地，被她眼明手快地撈住。

蒼麟的衣衫？

這顏色這質感，嵐顏也算是熟悉已極，一眼就能看出它的所有者。只是……

她回頭看去，床榻間早就不見了那人的身影。

嵐顏暗自搖頭，她睡得也太熟了，居然不知道蒼麟什麼時候離開的，也不知道什麼時候為自己披上了衣服，沒想到這眼睛長在頭頂上的男人，居然也有這麼體貼入微的時候。

忽然，她眨巴了下眼睛，理智開始回歸。

她最該鬱悶的，難道不是自己睡得稀里糊塗爬上了蒼麟的床嗎？還有那夢中帶著溫暖氣息的墊子，用屁股想也知道，她根本是枕著蒼麟睡的。

天哪，蒼麟怎麼沒把她踹下床，卑微的女奴難道不是應該睡在地上的嗎？他怎麼能容忍自己如此不分尊卑？

帶著滿肚子的疑問，嵐顏再度站到了洞口。

白天陽光下，昨夜的所有黑色都展露了原本的容顏，遠方白色的山石嶙峋聳立，腳下的深潭碧綠清淺，看著就讓人心頭沉醉。

碧波蕩漾的池面，伴隨著和暖的陽光，對於嵐顏來說是種極大的誘惑。

四下看看，看不到蒼麟的身影。嵐顏猜測著他可能在山中四處緬懷這千年來的變化吧？

既然蒼麟不在……

嵐顏身上的衣服落地，雪白的身影化作一抹流光，縱入了池水中。

一聲輕響裡小小的水花四濺，水面頓時蕩漾開層層的漣漪，某人如一尾魚兒般從水中伸出腦袋，吐出一口水箭。

這水，比她想像中還要涼些，沁入肌膚中，卻是無比的舒暢。

她喜歡這種感覺，湖水微涼，落在湖面上的陽光卻暖。

這樣的寒與暖中，她覺得神清氣爽。

身體如一尾魚，在碧波中嬉戲著，雪白的身軀在波浪中若隱若現。

沒有人的地方，任意玩鬧，這感覺真好。

妖族人的本性貪愛玩耍，可她是妖王，多少受到制約，不能這麼隨興放任。

在封城中時，身為九宮主，更是不准她胡鬧。

這樣的放鬆，是她最愛的。

徜徉在天地之中，享受著陽光微風，無拘無束。

長長的黑髮在綠色的潭水中延展，她掬起一捧髮絲把玩著，腳尖快樂地踢著水，忽然間，她的腳尖彷彿踢到了什麼。

嵐顏一驚，腳尖快速地再度踢出，手中一抹指風射入水下。

「呼啦！」水波翻湧，一雙滿是惱怒與驚訝的眸光在她面前出現，琥珀色的，外加一張濕淋淋的俊容。

「你！」嵐顏先是一怔，「你怎麼會在這裡？」

那張臉上有著更大的驚詫，臉頰上一道細細的傷痕，倒是給那容顏平添了幾分張揚的美，「這話應該我問妳吧，妳怎麼會在這裡？」

「呃。」嵐顏半個身體沉在水下，只有一張臉外加一抹香肩露在水面上，「大清早沒事做，玩玩。」

她哪知道這傢伙也在啊，要是知道也不敢這麼下來了。

蒼麟臉一沉，「這裡不准他人進入，上去。」

憑什麼啊？她在這種情況下撞到他，自是無比尷尬的，第一反應也是離開。可是他這麼一開口，她反而不樂意了。

嵐顏眉頭一蹙，「我要是不上去呢？你咬我啊！」

她不是不想上去，而是現在的她沒有衣衫，難道在蒼麟的眼皮底下赤裸裸地爬上岸？

她做不到！

蒼麟臉色更難看了，「這裡是我家。」

「你家？」嵐顏直著脖子，一動也不動，「我以為無論什麼江河土地，都是無主屬於天下百姓的，你就算是中央主神，也沒有資格圈地吧？」

某人濕淋淋的髮貼在臉上，嵐顏卻覺得快要被蒸乾了，因為某人的怒火，她甚至看到了一縷縷的熱氣，從他的頭頂冒起。

傳說中的七竅生煙嗎？

「我不想看到妳。」蒼麟的臉色有些發白，幾個字從牙縫中蹦了出來。

「那你自己上去。」嵐顏更加沒好氣。

「妳！」蒼麟雙目一瞪，氣勢驚人。

但是對於嵐顏來說，無論對方怎麼說，她也不可能大咧咧地這麼走上去。

兩個人，就像碧潭裡平白多出來的兩尊石像，面對面，誰也不說話，互相瞪著對方，彷彿在用無聲的氣場比試。

有時候人就是這麼可笑，一時腦袋抽筋的下場，就是兩個都變成傻子。

一個是人間最至高無上的中央主神，一個是妖族的妖王大人，兩人在水中互相比試著瞪眼，誰也不讓誰。

「妳上不上去？」

蒼麟的身體明顯有著小小的微顫，聲音也不復剛才的狠厲，倒是傲慢依舊。

嵐顏只覺得全身冰涼，這潭水的寒意順著皮膚往身體裡滲，方才游動的時候不覺得，如今靜下來，就連她這妖王體質，也有些扛不住這寒氣。

這是什麼潭水，怎地如此寒涼？就算她運起全身的功力，也不過勉強能夠抵抗，不過再想要堅持更久，只怕也是不可能了。

不行，她絕不能當著蒼麟的面上去。

「要上你自己上。」她咬著牙，在寒冷中堅持。

蒼麟蒼白的面容上閃過一抹尷尬，顯然想法也與她一樣，「本尊的地方，本尊想什麼時候上去就什麼時候上去，本尊還沒泡夠呢！」

他以為自己是膨大海嗎，越泡越開花？再泡下去，人都腫了好不好？

嵐顏心頭腹誹著，卻一聲不吭地堅持。

她好歹也算是完全健康的妖王，就算對方是中央主神，應該不如自己能抗，只要她堅持，應該能憋到蒼麟起身。

可惜凍到腦子的某人，完全忘記了一點——蒼麟的性格。

如果今日她面對的人是封千寒，只怕溫柔一笑，事情就此了結。

如果她面對的是段非煙，只怕早已貼了上來，恣意纏綿讓她忘了對峙。

如果她面對的人是鳳逍，或許可能就是一個媚眼，讓她自己乖乖地送入懷中。

如果對峙的人是管輕言，只怕是一邊罵一邊直接把她拎上岸。

但是，她面對的是蒼麟，一個自大、倨傲、狂妄、嘴硬的傢伙。

這樣的人，要他低頭比要他去死還難！所以嵐顏要等他扛不住自動上岸，只怕是根本不可能的了。

兩尊石像，從日上中天到日影西斜，還在繼續僵持著。

嵐顏眼睜睜地看著蒼麟的臉色越來越難看，隱隱有些發青，她彷彿察覺到了什麼。

她此行的目的，是為了幫助蒼麟，不是為了跟他造反，萬一這尚未完全成型的中央主神沒死在對手手上，卻被她坑死了，那就笑話大了。

「算了，不玩了。」她決定示弱，「主神大人，我是女人，你總不能讓我這麼赤裸裸地上去吧，麻煩你先上去可好？」

「不行！」蒼麟一口回絕，聲音略帶虛弱，「本尊身軀，豈容他人窺探！」

沒想到這蒼麟的貞操意識，竟然比她還嚴重，他一個男人，有什麼不敢露的。

嵐顏翻了個白眼。

他矜持、他金貴，她就可以白白被人看？平日裡他口口聲聲本尊、卑微的女人，她懶得計較，他竟然當真不把她當一回事了？

她還要說什麼，卻看到蒼麟的眼睛慢慢閉上，身體往水中沉落。

嵐顏想也不想伸手摟住他滑落的身體，他的臉靠在她的頸項間，呼吸微弱。

嵐顏抱著他冰冷的身軀，腦海中閃過三個字——玩大了。

第十九章
龍身

「喂，你沒事吧？」她摟著他，也顧不了兩個人的鬥氣，更顧不了此刻兩個人的未著片縷，急切地叫著他：「蒼麟，你醒醒。」

他在她肩頭虛弱地抬起眸光，只擠出幾個字：「放開本尊，妳這個愚蠢的女人。」

都這樣了還不忘訓她，他是有多嫌棄自己？

「放開你？讓你成為第一條被淹死的龍？還是中央主神黃龍？」嵐顏沒好氣地回答。

不過，龍會被淹死嗎？

這個念頭只是一閃而過，就被她拋到了腦後，畢竟現在蒼麟的情況，非常讓人擔憂。

她的手抄在他的肋下，努力地想要將他拖出水面，誰知道她的意圖才剛剛付諸行動，蒼麟就在她的臂彎間掙扎了起來，口氣也更加凶殘，「妳這個混蛋的女人，放開本尊。」

可惜虛弱的身體，讓他的掙扎等同於無，那聲音更是沒有半點氣勢。

嵐顏選擇無視！既然已是現在的情形，這個凍死人的寒潭也沒必要再待了，她幾乎想也不想，伸手摟上他的腰身，要將他強行帶出水面。

手才貼上他的腰身，她就呆住了。

水面的掌心，觸碰到的是一大片猶如盔甲般的東西，小小的、覆蓋在他的腰身上，堅硬地抵擋著她。

那是什麼？

嵐顏想也不想，低頭。

水波清淺，藉著陽光的投射，她看到了水波下若隱若現的點點金光。

「龍鱗？」嵐顏驚呼出聲。

剛才，她只顧著和蒼麟對著幹，偶爾也有金色晃眼，她也只當做是陽光的反射，根本不曾往那方面想。

「你在變身？」嵐顏看著蒼麟逐漸失去血色的臉，再度驚呼，「你瘋了嗎？你的功力根本沒有完全恢復，這麼做只會讓你消耗所有的功力，然後死得難看。」

她是妖，對於變身還是非常清楚的，只有當體內的真氣到達一定的程度，才可以幻化，現在的蒼麟，在朱雀和玄武還沒有回歸的情況下，真氣根本還沒達到幻化的程度，若強行幻化，不啻於找死。

就這樣，他還和自己較勁了那麼久，他腦子裡都是屎嗎？就為了他所謂的龍族尊嚴，他就連真相都不肯告訴她地趕走她？

這個男人對面子的看中，超過了命！

她沒有忘記，在封城她瀕臨死亡的時候，蒼麟的強行幻化，讓他陷入了長久的沉睡中，如果不是封千寒的覺醒，只怕他還要繼續沉睡下去。

有過前車之鑑，他還要這麼做？

「我必須這麼做。」他貼在她的耳邊，聲音低弱，「妳也知道那對手對我算謀已久，若被他知道我這樣的狀態，只怕難以應付了。」

原來，她在妖族所說的話，他全部都牢牢地記在心裡了，並沒有表面上那種毫不在意。

這個死要面子的男人！

「不行。」嵐顏一口否定他，堅持帶著他想要騰出水面。

才一半，他就已是這般狀況，若堅持到底，只怕就算變成龍，也是一條死龍了。

她的身體才一動，胳膊就被蒼麟抓住了，「我可以的。」

「可以個屁。」嵐顏市井之流的髒話脫口而出，「你若可以，也就不會是這般狀況了，信你才有鬼。」

「我真的可以。」蒼麟已經沒有更多的力量和她對抗，他只能抓著她的胳膊，用手指小小的力量來告訴嵐顏他有多麼堅持自己的想法，「這裡是我昔日潛修之地，有我昔年的精氣在其中，只要我堅持融合，就能做到。這潭水是天地精華之所，會讓我快速精進的。」

他說的是沒錯，但是……

嵐顏無奈地問他：「那你如何抵禦這寒潭的侵蝕？別告訴我你不知道越是精華之所，醇厚的精氣越是無法讓常人承受。」

蒼麟努力地睜開眼，給她的回答讓她再度吐血，「本尊是誰？本尊說能，就是能！」

這和小孩子鬧脾氣有差別嗎？

嵐顏依然考慮著把他拖上岸的各種辦法，管他現在是人還是龍，或者半人半龍，活著才是最重要的。

「不准拖我上去。」他連那個狂妄的自稱都省略了，那雙琥珀色的眸光裡，隱隱有著哀求之色，「妳可知道為龍若不成功，會怎麼樣？」

龍為神，不成神就是妖，一生再無機會。

雖然他本就是龍神，不至於這般，但這是身為龍的驕傲與尊嚴，絕不容許自己失敗。

這個時候，蒼麟腦袋一動，身體完全靠在她的懷中，嘴唇與她的頸項相貼著，低聲道：「嵐顏，幫幫我。」

這是蒼麟第一次對她示弱，更是第一次請求她，放下了龍神的極度驕傲，他只是一個請求她的虛弱男人。

是忤逆，還是順從？

只一瞬間，嵐顏就做出了決定。

她雙手一攏，從身後抱住了他，幾乎是以環抱的方式，將他擁在懷中。

他在幻化，所有的功力真氣都在體內運轉，她不能將自己的內息逼入，這樣會亂了他行功。她能做到的，就是以真氣在自身體內運轉，讓身體暖和起來，一面溫暖他，一面為他抵禦這寒潭的侵蝕。

「謝謝。」蒼麟只吐出兩個字，就不再說話，而是閉上了眼睛，全心應對著。

嵐顏也不再與他說話，同樣閉著眼睛，將自己的真氣張開，在他身前形成一張無形的網。

她知道這樣下去會危險，因為潭水的寒氣侵蝕讓她不知道自己到底能支撐多久，現在她不僅要保護自己，還有他！

時間越長，她就越危險，一旦她支撐不住，蒼麟也會危險。

而她要支撐多久，完全取決於蒼麟需要多少時間，兩個人就在這樣的情況下，變成了一根繩上的螞蚱。

她一隻手貼上他的心口，另外一隻手則貼在他的丹田處，保護著兩處最為重要的地方。

甚至，她能通過心跳的頻率，感受到他的狀況。

危難之時，她會違背對蒼麟的承諾，將他強行帶走。

他的心跳很有節奏，一下一下，越來越慢，就像進入了深沉的睡眠中，嵐顏控制著呼吸，調整著真氣的流轉，她的心跳也漸漸緩慢了下來，幾乎與他一致。

她以保護者的姿態抱著他，他就像一個孩子，靠在她的懷中，汲取著她的溫暖。

寒意不斷侵蝕著她的身體，想要突破她的真氣。嵐顏不得不承認，天地靈氣的凝聚之地讓人心動，可在這個時候，卻讓人無奈。

寒氣突破真氣的能力超乎了她的想像力，真氣的消耗遠超過她的預計。甚至她感覺到，這縷寒氣有著突破真氣的尖銳度。

為了抵禦，她只能不斷地運轉著真氣，不斷地加強自己的壁壘，不地提速再提速，已經顧不得去考慮若是時間太長、消耗太多會怎麼樣了。

但即便這樣，她還是察覺到了蒼麟的不支，懷中的身軀在細微顫抖著。

這顫抖，不是來自潭水的寒意，而是他自身的真氣不足。

顯然他不足以撐過這場幻化！

怎麼辦？

隨便輸入真氣入他的穴道中，他那奔湧的真氣會立即被打斷，別說幫他，只怕立即就亂了運功，然後死在她懷中。

低頭看去，蒼麟的臉色已是白中帶青，看著嚇人無比。

不行，再這麼下去，他要不了多久就會因為功力不足而昏死過去，這樣的幻化若不成功，必然將帶給他巨大的傷害。

什麼時候能進行下一次不是重點，重點是他的內腑、功力，都將受到重創，在這被人覬覦的時候若受到這樣的重傷，絕不是好事。

如今能幫他的，也只有自己了。

「你這條死要面子的龍！」嵐顏嘆了口氣，低下了頭，雙唇軟軟地貼上他的唇瓣。

蒼麟只是在運功，他沒有昏迷，當嵐顏的唇貼上，他的眼眸微張，露出一絲眼縫。

炯炯的目光停在嵐顏那近在咫尺的臉上，深沉得讓人看不出神情。然後……

睫毛一顫，那雙眸輕柔地闔上。

與此同時，嵐顏感覺到相貼的唇瓣一動，為她無聲開啟。

氣息，渡入。

兩唇，緊貼。

即便不帶任何情慾色彩，這場面依舊旖旎。

嵐顏的心，全心全意地在渡著氣，還要張開氣息抵擋著寒意，更要小心翼翼關注著他的心跳、他的氣息是否紊亂。

對於其他，她是半點也不敢分心。

身體內的真氣在急速消逝，她甚至不敢想，如果她的真氣耗盡蒼麟還無法變身，兩個人會是什麼下場。

她只是毫無保留，拚命地將自己的真氣輸給他。

忽然間，她聽到了蒼麟的心跳開始加速，越來越快、越來越快。

他怎麼了？難道走火入魔了嗎？

嵐顏心頭一驚，一個氣息不穩，包裹著兩人身軀的真氣散了些，冰涼的寒意頓時侵襲上身體，讓她的身體一個哆嗦。

直覺地摟緊了他。在這個時候，她更不想讓他受到寒意的侵襲。

忽然間，蒼麟的眼睛再度睜開，雙手猛地抱上她的腰身，強大的力量中，原本的姿勢立即改變。

他的頭俯下，噙上了她的唇瓣。

強勢的力量，霸道而狂烈，已將盡油盡燈枯的嵐顏根本無法抵擋，只能任由他長驅直入。

該死的蒼麟，她用盡力氣保護他，他居然占她便宜。

喔不，說不定一會兒以他的性格還會說是她這卑微的女人占了他的便宜。

一想到這裡，嵐顏的身體掙扎起來，可惜她的力量與現在的他相比，差距實在有點大。

他的手臂力量猶如鐵箍一樣，她那殘餘的力量和他相比，簡直是蚍蜉撼樹，動也不動。

嵐顏只能用一雙眼睛，瞪他。

事實上，這是完全沒有效果的，就像他以前用眼睛瞪她一樣。

只要臉皮厚，就可以無動於衷。

不僅如此，他甚至更加深入，更加地放肆侵入她口內，掠奪著她的氣息，狂熱的力量幾乎讓她無法呼吸。

不過……有點笨拙。

某人痛苦地覺得她的唇瓣好疼，被他咬得一陣陣脹疼。他還拚命吸著，嘖嘖聲響。

她終於知道，什麼叫用上了吃奶的力氣。

不對，龍似乎是蛋裡孵出來的，不用喝奶的。

不過……他是成功了嗎？

剛才還要死不活的樣子，如今已是力量滿溢，心跳一陣陣的強而有力。

可是，如果他成功了，難道不是變成龍嗎？怎麼還是人的姿態？

還是說他失敗了，所以咬自己洩憤呢？

她的眼神裡，充滿了疑惑。

當蒼麟享受夠了折磨她，終於放開她的唇時，嵐顏覺得自己就像吃了五斤辣椒般，又辣又疼。

她的嘴巴一定和豬嘴巴一樣了，某人痛苦地想著。

蒼麟的手指摩挲上她的唇瓣，在她面前倏忽一笑，這乍放的笑容裡，滿滿的得意與自豪，「真好看。」

好看他個頭，他也吃五斤辣椒試試？

「妳想知道我成功了沒有？」

難得看到他的笑容，充滿自信自負，狂妄卻又豪邁的笑容。

這天下，也唯有他在露出這樣的神情時，不會讓人笑話。

天下蒼生的主宰，所有人的守護之神，黃龍大人的自信，誰敢笑話？

「唔……想。」嵐顏沒好氣地瞪他，嘴唇的麻木讓她連話都無法說清楚了，哪還管得了他成功沒有，反正現在她面前的他沒死就行。

他抓起她的手，貼上自己的胸口。

赤裸的胸膛滿是水珠，一粒粒在陽光下泛著晶瑩。

沒有了剛才的冰冷，暖暖的氣息從他的肌膚下透出，暖上她的掌心。

嵐顏能說自己被非禮了嗎？她真的不想摸他啊，狂妄的主神大人，能把您的胸膛從我手心下挪開嗎？

當然，不行。

因為她的手腕，被他抓在手心裡。

可憐的女人，真是一點自主權都沒有，他不准碰就不能碰，他要她碰她還不能不碰。

還有沒有天理啊？

嵐顏心中無數個話語咆哮而過，卻不能說出口，她還不想死，畢竟她面前的人，是蒼麟。

她感受到他的肌膚在逐漸的改變，一道亮金色從他的身下攀爬而上，從小腹到腰身再到胸膛，漸漸地被堅硬的鱗片覆蓋。

那金色包裹了他的身體，但是並沒有停下，一路朝著他的頸項而去。

他，成功了！

嵐顏的心頭閃過這個念頭，竟然是無比開心的。

金色在閃耀，漸漸籠罩了他的身體，將他與外界隔絕了似的，陽光的顏色在這道金光之下，黯然失色。

獨獨屬於他的顏色，最為尊嚴華彩的顏色。

就在這個時候，嵐顏的身上，也漸漸瀰漫起淡淡的金色，雖然不及他閃耀奪目，卻是相同的色澤。

不僅如此，蒼麟身上的金色，開始與她的金色交融，彼此慢慢地融合在了一起，原本是碧波潭中一道被籠罩的身影，卻成了兩個相容卻隔絕外界的存在。

這、這是什麼？

嵐顏看著自己身上隱隱透出的金色，抬頭望著蒼麟，卻在蒼麟眼中也看到了同樣的驚訝。

「難道是因為你的靈丹？」嵐顏猜測著，也是她唯一能想到的理由。

蒼麟看著她身上的金色，微微一笑，「或許吧。」

嵐顏不明白他卻清楚，這金色是龍息龍血龍氣幻化而成，她縱然曾經擁有過他的靈丹，卻沒有與他血脈交融過，她為什麼會有他的龍血之氣？

更讓他詫異的，是他的靈丹會自動選擇與他氣息最為親近的人，除了四聖獸，就是白羽的氣息了。

但是當年他的靈丹誰都沒選，卻選擇了這個妖族的女人。

「天意嗎？」他低聲說著。

嵐顏莫名其妙，她所有的注意力都在眼前這金色的身軀上，看著金色一點點地覆蓋他的身體，看著自己面前出現一副威嚴的身軀，龍首在她面前幻化而出，龐大的身軀上，只有一雙炯炯的眸光讓她找到了熟悉的感覺。

氣場散開，她終於明白了，這天下間唯有他能那般倨傲地自稱尊主。

山川河嶽，無不低頭。

草木萬物，匍匐腳下。

中央主神，蒼麟！

金色騰空而起，帶著一波浪濤，躥入雲朵之中，金色光芒從白色的雲彩中射出，五彩的霞光繚繞。

嵐顏看著，目瞪口呆。

這睥睨之氣，狂傲天下，讓人從心底生出一股膜拜的感覺，想要向他跪下，仰慕他。

她看著天際的他，臉上露出了無聲的笑容。

潛龍在淵這麼長時間，終於可以翱翔天際了。她居然有種自己的孩子大了，終於成年的傲驕快樂感覺。

當蒼麟離開，一陣陣的寒意襲擊上身體，嵐顏哆嗦了一下，悄悄地朝著岸邊摸去。

她的功力已經耗盡，這水中的寒氣讓她難以承受了，趁著現在蒼麟正快樂著，趕緊溜上岸。

小手剛剛摸上岸邊的石頭，忽然一陣浪濤從背後掀來，嵐顏猛回頭，看到一排浪潮朝著自己劈頭蓋臉地落下。

這裡是潭水怎麼可能有浪潮？

該死的！

她不用看也知道，這是蒼麟搞的鬼。

「呼啦！」水從上面撲上她的腦袋，冰冷徹骨，巨大的水浪把她狠狠地推上岸，像一條死魚般趴在岸上。

「噗！」嵐顏吐出口中的水，回頭望著。

水波之上，一條金色的巨龍浮懸著，她分明看到那雙威嚴的眼眸裡，藏著笑意。

「你這個該死的！」嵐顏才顧不得什麼身分地位，破口大罵。

那龍身一動，忽然朝著她撲來。

完了，他要報復自己了！

這是嵐顏的第一想法。

果然，那條巨大的龍身，衝著她直撲而來。

該怎麼辦？

跑？躲？

嵐顏想要撐起身體，才發現體力在巨大的透支之下，她的身體軟得像一灘爛泥，根本連一根手指都動不了。

巨大的身影撲下……

「啊！」嵐顏大聲叫著，揮舞著手臂，才晃動一下，又趕緊抓著穩定身形。

此刻的她，騎坐在金色的龍身上，騰在半空中，風呼呼地從耳邊颸過，讓她睜不開眼睛。什麼黃龍大人，簡直是缺德龍。

「放我下……」去字已經完全說不出口了，那巨大的風灌入口中，硬生生全給頂回肚子裡。昨天晚上沒喝到的風，一口氣給灌了個飽。

她的手死死握著他頭上的龍角，瞇著眼睛，眼前掠過的山川風景是從未領略過的美色，但是她半點欣賞的心情也沒有。

冷，好冷，非常冷。

她連衣服都沒有，這麼快的速度、這麼大的風，吹得她全身雞皮疙瘩都起來了，冷風颼颼直入骨髓。

現在的她，沒有功力抵擋，覺得自己幾乎要昏過去了，好不容易鼓起一絲真氣流轉，也用在手上努力地穩定身形。

但是蒼麟完全沒有發現這種情況，他在雲霧中翻騰，帶著嵐顏快速地在雲朵中遊動，這是獨屬於他的風景，他在快樂地分享給她。

嵐顏騎在他的背上，全身越來越冷，全憑著一口真氣把自己穩定在他的背上，到最後已經凍得完全失去了知覺，眼前一陣陣地發黑。

也不知道過了多久，在風聲的凜冽中，她的耳邊依稀傳來他的聲音，「這風景可美？」

嵐顏沒有回答，她的身體從他的背上慢慢地滑下、滑下，最終跌落！

她，大概會成為第一個摔死的妖吧？

某人模糊的意識裡，閃過這樣的一句話。

金色的身影一晃，空中幻化成人形，快速地追著她而下，單手撈住那個幾乎已經沒有知覺的人，抱在懷中。

她沒死嗎？

嵐顏虛弱地睜開眼睛，虛弱的聲音小小地飄出：「我操你大爺……」

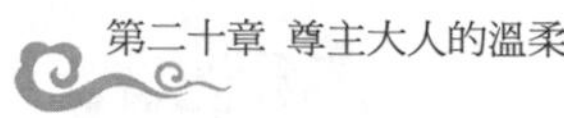

第二十章 尊主大人的溫柔

嵐顏病了。

從做妖以來，不、從做小狐狸起的記憶以來，她都沒有病過，可是現在堂堂的妖王大人，病了。體力透支，全身的真氣還在沉寂中休整，她躺在石床上，艱難地呼吸著。

一口口的熱氣，她覺得自己快要熟透了，腦門熱、骨頭痠，身上卻一陣陣地發冷，她居然得了風寒。

怪誰？能怪誰？

嵐顏的眼睛瞥向一旁，那個正默默坐在床頭，一臉擔憂的男人身上。

蒼麟的目光與她相觸，心虛地低下了頭，一副不知所措的模樣。

嵐顏知道他的手正與自己相握，一絲絲的真氣順著他的掌心透入她的身體內，如果沒有他的真氣，這寒潭的侵蝕與狂風的吹襲，她只怕早就死了吧？

想起那劈頭蓋臉的水浪，還有呼嘯而過的狂風，嵐顏的氣就不打一處來。

現在的她完全不能動彈，額頭燙得快能烤地瓜了。

想到烤地瓜，她的肚子又發出一聲巨大的響聲，「咕嚕嚕……」

餓，好餓，餓到前胸貼後背。

她上輩子是造了什麼孽啊，這輩子與這個王八蛋牽扯不清，又是追殺又是滅門，差點死了，愛人還差點賠了自己的命，如今她還生病虛弱得氣喘吁吁。

她到底欠了他什麼啊？

嵐顏深深地嘆了口氣，為自己默哀。

倒是蒼麟緊張地開口：「妳，哪不舒服？」

她哪裡都不舒服，嵐顏張了張唇，「我……」

聲音嘶啞難聽，完全沒有了以前的玲瓏清脆，嵐顏的心頭又是默默地嘆了口氣。

「妳要我做什麼？」蒼麟的表情不僅緊張，還有些嚴肅，嚴肅到嵐顏覺得自己是不是下一刻就要死了。

「有濕的涼布巾嗎？」她的額頭好燙，燙得她頭暈眼花，「給我敷在額頭上。」

「喔。」蒼麟立即跳起身，飛也似地竄了出去，徒留嵐顏在床上張著唇，憋著下面的話。

「喂，我還沒說完呢，我要吃的。」她努力地大喊，奈何聲音卻如蚊蚋，那跑得飛快的人，自是聽不到。

可憐的嵐顏只能無言地望著洞頂，繼續自怨自艾。

這混蛋龍，把她弄成了這副德行，說跑就跑了，也不知道給她蓋點東西。剛才有他的真氣做支撐，她還不覺得冷，如今他跑了，丟下她一個人，寒意襲上身體，她又開始哆嗦。

身體一陣陣地顫抖，這寒潭的涼氣深入骨髓，也不知道什麼時候能好轉。

畢竟這寒氣，就是妖也不是那麼容易抵擋的，何況她還耗盡了真氣之後，再到天上狂吹了一陣風。

她是妖王，居然被折騰生病了，這蒼麟簡直是天生來剋她的吧？

她雙目無神，呆呆的。

腳步聲急匆匆地趕來，還帶著風聲，卻是蒼麟回來了。

好吧，看在他如此急切的份上，她決定原諒他，畢竟黃龍大人能如此失態，好歹證明她這個愚蠢的女奴多少有那麼一絲絲的地位。

冰冷的布巾笨拙地覆上她的額頭，他的手左挪挪、右挪挪，生怕放不好似的。

「別動了，給我點真氣。」嵐顏沒好氣地開口。

「喔。」某位倨傲的大人立即順從地回答，坐回她的身邊，單手握上她的掌心。

有了布巾，又有了他的真氣，體內的寒氣再度被壓制下去。

風寒的熱度又開始慢慢瀰漫上身體。

熱，好熱。

她覺得身上開始沁出了汗意。

這樣下去，要不了多久就能好吧？至少發汗了。

「喂。」蒼麟叫著她，一雙眼睛滿是好奇地盯著她的額頭，「這是人類治病的方法嗎？」

她忘記了，這神龍大人可是不食人間煙火的，對於這種民間散熱的方法又怎麼可能瞭解？

「嗯。」她輕輕應著，「額頭太燙難受，民間就用這種方法散熱。」

蒼麟似懂非懂地點點頭，一雙眼睛看著她，越發好奇地打量了起來。

嵐顏由他看著，有了他的真氣，身體越發熱了起來，汗也越出越多，頸項間滿滿都是濕意。

「妳熱？」蒼麟又問了，猶如好奇的孩子。

嵐顏已經懶得回答，輕輕點了點頭。

「喔。」蒼麟猶如求知的孩子，在得到答案後滿足地開心著，另外一隻手在虛空中一劃。

嵐顏的眼前出現了一道水汽，準確地說，是由真氣包裹著的水團，那水團凌空挪到了她的身體上方。

嵐顏心頭一驚，蒼麟想要幹什麼？

「要濕布巾是嗎？」他眨巴著眼睛看看水團，又看看她的衣衫，忽然開心地笑了，「妳的衣服就是布，濕了就是布巾了！」

嵐顏的雙眼猛地一睜，他要做什麼？難道是她想的那樣？

「不要！」她張開嘴大吼著，可惜……一切都晚了。

水團炸開，一大團的水從空中澆下，淋上她的身體，就連嵐顏張開的大嘴裡，也灌了滿滿一嘴。他是想要她的命嗎？

再看蒼麟，高興無比地揮著手，「妳全身都熱，這樣散熱是不是舒服多了？」

舒服？

她覺得，她真的要死了，就算上一次沒被他折騰死，這一次也必然死在他的手上。

「你這個混蛋龍，老娘被你坑死了！」嵐顏用盡全身的力氣，嘶吼出聲。

寒意遍布全身，連氣帶病，她眼前一黑，又一次昏了過去。

迷迷糊糊中的嵐顏，一會兒熱、一會兒冷，一會兒又覺得饑餓無比，她彷彿回到了昔年做乞丐的日子，蜷縮在街邊，面對著風雪飄零。

忽然間，面前的包子鋪打開籠屜，一股暖意飄來包裹上她，全身上下都籠罩在溫暖中，竟不再覺得寒冷。

眼前一個個又白又胖的包子，看上去軟綿綿的，嵐顏狠狠地嚥了嚥口水。

好餓，好餓，那一個個包子在她眼前飄過，對她熱情地揮舞著。

嵐顏想也不想，撲上前抓起兩個就跑，店主在後面大聲地喝罵著：「鬆手，快鬆手……」

她嵐顏拿到手的食物，怎麼能輕易鬆手？只是這聲音怎麼聽上去有些耳熟？可是卻又想不起來了。

到了嘴邊，怎容人奪回去？

嵐顏想也不想，一口咬下去。

「啊！」慘烈的叫聲飄蕩，震得她耳朵發麻，也把她的神志震了回來。

她迷迷糊糊地睜開眼睛，入眼的是一片白皙緊實的肌膚，眼前一個殷紅的點緊繃，圍繞一圈巨大的牙印，牙印深深，有的地方已經沁出了血絲。

這，該不會是她咬的吧？某人心虛地想著。

看那小小的牙痕，上面還沾染新鮮的口水印，不是她難道是他自己嗎？

嵐顏偷偷抬起眸光，正對上一雙琥珀色的雙眸。

在她猜測中原本應該是怒火沖天的眸子，在看到她清醒後閃過一抹驚喜，但是很快就換成了嫌棄和厭惡。

「妳醒了啊？」就連聲音也是沒好氣的，剛才一定是她看錯了，一定是的。

她肯定是燒還沒退，要麼就是之前燒太久糊塗了，否則怎麼會在他眼中看到了喜悅和開心？

她呆滯的目光從那個牙印上挪開，卻發現……

她幾乎是趴在他的懷中睡著，兩人之間肌膚親密地貼合，他輕聲呼吸著，她的身體隨著他的呼吸小小起伏著。

他們居然是……完全的赤裸相擁。

「為……為什麼？」燒了這麼長時間，她的嗓子又乾又啞，就像被火燒過一樣。

她的目光四下看著，才轉動下眼睛，他的手從床邊拿過茶盞，送到她的唇邊。

嵐顏想也不想，就著他的手一口氣咕嚕嚕灌到底，當清涼洗過，她才大大地吁一口氣。這感覺，真舒服。

清涼的水不僅讓她的嗓子舒服了，也讓她的腦子回歸了清醒，「這是怎麼回事？」

「妳這個多話的女人。」

蒼麟顯然不願意回答這個問題，不耐煩地別開臉，表情卻有一絲尷尬。

「我多話？」嵐顏瞪起了眼睛，「我因為你而生病昏過去，醒來卻發現自己被你扒光了抱在懷裡，孤男寡女的，我還不能問了？」

就算他是中央主神，也不能蠻不講理吧？

蒼麟的表情更加尷尬了，一張唇抿得緊緊的，就在嵐顏以為什麼字也問不出來的時候，耳邊忽然傳來了他的聲音：「我把妳的衣衫打濕了，總不能讓妳繼續穿著吧，可妳一會兒喊冷、一會兒喊熱，我就只能……」

只能用他的身體與內息，來平衡她的體溫，讓她舒服。

下面的話不用，嵐顏也能猜到。

雖然他兩次把她澆濕，雖然他把她弄病了，不過看在這麼小心翼翼保護她，為她驅寒散熱的份上，她決定大度地原諒他。

原諒歸原諒，卑微的女人光溜溜地趴在主神懷裡，終歸不妥。嵐顏的雙手撐上他的肩頭，想要從他的懷中起身。

誰知道身體才撐起一半，她手臂一軟，又摔了回去。

現在的她，連病帶餓的，真是半分力氣也使不出。

她這重重地一跌，蒼麟再度發出一聲悶哼，皺起了臉。眼中閃過一抹怒火，但是臉上卻有著詭異的紅暈。

「女人，妳要起來就快點。」

蒼麟不耐煩地低吼著，卻沒有伸手推她，任由她趴在自己的懷中。

嵐顏似乎察覺到了什麼，目光緩緩下滑，找著剛才觸碰到的地方。

當她的視線挪到位置後，又無聲地挪了上來，臉上是同樣怪異的紅暈。

小腹緊致，隨著呼吸露出八塊漂亮的腹肌。嵐顏的視線又挪了幾分，腰身細窄，卻藏著無邊的力量。嵐顏的視線唯有再度挪了幾分，最後又回到了胸口。

看著他胸口的那個大牙印，快要看出花來了。

兩人之間，詭異的氣息在無聲飄蕩。

「我餓了。」嵐顏呆滯地開口，努力打破兩人間此刻怪怪的感覺。

他順著她的目光看下去，「我知道。」

被咬成這樣能不知道嗎？嵐顏訥訥地低下頭，有些不好意思。

「咕嚕嚕。」肚子裡發出一聲乾癟的叫聲。

幾天沒吃了，還大病了一場，能不餓嗎？

「妳要吃什麼？」

蒼麟似乎也在努力想要調和這說不出來的怪異場面，聲音難得柔和了起來。

「肘子、烤鴨、燒雞、扣肉……」嵐顏的嘴巴飛快動著，腦子也轉得飛快，一樣樣美食從眼前飛過。

「妳好噁心。」蒼麟一把將嵐顏推開，手從胸口擦過，擦起一抹口水的印記。

嵐顏擦了擦唇角，有些不好意思，「都說餓了，還要問我想吃什麼，要麼就快點帶我去，乾說有什麼用啊。」

蒼麟被她說得一愣一愣的，喔了聲。

忽然間，嵐顏想到了什麼，「蒼麟，你有銀子嗎？」

蒼麟皺著眉頭，莫名看著她，「什麼銀子？」

嵐顏頓時洩了氣，癱軟在床榻上。

她從妖族出來，除了一身衣衫什麼都沒有，更別提一個銅板了，而蒼麟……

她看著面前的蒼麟哭笑不得，這個傢伙不食人間煙火，以前大快朵頤的時候都是自己掏錢，她就別指望他有銀子給自己買吃的了。

「沒銀子、沒金子，我們還是喝西北風吧。」嵐顏軟軟地倒著，眼中一片絕望。

蒼麟的腦袋伸在她上方，「妳怎麼了？」

「沒有美食，人活著還有什麼意義？」嵐顏軟弱無力地回答：「我覺得我的世界黑暗了，我要美食。」

她怎麼就忘記帶銀子了呢？都怪蒼麟，帶她走得那麼急，她連銀子都來不及準備，現在要吃東西了，連銀子都沒有。

蒼麟扯過一旁的衣服拋向她，「走吧。」

「沒銀子，走去哪兒？」嵐顏沒好氣地回答。

蒼麟莞爾，「有。」

有？嵐顏狐疑地望向他，剛才還問自己銀子是啥，現在就說有，這傢伙也轉變得太快了吧。不過堂堂中央主神大人，應該不會騙人吧？

嵐顏想了想，把手放進他等待的掌心中，順著他的力量起身，快樂地跟隨他而去。

嵐顏才剛剛康復，功力也勉強復甦，可不代表她連路都走不動啊，蒼麟這般也太……

嵐顏低頭看著自己腰間的手，如果說從洞中飛身而上還擔憂她武功未恢復，她尚能理解他的保護，可是現在走在太平地上，需要這麼、這麼、這麼禁錮嗎？

嵐顏掙了掙，蒼麟馬上胳膊又緊了緊，才喘上一口氣的她，又被鐵箍圈住了胳膊，將她勒得死死的。

這麼下去，只怕還沒走到街頭集市，她就被他勒死了。

再看他的姿勢，一本正經地圈著她的腰身，手臂僵硬緊繃，用力地將她往自己身邊帶，看到他那嚴肅認真的姿勢，嵐顏都覺得繃得慌。

哪有男人這般摟女人的，他真是……

「你能不能鬆一鬆？」她不爽地說道。

蒼麟拋來一個可怕的眼神，嵐顏一時噤聲，然後……腰間的手又緊了緊。

嵐顏覺得自己就像一個被拖行的沙袋，隨著他的動作而動，忽然間她的鼻子抽了抽，一股香氣鑽入她的呼吸內。

「燒雞！」嵐顏一聲歡呼，早忘記了什麼矜持，一把抓住蒼麟的手拖著就往前衝，嚷嚷著：「快快快。」

「等等。」蒼麟一把扯回騷動的她，將她推進了一旁華貴的酒樓中，「妳先去點菜，我幫妳買燒雞。」

還有好酒好菜？

嵐顏的眼睛亮了，想也不想地抬腿就走了進去，腦海中徘徊著的是無數佳餚。

小二熱情地迎了上來，「姑娘要點些什麼？」

「剁椒魚頭、清蒸甲魚、香辣螃蟹、爆炒河蝦，最後再來醬肘子、紅燒肉加三顆滷蛋……」嵐顏幾乎不帶喘氣地一口氣報出一堆菜名，腳步更是輕快地蹦躂上了二樓，尋了個靠窗的位置坐下，輕快地哼著歌。

她和蒼麟在一起吃過數次飯，發現蒼麟不但吃相難看且吃得多，但是畢竟還是有喜好的，他喜歡河鮮，所以今天她破例先點了他愛吃的，才想到自己的呢。

她真是快為自己的體貼感動哭了。

嵐顏在窗邊坐著，看著下面街頭來來往往的人，撐著下巴無比快意。

忽然，她的眼睛瞟到了什麼，眉頭皺了起來。

那是蒼麟嗎？

再看燒雞店前，果然沒看到蒼麟。

嵐顏站起身，翹首眺望，看著蒼麟的身影越走越遠，她心中更加狐疑了。

蒼麟這是要去哪兒？他不是答應為自己買燒雞的嗎？可他的手中並沒有拎著燒雞啊？

忽然間，蒼麟的身影一閃，轉進了一旁的店中。

「當鋪？」嵐顏喃喃自語著：「他去當鋪幹什麼？」

以她對蒼麟的瞭解，那傢伙全身上下也搜不出什麼值錢的東西，哪有東西可當啊？

沒多久，蒼麟又走了出來，這一次他徑直走向燒雞店，買了一隻又大又肥的燒雞。

正當他想要邁步走進酒樓的時候，嵐顏在上面大聲叫嚷著：「蒼麟！」

他抬頭，樓上的人笑顏如花，衝著他揮舞著手。蒼麟的臉上，忍不住露出了笑意。

青石板上，柳樹旁，人如玉。

嵐顏，被驚豔了。

她一直都知道蒼麟是好看的，但是這般無邪而真摯的笑容，不復狂妄倨傲，帶著幾分獻寶般的誠懇，讓她的心狠狠地被震了下。

「蒼麟，我想吃街頭剛路過的滷豬蹄。」

嵐顏咬著唇，眨巴著無辜的眼睛，一臉垂涎地看著他。

蒼麟的心情似乎極好，只是點了點頭，連一點不悅的表情都沒有，轉身就朝著街頭而去。

看到他的背影走遠，嵐顏輕巧地躍出窗外，落在大街上，快步地進了剛才那家當鋪。

當鋪的掌櫃正低頭打著算盤，眼見著有人進來，立即揚起了笑容，招呼道：「姑娘，可是要當什麼東西？」

嵐顏噙著笑容，「剛才有位公子在您這當了什麼，能給我看看嗎？」

當鋪的掌櫃一愣，「姑娘，依照行規，除非您拿當票來，否則不能給您看。」

「我知道。」嵐顏手撐在他的面前，露出一個可憐巴巴的神情，「那公子是我的夫君，近幾日老是鬼鬼祟祟的，也不知道是被哪家的青樓粉頭勾走了魂魄，我只想看看他是否又偷了我的嫁妝來當，我只求看一眼，不為其他。」

說到這，一雙眼中霧氣氤氳，她抽了抽鼻子，再度衝著掌櫃眨巴著可憐的神情。

掌櫃看著嵐顏愣愣出神，半晌才嘆了口氣，「這麼漂亮的小娘子竟也不珍惜，真是、真是，還偏是死當，給妳看看也無妨，反正他也不會來要了。」

他的手從桌下的匣子裡掏出一個薄薄的金片遞到嵐顏手中，「其實也算不上是當，他只是拿金子來與我兌些銀兩而已。」

金子？

圓圓的一片，邊緣還有些鋒利，上面有著道道隱隱的花紋，很是精美。

那掌櫃嘆息著，「用金子的價換銀子本不算虧，只是這做工我從未見過，很是精美，我想著那公子換得那麼急，以為是遇到了難事，沒想到……唉，小娘子妳別哭啊！」

嵐顏看著他手中的金片，咬著唇一言不發，眼淚不知怎地就掉了下來。

那金色她很熟悉，那是蒼麟的龍鱗，她甚至能在邊緣處看到一點點淡淡的血跡。

為了她的一頓飯，硬生生拔了自己一片龍鱗。這驕傲的主神大人，什麼時候為了她這個卑微的女人也這麼傻了起來？

「小娘子你別這樣，就算妳夫家這次對不起妳，就衝妳、就衝妳如此美貌，他肯定會回來的。」掌櫃的有些手忙腳亂起來，想要安撫嵐顏。

她哭了嗎？

嵐顏抬起掌心，一滴水珠打在她的手心中，暈開。

她居然會為那個狂妄自大，坑了她這麼多年的傢伙哭？

嵐顏甩甩頭，抬起了笑容，伸手摘下了耳環，「掌櫃的，我跟你換它好不好？」

這是妖族族長才能佩戴的象徵，但是對她來說，無所謂了。

那掌櫃的目光一閃，「這、這太珍貴了。」

嵐顏搖搖頭，指著他手心裡的東西，「有些東西，更珍貴。」

她把那耳環放進掌櫃的手中，取過那枚鱗片，輕輕握在掌心裡，轉身離去。

耳邊依稀又聽到了掌櫃的嘆息聲，「多情的小娘子，妳的夫君一定會回頭的。」

她沒有回答，只是快步走回酒樓，在蒼麟回來之前，重新坐回位置上，不多時只見蒼麟拎著燒雞、滷豬蹄來到她的面前，「妳要的豬蹄。」

嵐顏抬起臉，溫柔一笑，「謝謝尊主大人。」

蒼麟一驚，上上下下地打量她，「女人，妳可是還未退燒？」

嵐顏也不答，扯下一隻雞腿送到蒼麟的面前，「記得把骨頭吐出來，每次都連骨頭一起咬，真是沒有半點尊主的風采。」

蒼麟抓著雞腿，表情尷尬，慢慢地送到嘴邊，小心地撕下一塊咀嚼著，看著嵐顏的眼神有些怪異。

他的眼神看得嵐顏毛毛的，抓過一隻螃蟹剝了起來，沒好氣地問著：「看什麼？」

蒼麟癟了癟嘴，「妳以前沒告訴我怎麼吃。」

嵐顏乾巴巴地擠出一抹笑，「以前我以為你喜歡這麼嚼。」

她承認，以前她根本就是懶得管蒼麟，甚至帶著那麼一抹看好戲的心，誰要這個傢伙老是奴役她、看不起她。

「那為什麼現在又覺得我不喜歡？」他的目光帶著探索，一瞬間彷彿又回到了那個縱橫天下的龍神。

「沒有啊。」嵐顏表情十分無辜，「只是我喜歡這麼吃，所以讓你試試。」

她發現，當她說完這句話後，蒼麟看著雞腿的表情都變得有些怪異了起來，很認真地盯著，看到嵐顏幾乎以為他要把這雞腿供奉起來，他才第二次湊上，小小地咬了口，「好像，這樣是比較好吃。」

他覺得好吃，是真的因為他喜歡，還是因為她喜歡？

嵐顏把手中剝開的蟹遞了過去，蒼麟拿過，卻有些手足無措。

然後，他抬起求助般的目光，「妳喜歡怎麼吃？」

嵐顏無奈，用蟹剪剪開蟹鉗，將裡面嫩嫩的蟹肉送到他的嘴邊，「這樣吃。」

蒼麟看著她指尖上那麼一點點，顯然有些不滿意，撇了下嘴角下意識地想說什麼，忽然瞥了眼嵐顏，發覺對方正望著他，那一點不屑的表情瞬間收斂，湊上唇咬著那蟹肉。

柔軟的唇瓣劃過她的手指，輕輕一碰，就離開了。可那殘留的觸感，卻一直在她指尖燃燒。

「好吃嗎？」嵐顏期盼的目光眨巴著，等待著他的回答。

蒼麟嘴角一抽，在嵐顏以為她又要看到熟悉的不屑表情時，他卻抿了抿唇，「好吃，就是肉少了點。」

好吧，對他這種可以掃掉一桌子菜的人來說，這麼點肉屑的確是太少了。

嵐顏指著盤子裡的魚，「那你吃魚，我給你多剝一些。」

蒼麟的手伸出，正準備撈魚，剛伸在空中又停住了，悄悄地看向嵐顏。

嵐顏正低頭努力剝蟹，毫無察覺。

那手無聲地縮了回來，笨拙地學嵐顏抓起筷子，伸向魚頭。

戳、戳、戳，一瞬間湯水四濺，魚頭剎那變了模樣，嵐顏冷不防被魚湯濺到臉上，這才從專注中抬起眼眸。

蒼麟笨拙地扭著筷子，想要把魚頭弄到碗裡，可惜那滑溜溜的筷子怎麼都不聽使喚。

堂堂的龍神大人，就被一個魚頭激起了倔強鬥爭的心，發誓要把它弄到碗裡，就連湯汁濺到衣服上也毫無察覺。

嵐顏抬頭時，看到的就是蒼麟專注而充滿殺氣的表情。

「嗤。」她一時沒忍住，笑出了聲。

蒼麟的臉紅了，深俊的面容悄悄地低下。

嵐顏把剝好的螃蟹放進他的碗裡，「我來吧。」

她抓起筷子剔著魚肉，蒼麟在一旁僵硬著臉，「女人，本來就該妳伺候的。」

若是往常，嵐顏只怕連魚頭帶湯都丟下懶得鳥他了，但是現在，她卻仔細地將魚肉剔出來，放進他的碗裡。

這頓飯吃到最後，小二笑嘻嘻地從蒼麟手中接過銀兩，點頭哈腰地道謝時，蒼麟的表情一直十分滿足。

而嵐顏這一頓幾乎未曾吃什麼，都在伺候他了。

但是不知道為什麼，她的心裡是飽脹的滿足感，比之胡吃海塞吃飽後，還要快樂。

看著蒼麟付出去的銀子，嵐顏的手輕輕按在胸前，隔著薄薄的衣衫，彷彿都能觸摸到藏在衣衫下的那枚鱗片。

來時匆匆，去時悠悠。

在河畔悠閒散步，看著楊柳依依，打在肩頭上也是軟軟的柔嫩。

「這裡，離原城不遠了吧？」嵐顏忽然開口，目光眺望著遙遠的天際。

「嗯。」蒼麟應了聲，卻似乎有些不情願回答她的問題。

原城，管輕言還在等她吧？

還有蒼麟！他急需找到朱雀的氣息，而排除了杜城之後，最大的可能性，就是原城了。

無論是為了蒼麟，還是為了管輕言，她都必須找到真相，找到是誰擄走了蘇逸。

嵐顏一抓蒼麟的手，「走，快點走，今日到原城！」

誰知道蒼麟忽然一用力，嵐顏身形不穩，整個人踉蹌著跌入他的懷中，面對著他緊繃的面容，還有充滿火氣的聲音，「妳，就這麼想到他身邊去？」

「當然！」嵐顏毫不猶豫地回答，「因為……」

下面的字沒有了，被一雙燃燒著烈焰的唇含上，吞噬。

嵐顏被死死地箍著，靠在他的懷中，腦海中只有一個念頭閃過，「完了，又要腫了。」

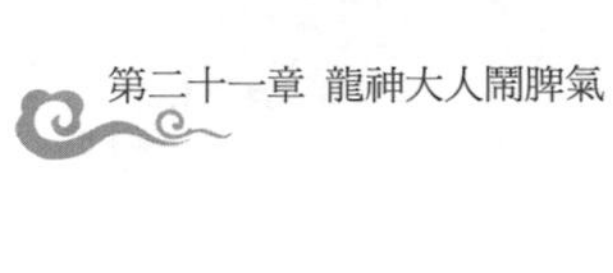

第二十一章 龍神大人鬧脾氣

「喂，為什麼要走這裡啊？」嵐顏在身後哀哀叫著，「為什麼不走大路，這樣就可以吃到好吃的了，荒郊野嶺什麼都沒有。」

前面那道金色的人影，背負著雙手，聽到她的聲音也沒有半點停下來的意思，就一直走著。

嵐顏很鬱悶，自從她說要趕到原城去以後，蒼麟又恢復了往日的德行，不，比往日的德行還要更進一步。

往日，至少他還會喊上一句帶上發語詞的什麼什麼女人，可是今天，整整一天了，他一個屁都沒放，這讓嵐顏完全摸不著頭腦。

難道是她給的食物吃壞了他的肚子，所以才一臉屎臭的表情？可是也沒見他跑草叢裡解決啊。那又是為什麼？

嵐顏終於忍不住了，幾步衝到他的面前，伸手抓住了他，「蒼麟，為什麼放著大路不走走這裡啊？又遠又難行。」

路難行她倒不在乎，畢竟有武功在身勞累不著，可偏偏蒼麟是邁著雙腿走，半點功夫也不肯施展。

驕傲的尊主大人都用腿走路了，她這個卑微的女人，豈能不跟在身後亦步亦趨？

現在的蒼麟心情不好，非常不好。

眼前這個愚蠢的女人，居然問他為什麼不走大路，居然可以這麼理直氣壯，她怎麼可以這麼沒心肝、沒腦子？

她還有臉不爽？他都沒不爽呢！

蒼麟哼了聲，腳下一挪，繞開嵐顏的阻擋，繼續走。

這……

嵐顏望著他的背影，剛才蒼麟那個表情，是在賭氣？

路是他挑的、道是他選的，她什麼都聽他的了，他賭什麼氣？

在他擦身而過的一瞬間，嵐顏伸手扯住了他的袖子，「你到底怎麼了？」

蒼麟倨傲地抬起臉，「叫我尊主大人！」

嵐顏翻了個白眼，剛想反駁，又想起了懷中那枚金色的鱗片。

「是，尊主大人。」她擠出甜甜的笑容，衝著蒼麟軟軟地喊了聲，帶著無比的討好。

看在他拔龍鱗只為請自己吃飯的份上，她就順了他又如何？

可是她的話似乎並沒有讓蒼麟開心，而是更加憤恨了，那眸光中的火焰簇簇跳動著，狠狠瞪了她一眼。

這個不識趣的女人，為了別的男人，為了急切地趕去原城，居然可以對別人卑躬屈膝，真是太噁心了。

蒼麟只覺得心頭的火焰，燒得更凶了。

「妳這個混蛋的女人！」他憤憤地憋出一句話，甩開嵐顏的手，繼續朝前走。

嵐顏看著自己的手心，眨巴眼睛、再眨巴眼睛，一臉的莫名其妙。

他罵自己混蛋？

她哪裡混蛋了？

剛剛不是一切都好好的嗎？明明他吃飯的時候還開開心心的啊，走的時候也開開心心的啊，怎麼突然間說翻臉就翻臉？

嵐顏嘆了口氣，跟在他後面默默地走著。

他心情不好，少招惹為妙。

嵐顏心頭想著，閉嘴，走路，再也不問原因。

這一口嘆氣，讓前方的蒼麟臉色更難看了。

該死的女人，她居然有臉嘆氣，不就繞了點路，不就是走了山路嗎？她需要這麼不爽嗎？

不要理她，再也不要理她了！

崎嶇的山路間，兩個人一前一後，誰也不吭聲，埋頭走著。

蒼麟忽然停下腳步，身後的嵐顏也趕緊停下腳步，警惕地等著。

和他在一起，她覺得自己要時刻準備著，冷不防尊主大人就有什麼要求了。

蒼麟的臉色更難看了。

混蛋的女人，為什麼和他保持距離，難道是嫌棄他嗎？還是說他脾氣不好難伺候？不然為什麼他一停她就停，就是要離他遠遠的嘍？

「哼。」蒼麟憤怒地抬頭，腳下踩著一枚石子，忽然一腳踹了出去。

石子飛起一道弧線，噗地一聲打在崖壁上，深深地嵌了進去。

嵐顏看著崖壁上的石子，摸了摸自己的腦袋瓜子。

他該不會想要踢的人，是她吧？還是再離遠點。

腳下步伐，悄悄地、悄悄地慢了下來，嵐顏看著蒼麟的背影，縮了縮脖子。

蒼麟猛地轉身，飄身閃現到嵐顏面前，一雙眼眸噴著熊熊怒火。

嵐顏看著眼前突然出現的人，下意識地退了兩步。

「妳躲什麼躲？」蒼麟吼出聲，踏前。

嵐顏下意識地再退，蒼麟身上的氣場太嚇人，她直覺地想要躲開。

「妳再退一步試試。」一怒吼聲震得嵐顏耳朵發麻，可憐兮兮地搓了搓耳朵，倒是沒再退。

蒼麟一把抓著她的手，「妳為什麼躲我？」

嵐顏不假思索回答：「沒有。」

回答得太快，快到沒有經過腦子，快到明顯……沒有誠意。

「還說沒有？」

那她要怎麼回答，說有嗎？那他下一刻會不會捏死自己啊？

嵐顏哭喪著臉，「你到底要我怎麼說？」

蒼麟表情也不怎麼好看，抿著唇，瞪著嵐顏。

然後轉身走，可憐的嵐顏被他一路快步拖著，腳步飛快幾乎小跑了起來。

可他又不是施展功力，就是純粹的男人步伐又快又急，嵐顏也管不了那麼多，內息調動起來，倒也不覺得呼吸艱難。

「喂！」一呼吸終於均勻了，嵐顏還是沒忍住地開口了：「你跑這麼快幹什麼？」

如果是趕，大可施展功力，可他沒有。

如果不趕，在這崎嶇的山路上走這麼快，他腦子沒事吧？

蒼麟又一次站定，還是那噴著怒火的眼眸死死地瞪著嵐顏，一句話不說。

話出口的時候，嵐顏就後悔了，她為什麼要多嘴、為什麼要廢話，好好地跑就跑唄，尊主大人要做什麼，她這個卑微的女人哪有置喙的餘地？

「我跑得快。」果然，蒼麟一出口，就帶著無邊的火氣，「不是妳要我快一點，好讓妳早點趕到原城的嗎？」

「是啊。」嵐顏點了點頭，表情無辜極了。

這個該死的女人，居然當著他的面承認得如此乾脆，他真的有種捏死她的衝動了。偏偏還露出那副表情，更是氣死他了。

「快點去原城，也就能快點知道真相，距離害你的人也就更近一步了，如果有機會搶在那人前面讓朱雀或玄武覺醒，你的功力也就能更上一層樓，我的擔憂也就少了一分。」嵐顏老老實實地交代，一雙眼眸黑漆漆的，漂亮極了。

「妳……」蒼麟一噎，「妳是為了這個才急的？」

嵐顏奇怪地看著他，反問道：「不然呢？整天被人覬覦著還不知道對手是誰，你不想早點解決這件事？」

「妳不是為了見那個男人？」蒼麟的口氣裡聽不到怒氣了，卻是氾濫著酸氣。

「誰，管輕言嗎？」嵐顏忽然笑了，「如果要急，就不會一直陪你從杜城找起，那我就該直奔原城才對啊。」

她怎麼會不想管輕言呢，自然也是想的，但是……

她嵐顏又不是笨蛋，從他提到管輕言的那刻起，她就恍然明白了他這一路上的不正常。

忽然發脾氣，也是從她提出儘快趕到原城起。

他介意的，根本就是那個原城裡與她有過約定的男人。

「蒼麟。」嵐顏堆起壞笑，有些妖嬈、有些嬌媚，還有些魅惑，輕輕地靠近他，「你該不是……喜歡我吧？」

蒼麟的臉，忽然紅了。

嵐顏幾乎是看著那俊美的容顏上慢慢泛起紅暈，然後一點點地散開，直到遍布整張臉。

這一次，換蒼麟在她的目光下別開臉，強勢地拉著她的手邁腿就走，口中還不忘他主神大人的尊嚴，「妳這個囉嗦的女人，竟敢對本尊主提問。」

不過這回蒼麟走路，可沒那麼虎虎帶氣，抓著嵐顏的手雖然還是那麼緊，感覺卻變了，變得有些溫柔。

嵐顏幾次偷眼看他，都能看到他嘴角揚起的一抹微笑，當他發現嵐顏在偷看，則馬上板起了臉，瞪回去。

真是條彆扭的龍啊，嵐顏心中嘆息。

「那……」嵐顏小聲地開口：「等會兒你能帶我去官道吃好吃的東西嗎？山裡什麼都沒有，會餓死的。」

嵐顏後來才想通，為什麼他們兩人所行之處，幾乎看不到任何野物。

她是妖王大人，按理說應該很得動物的親近，以往的經驗，幾乎是走到哪裡，都有小動物蹦蹦跳跳跟在身側，人生多了幾分樂趣。

但蒼麟是誰啊，他是中央主神，是龍神大人，他的氣息張開，只怕十里之內所有動物都退避三舍了。

想想他的千百年，就是在這麼無聊的龍生中度過，嵐顏不由都升起了一股同情的心。

蒼麟的回答很簡單，摟上她的腰身，直接騰身入空中，朝著官道的方向奔去。

果然，現在的他不但沒氣，反而又恢復了初始時對她的照顧。

「真是彆扭龍。」嵐顏咕噥著，馬上就收到了兩枚白眼。

嵐顏一縮脖子，噤聲。

憋了一會兒之後，忽然傳來蒼麟的聲音，「妳想吃什麼？」

這話明明不帶表情，甚至丟出來的時候還有點硬邦邦的，為什麼嵐顏卻覺得心裡好甜啊！

「要……」才開口一個字。

蒼麟已經順溜地接了下去，「醬肘子、扣肉、豬蹄、燒雞……」

可不可以別這麼瞭解她喲！

「不行，中午還有東西忘記吃了。」嵐顏努力地想著，因為蒼麟的食量實在太驚人，她幾乎沒吃飽呢，「我還要醬牛肉、烤鴨……」

突然間，蒼麟的腳步一頓，停下了身形，而嵐顏也同時閉嘴。

風聲呼呼，從兩個人的耳邊颳過，嵐顏抬頭看向蒼麟，看見的是對方眼中的嚴肅，還有疑惑的詢問。

嵐顏很輕、很輕地，點了下頭。

兩個人的默契，有時候不需要語言了，更何況是這般的情形下。

就在她剛才說話的時候，風中帶來一縷氣息，很淡，淡得差點就讓她忽略了，但是她無法忽略，因為那縷氣息，與她身上的氣息糾纏了、呼應了。

白羽的氣息。

但她同時還感受到了一縷氣息，一縷與那日威脅她的黑袍人一模一樣的氣息。

蒼麟沉身，「朱雀之氣！」

果然……

兩個人頓時沒有了玩鬧的心，飛起身形，朝著山谷中直墜而去。

第二十二章 白羽蹤跡

兩個人速度雖快，動作卻輕細。

因為他們知道，也許敵人就在不遠的地方，他們不能打草驚蛇。

這裡是座奇特的山谷，四面高山聳立著，中間卻是一個深深的凹陷，嵐顏覺得很像窩窩頭倒過來的那個窩兒。

最中心的那個位置，更是一個深深的陷坑，四面紅土環繞，寸草不生，看上去頗有些奇特。

也正是這裡寸草不生，能讓人的視線更加清晰，這裡沒有任何特別的東西，也看不到任何人的蹤跡。

難道他們剛才的感應是錯的？

嵐顏很快就否定了這個想法，她相信自己，也相信蒼麟，縱然一個人有誤，不可能兩個人同時犯錯。

嵐顏傳聲給蒼麟，「這裡是什麼地方，為什麼會有他們的蹤跡？」

蒼麟搖搖頭，給她一個嚴肅的表情，「不知道，這裡是我昔年的領地，倒也沒有特別之處，唯一的……」

話到這裡，嵐顏看到蒼麟的臉色變了，變得很難看，應該是想到了什麼。

不僅如此，蒼麟甚至有一瞬間的失神，她看到他的身體晃了晃，似乎是想要衝出去，但是很快就穩住了身形，沒有衝動。

能讓他這般的，大概也只有白羽師傅了。

想到那個如雲縹緲的人，嵐顏的心中頓時泛出無數情緒。有興奮、有快樂、有思念，但是為什麼，還有一點點的難受？

因為蒼麟方才那個動作。

就在不久前，她還嘲笑蒼麟對自己有意思呢，再看此刻蒼麟的反應，嵐顏的心頭，輕輕地飄起了一股說不出的酸意。

她不妒忌白羽師傅，但還是自憐了一下。

千百年的深情，白羽師傅與蒼麟之間，太值得人唏噓了，她應該為白羽師傅高興的。

白羽師傅冷清下的溫柔，蒼麟霸道後的體貼，他們果然是世間最相襯的一對，龍鳳呈祥呢，人間都是這麼傳言的。

「這裡是……」嵐顏有些難以開口，畢竟這些都是蒼麟與白羽師傅的過往，她似乎沒有資格探究。

「這裡是曾經我的消亡地。」蒼麟搖了搖頭，表情有些苦澀。

啊！嵐顏完全沒想到會是這樣的一個答案，她還以為這裡會是他與白羽師傅的定情之處呢，看來她想歪了。

「當年我在這裡獨立支撐天地崩亂，耗盡所有的氣息，當時白鳳在身邊，我囑託他若是能活下來，就將我的靈丹帶走，待我日後回來。」他的手遙遙指著前方那個深深的坑，「那裡就是最後隕雷落下的地方。」

難怪這裡看上去這麼荒涼，像是被烈火燒過般，那個坑更是詭異，原來卻是如此。

蒼麟輕輕地嘆了口氣，「千百年了，這裡還是如此荒涼，一切未曾改變呢。」

滄海桑田，物是人非。

當初的蒼麟為拯救人類而犧牲，後來卻被人類覬覦他的內丹，怎不讓人心寒？

「我剛剛，感覺到了白羽師傅的氣息。」嵐顏老實交代，「雖然很淡，但是不會錯。」

蒼麟的臉上露出了一絲淺淺的笑意，欣慰而開心，「他，就在裡面。」

什麼？

嵐顏以為自己耳朵出問題了，白羽師傅在坑裡？還是在蒼麟死過的坑裡？這什麼意思？

「那裡有過天雷之火的炙烤，是極炎之地，鳳凰涅槃浴火重生，妳不會沒聽過吧？」蒼麟的口氣，分明是在嘲笑她。

「白羽師傅是火鳳？」嵐顏又一次嚇掉了下巴，那麼冷清的白羽師傅，像一團冰雪般的白羽師傅，居然是火鳳？

他、他、他不是白鳳嗎？火鳳不應該是紅色的嗎？為什麼不對啊！

「至於為什麼，妳下次自己問他。」蒼麟的表情明顯是無比快樂，他在壓抑，壓抑著自己的興奮，但是那眼睛裡，已是寫滿了快樂。

這種快樂，是她幾乎不曾看到過的。

別人共有著兩人間的祕密，她卻一無所知，這種感覺真不好。

白羽與蒼麟兩個人的世界，他人是無法插入的。

她的心裡，不知道為什麼，又泛酸了。

不該啊，不該。

一個是她最尊敬的師傅，一個是讓她景仰的龍神，她一個小小妖王，有什麼資格泛酸呢？

更可怕的是，她怎麼可能泛酸？

而這酸意，到底是因為蒼麟還是因為白羽？她都弄不清楚了。

「當年，白羽師傅也受了重傷吧？」她努力拋去腦中亂七八糟的想法，回歸正題猜測著，「因為我記得，你的內丹就在原城，想必是白羽師傅帶著你的內丹沒能離開多遠，就被人所奪，最終藏在了原城內，而白羽師傅為了奪回你的內丹，千百年來始終在努力。」

「妳怎麼知道？」蒼麟偏著臉，看向嵐顏。

嵐顏幽幽地嘆了口氣，「猜的。因為白羽師傅當年是被原城的人追殺，所以你的內丹一定是在原城內，他一定是潛伏了很久，才找到了你的內丹，受盡創傷才奪到。」

然後，白羽逃往了偏遠的秦仙鎮，再然後遇到了孩提時期的她。

一切都是那麼巧合，一切卻都像是有天意。冥冥中那無形的手，將彼此牽繫到了一起。

蒼麟的臉上，又露出了那種深沉的歉意，「只因我一句話，白鳳堅守千年，擁有不死之身的他，硬生生將自己耗到了油盡燈枯的境地。所有神獸之中，我唯虧欠他太多。所以無論如何，我都不能讓他再出半分差池。他的氣息能散發出來，應該就快要出關了吧？」

「嗯。」嵐顏重重地點頭，「我也要守護白羽師傅。」

對於她來說，白羽是師傅，也是真正讓她知道身分、探尋淵源的人。更是給了她武功，讓她能夠在亂世中掙扎求生的人。

她虧欠白羽，太多太多。

她永遠也忘不掉，白羽在她眼前慢慢消失的情形。

那麼清弱縹緲的男子，即便擁有高貴的身分，也是讓人想要保護、想要為他抵擋一切的人。

兩道目光投注在她的臉上，她發現蒼麟的眼眸一瞬間變得深沉，那琥珀色的眸子，也變成了深褐色。

她已經幾次看到，每當蒼麟心思有變化的時候，他的眼眸就會變色，而這心思變化，往往都是不爽的時候。

他又怎麼了？她都答應為他守護他最珍視的人了，他還在氣什麼？

難道她的包票打得不夠忠心？

於是嵐顏決定再加把勁，她揚起微笑，「我以後定然不會再讓白羽師傅受半點傷害，他的內丹，我也沒捨得消融，只等著他回來後還給他。」

這忠心，夠了嗎？

嵐顏再偷眼瞧瞧，心頭一驚。

為什麼蒼麟的眼神，更深了？這是更生氣了？

她都這麼宣告保護他的愛人了，還不夠？難道……

她抽搐著嘴角，看著蒼麟，「蒼麟，難道你又吃醋了？」

想來也是，他才是白羽師傅的愛人，自己信誓旦旦地說什麼守護白羽師傅，他不吃醋才怪。

這麼想，嵐顏立即咧開笑容，「放心吧，我不會跟你搶白羽師傅的，他是你的啦！」

說完，還很兄弟般地伸手拍了拍蒼麟的肩膀。

然後她就呆滯了！

蒼麟的眸子，都變得深沉如墨了，黑得嚇人。

這下，連嵐顏都想不出到底發生什麼事了，明明忠心也表了，關係也說明白了，他還有什麼好生氣的？

蒼麟忽然伸手，如此近的距離，兩人又擠身在大石頭後面，當真是躲無可躲，避無可避。一把就被蒼麟捏住了咽喉。

「妳這個愚蠢的女人，我真的很想掐死妳。」蒼麟的口氣，幾乎是恨不得一口咬死她的狠，但他的手，卻是一點力氣都沒使出。

嵐顏的目光，小心地滑下看著自己頸項間的手，那動作幾乎讓她的眼珠子都要掉出來了，「蒼麟，我沒猜錯的話，你是在吃醋吧？」

蒼麟哼了聲，那手收了回去。

這麼說她應該是沒有猜錯了，蒼麟的確是在吃醋，既然是在吃醋，為什麼又氣她的表態？

難道……

嵐顏的表情更加抽搐了，想起方才的一幕，她悄悄地探過臉，輕聲問道：「你，該不會是真的喜歡我吧？」

「哼。」蒼麟的鼻子裡哼出一聲不屑。

好吧，她自作多情了，嵐顏好沒意思地縮回了腦袋。

「我最後一次告訴妳。」蒼麟咬牙切齒地貼上她的耳邊，「我與白鳳，只是同袍情誼，我敬他忠義，不要再把我和他湊到一起，就算是龍鳳呈祥，我們都是男的！本尊這輩子都不可能吃妳的醋！」

「喔。」嵐顏隨口應著，「那你不高興什麼……」

話噎住，人抬頭，呆若木雞。

既然他喜歡的人不是白羽，吃的也不是她的醋，那吃的難道是白羽的醋？她剛才對白羽的表忠心聽上去，更像是愛人的守護，所以他吃醋了？

他、他、他，該不會是真的喜歡她吧？

嵐顏很憂傷，她之前只是隨口開玩笑，妖族的人偶爾自戀一下，掛在嘴邊地說他是不是喜歡自己，為什麼到了他這裡就成認真的事了呢？

不要吧，她寧可做愚蠢的女人、卑微的女人、囉嗦的女人，帶著各種貶低發語詞的女人，也不要做中央主神的女人啊！

「妳很不樂意？」蒼麟又是重重地一聲哼。

當然啊，這麼驕傲、這麼彆扭、這麼難伺候的中央主神，她承受不起啊！

可她，連說不都不敢啊，他那可怕的身分，又這麼小心眼，萬一一怒之下毀了她的妖界，那可怎麼辦？

她可不敢忘記上次蒼麟威脅自己的時候，說了什麼話。

「沒。」嵐顏努力地想要擠出笑，但是那表情，實在太勉強、太委屈、太可憐……

她正努力地想著如何回絕這份厚愛，耳邊卻聽到了破空的衣袂聲，幾道黑色的人影落在山谷中，在紅色的地面上，分外奪目。

蒼麟的臉沉下，「我就知道，白鳳的氣息外洩，會引來他人的覬覦，這一次本尊絕不容他們逃脫。神獸朱雀的氣息，豈容他們隨意利用！」

而嵐顏的目光，也死死盯著最中心的那塊凹陷，她的心中也在暗自下著決心，不允許犯下任何錯誤，不允許任何人傷害到白羽。

第二十三章

本尊的人，誰敢碰

那群黑衣人正在慢慢地靠近山谷中凹陷的位置，神情緊張，一股濃烈的肅殺氣氛蔓延開。

嵐顏正要跳出，卻被蒼麟按住，「等等。」

等等？

這都什麼時候了，萬一白羽師傅發生了什麼事，她如何原諒自己？

「先看看，畢竟神獸的沉睡期可不是什麼人都能隨便驚擾的。」蒼麟說著，一雙眼睛也緊緊盯著前方。

「你，也不瞭解嗎？」嵐顏發現蒼麟的口氣雖然確定，但是眼神同樣緊張，「你也不知道白羽師傅會出現什麼情況？」

「當然。」蒼麟瞪了她一眼，「任何神獸在幻化前，都會尋找最隱蔽的地方，不能被他人察覺。我就算是主神，他也不會在我面前沉睡。」

想來也是，越是強大的人越不願意被人看到自己脆弱的一面，更何況還是被無數雙眼睛覬覦的神獸大人。

那藏身之地，必然是最隱祕、最難讓人查探到的，就算是蒼麟只怕也尋不到他們的地方吧？神獸的驕傲，更不會讓他們去向他人求助，這最為隱祕的事，他人又怎麼會知道。

「這時候不是最脆弱嗎？」嵐顏相信蒼麟的選擇，但還是難掩擔憂，「他們既然為了白羽而來，絕不會讓師傅這麼容易重生，我有點擔心。」

就在兩個人的猶豫間，那數人已經逼近凹陷之地，為首一人抬起手腕，「破！」

數人同時伸出雙掌，虛空貼著什麼。

嵐顏明白，那是白羽的結界。

那些人的身體抖動著，似乎是在施展全身的功力。

「他們要破結界？」嵐顏問著蒼麟，在對方的點頭中，得到了肯定的答案。

嵐顏卻忽然吁一口氣，放鬆了身體，口中冷哼著，「結界，尤其是保命結界，不可能輕易被打破，除非是極親密人的氣息，才能找到突破口，這麼用真氣硬碰硬，就是找死了吧。」

果然，她話音剛落，那數人身體一震，彷彿受到了巨大的重擊，身體倒飛而起，沉重地落在了地上。

血，從他們的七竅中流了出來，幾人躺在地上，一動不動。

白鳳的護身結界，豈能如此輕易打開，簡直想得太簡單了。若是如此容易就能打破，他早就不知道死了多少次了。

嵐顏的心放了下來，最初的那一點點擔憂，也拋到了九霄雲外，看來她現在只要在這裡等著，等著白羽自己覺醒出關就行了。

她一屁股坐下，長長地吐了口氣。

還沒等她完全放鬆，耳邊就聽到了又一波的衣袂聲響，為首一人身形看去，讓嵐顏紅了眼。

是他！

她不會看錯，這個人正是侵入妖族，拿捏著鳳逍的魂魄威脅她的人。

那個差點殺了鳳逍，算計了她多年的混蛋！

他，又來算計白羽師傅了嗎？

那他，只怕要吃大虧了！

只見那人從懷中掏出一片布巾，白色的布巾上，沾染著血跡，但那血跡已經陳舊，凝結成了暗褐色。

嵐顏的心一驚，「那是我的血。」

她記得在妖族的時候，她的血沾染了那人的衣衫，她還記得那人在退去時，掏出一片布巾擦拭著手上的血跡，那時的她還覺得對方太過潔淨，這個動作太過好笑，如今才知道，這個人真正的目的。

以她的血，破白羽的結界，因為她的體內有白羽的靈丹，她的血脈與白羽早已經相容，白羽的結界對這樣的氣息，無法產生抗衡的力量！

兩個人同時一驚，幾乎是沒有任何商量，嵐顏與蒼麟同時騰身而起。

與此同時，那人手中的布巾收回，輕飄飄地朝前走了一步——結界已開。

太快了，快到兩個人都趕不及到白羽身邊。

這一現身，遙遠的距離之下，對方已然察覺到了他們。

那黑袍人面前現出一道身影，雪白的身姿，端坐在地上，長髮被風吹起，飄散身後。

白羽師傅！

嵐顏心頭一震，身形更快，如電閃般撲了過去。

十餘名黑衣人頓時排成扇狀，想要阻攔下他們。

蒼麟空中發出一聲輕嘯，掌風拍動，黑衣人被他的掌風包裹，身形有些短暫的凝滯，就這麼一頓的時間裡，嵐顏擦著他們的身體飛掠而過，掌風拍向黑袍人。

今日，她絕不容許他再傷害白羽師傅。

嵐顏幾乎是用盡了全力，為了她一直愧疚著的白羽，也為了這個曾經暗算過她和鳳逍的敵人。新仇舊恨，不共戴天。

她誓死不會讓這個人靠近白羽一步。

黑袍人一動不動，彷彿沒有察覺嵐顏的到來一般。整個背心空蕩蕩的，由著她的掌風靠近。不放過，這一次絕不放過他！

嵐顏的掌風飽含殺氣，眼睛死死地盯著那個背影。

就在她的掌風即將碰上對方背心的一瞬間，那黑袍人忽然動了。

非常快，快到毫無預兆，快到猶如憑空消失般，從嵐顏的眼前挪開。

一掌，拍空。

沒有打到他並不可怕，可怕的是嵐顏全力的一擊，根本沒有想要收回來，而這個人一挪開，嵐顏這掌的方向，變成打向白羽。

這人，從始至終都是打著這個主意吧？

救人心切、復仇心切，都讓嵐顏出手沒有保留，這麼近的距離，想要完全撤掌也是不可能的事。借她的手傷白羽，這個人的心思好歹毒。

電光石火間，她的手已靠近白羽的面門。

此刻的白羽，沒有任何抵抗能力，甚至彷彿完全不知道他面前的危機。

眼皮都不曾抬動一下，入定著。

不行！

嵐顏丹田中氣息一頂，硬生生地將自己的掌風挪開半寸，同時瘋狂地抽回掌風。

掌風擦著白羽的肩頭而過，嵐顏踉蹌著落地，在白羽面前一步之處，停了下來。

胸中氣血翻湧，強行撤回真氣之下，她所有的氣息在胸中激蕩紊亂，丹田中一陣疼痛，眼前金星亂閃。

但她顧不得這一切，滿懷都是慶幸。

還好，不曾傷了白羽。

不過這慶幸也只有一瞬間，因為氣息逆流所引起的震動，讓她一時間無法動彈，才為蒼麟療傷後恢復的那些功力，又一次進入了混亂的狀態中。

傷未好，再添傷，嵐顏知道此刻的自己，傷勢嚴重。

一次無所謂，但是一次未癒再來一次，她知道就算過了今日，只怕也需要休養很久很久了。

一口血湧上，嵐顏咬著唇，又嚥了回去。

但是她的危機此刻才真正開始，幾乎就在她站定的同時，腦後一道掌風劈來。

就算是全盛時期的嵐顏，躲閃也是艱難，何況此刻的她。

就算能躲開，躲還是不躲？

嵐顏心中苦笑，只怕她又要做一次與救鳳逍魂魄時同樣的選擇了。

「啪！」一掌相觸，風激蕩，如刀般劃過嵐顏的肩頭。在危機之際，嵐顏強行轉身，運起所有的真氣，抗住了這一掌。

「噗！」剛剛嚥回去的血，再度噴灑了出來。

嵐顏的身體在地上翻滾著，直到白羽的腳邊。

再看蒼麟那邊，忽然間冒出來了數十人，將他團團圍在中央，刀劍閃爍中，她幾乎看不到那道金色的人影。

黑袍人咭咭怪笑著，「這麼快又見面了，上次沒讓妳死，我牽掛了好一陣子，沒想到妳卻自己送上門來了。」

是啊，送上門的。

看眼前這陣仗，她就知道，所有的一切只怕又是為蒼麟布下的局。

以白羽，引誘蒼麟！

這個人太懂人心了，太懂得利用弱點了，當初對她也是，如今對蒼麟亦然，這般的心思作為對手，好可怕。

一招錯，滿盤輸。

嵐顏別說還擊，她現在就連起身都不可能了，眼前那個人的身影開始漸漸模糊，幾乎要看不清楚了。

不能暈，不能啊！白羽還等著她保護呢！

手背處，有什麼東西細細滑過，像水一般溫柔。

嵐顏記得，曾經她也是這般躺在白羽的腳邊，白羽的衣袍就是這樣溫柔地拂過她的手背。

往昔的一切，如流水般湧過。

為了白羽，她絕不能退。

一縷血色從她的唇角邊滑下，帶著血沫，這是內腑被完全震傷的狀況。

「呵呵。」

她聽到了對方發出的嘲弄笑聲，嵐顏的手艱難地捂上唇角，卻捂不住那奔湧的血。

她看到對方的手又抬了起來，朝著白羽。

嵐顏撐著身體，想要站起來，但是她只撐起一半，又倒了回去，便索性半坐在白羽面前，擋著。擦了擦唇邊的血跡，嵐顏淡淡開口：「要殺他，先殺我。」

只要有一口氣在，她就不允許自己要保護的人在眼前受到傷害，何況那打破結界的血，來自於她。

「殺妳？」那人呵呵一笑，蒙面巾下的眼眸露出一絲不屑。

是的，濃烈的不屑。

是對她的身分、對她的地位、對她整個人的不屑。

有多久不曾看到這樣的眼神了？

高高在上的倨傲，與生俱來的自詡高貴，這眼神倒是和一個人很像。

那黑袍人忽然回頭，嵐顏再度聽到了他的冷笑，「蒼麟，你最在意的不是白羽嗎？看到他死在你的面前，什麼感覺啊？」

人群中，金色的衣衫閃動，卻怎麼也突破不了那群人的防線，他的怒吼聲不斷響起。

黑袍人哈哈地笑著，得意道：「龍息，他人不知道如何遏制你，我卻知道。別說你如今只有一半的能力。」

這個人是誰，怎麼會如此清楚蒼麟的一切？就連蒼麟與白羽之間的關係，都瞭如指掌。

他的身分究竟為何？

「龍息，可以抵擋一切的進攻，但是同為神獸的血，會讓你的龍息無法抵抗，因為你們的身分，會讓你的攻擊在遇到他們的血時，軟化。」那黑袍人看著蒼麟的困獸之鬥，就像在欣賞著世界上最美的畫面。

冷酷無情，殘忍到沒有絲毫人性，這就是嵐顏對眼前人的評價。

那些人的武器上有神獸的血，是否意味著有一位神獸已經被他找到，最終隕落了呢？

那蒼麟只怕永遠都無法恢復到全盛時候的他了。

她已經沒有時間去為蒼麟思考，因為對方的一巴掌，將虛弱的她再度揮到一旁，塵埃四起中，嵐顏好不容易撐起來的身體，又一次如甩上牆的泥巴被拍平，無法反抗，黑袍人的腳步，朝著白羽逼近。

「不准你碰她！」蒼麟的聲音在人群中大吼。

隔著塵土，嵐顏都能察覺到那關切的眸光，投在自己身上。

殺氣，更濃。

「嘖嘖。」對方的手抬起，衝著白羽，「無法保護自己心愛的人，感覺如何？」

感覺當然不好，而且是最為殘忍的事。

嵐顏站不起來，就索性爬著，雙手哆嗦著攀上白羽的膝蓋，一點、一點爬起，她的動作遲緩而顫抖，就像一位行將就木的老者。

她才不管身後的黑袍人，她就像一個艱難爬上樹的蜥蜴，整個身體攀附在白羽身上。

這所有的一切，白羽始終沒有半點動作。

「找死。」她聽到了後面人的聲音，卻沒有回頭，她甚至能夠猜到，對方的掌心已經抬了起來。掌風，飛近，嵐顏卻只是哆嗦著手，捧上了白羽的臉。

那面容，欺霜傲雪，眉目如畫。可手中的溫度，卻那麼冰冷。

她的手指，在白羽的面容上，留下了紅色的痕跡。

那顫抖的唇，親吻上白羽冰白的唇，完全不顧身後臨近的掌風。

「呵。」還是那種不屑的笑聲，「褻瀆蒼麟的男人，他居然沒有殺了妳嗎？」

嵐顏放開白羽的唇，回頭。

笑了。

那笑容，開心、隨意，像是卸下了多年的包袱，再沒有什麼事能讓她牽掛般，甚至還有幾分勝利者的得意。

這笑容讓黑袍人覺得十分刺眼，掌風毫不猶豫地落下。

金光，閃過。

「啪！」這是掌風對擊時的聲音，嵐顏只覺得自己身體一軟，落入一個溫暖的懷抱中。

她知道，是蒼麟突破了那些人的攻擊，在電光石火間對那黑袍人對了一掌，並且將她帶離白羽的身邊，飄落一旁。

蒼麟的身上有著數道深深的痕跡，劃破了衣衫，劃進了骨肉中。血在滲出，沾染了金色。

但是無論如何，真正的殺招，被抵擋下了。

人影站在嵐顏身前，搖晃著……卻是倨傲高貴地開口：「本尊的人，沒有別人能碰！」

第二十四章 毀容

一句本尊的人，宣告了他的主權，也揭曉了他口中的她到底是誰。

不是白羽，是嵐顏。

黑袍人顯然沒有想到這一點，他有些呆滯地看著眼前的蒼麟。

蒼麟站在那裡，高大的身形揚起的是無邊的威嚴與神武，龍神大人的威嚴，幾乎讓所有人都喘不過氣。

「我的攻擊在面對神獸之血的時候的確是會打折扣，但是我還可以做一件事，就是以傷換一個機會。」蒼麟冷笑著，「你能傷到我，也算是本事了。」

蒼麟低頭看著嵐顏，眼眸中原本的冷漠威嚴頓時化為了溫柔，「妳教我的。」

「你發現了？」嵐顏靠在他的懷中，幾乎完全靠著他的力量支撐著，她已經沒有任何力氣，卻還記得給他一個微笑。

他緊緊摟著她，「不需要看見，我瞭解妳。」

「既然瞭解，就不該帶我離開。」她苦笑，「白羽師傅沒有保護了。」

她拚盡了那麼多力氣，就為了將白羽的靈丹還給白羽，只要再多為白羽爭取一點時間，白羽就能夠覺醒。

可他，把她帶走了，把白羽一個人暴露在對方的攻擊之下。

「把妳留下被他一掌拍死，妳就能保護白鳳了？」蒼麟瞪她，「妳這個愚蠢的女人！」

以往聽起來最是厭惡的話，不知道為什麼在此刻，卻有了新的感覺。

「喂，都要死了，不能說兩句好聽的？」嵐顏無力地笑著，完全無視了對面那些步步進逼的黑袍人。

「妳越來越無禮了，已經這樣稱呼本尊很多次了。」蒼麟板著臉，「不過這次算了。」

果然是不要指望從他口中聽到任何好聽的話，即便是這種時候。

「你救得了她又怎麼樣？」那人的手就在白羽的頭頂上方，「你救不了這個。」

黑袍人低頭，看著白羽依然一動不動的身體，「你以為你救了那個女人，我就會放了他？蒼麟，我可是很瞭解你的，你對這個男人的感情可不是一般。」

嵐顏感覺到蒼麟不悅了，非常不悅。

「你以為本尊是故意誤導你，好讓你放過白羽？」蒼麟的臉上閃過一抹不屑，「本尊從來懶得玩心眼。」

「是嗎？」那黑袍人的手緩緩抬起。

幾是同時，蒼麟的手也抬了起來，掌心中還殘留著未凝結的血液，一掌飛快地拍出，勁風強烈，將手中的血也化為血珠濺射了出去。

那黑袍人身影一動，挪開兩步，就如同剛剛跟嵐顏過招時一樣，把脆弱的白羽暴露在蒼麟的掌風之下。

蒼麟的掌風，會親手殺了白羽！

可是蒼麟沒有撤掌，他的手似乎已來不及撤掌，那些打鬥消耗了他太多力氣，眼睜睜地看著那掌風拍上了白羽的身體，還有那血，濺在白羽的衣衫上，分外明顯。

龍血……

「蒼麟，你似乎比我想像中，還要笨些。」黑袍人嘲諷著蒼麟，「明知道這樣根本傷不到……」我字還沒有說出口，他就呆住了。

白羽身上的龍血開始減少，炙熱的龍血瞬間化為火苗，轉眼間將白羽吞噬。那張讓天地失色的容顏帶著清寒的氣質，在火焰中被慢慢吞噬。

「你！」黑袍人沒有想到蒼麟會這麼做，「白鳳是冰鳳，你居然以火焰吞噬，這是讓他永遠沉睡無法醒來，你比我想像中狠多了。」

蒼麟冷冷地看著眼前的黑袍人，「與其讓你殺，不如讓我親手埋葬他更好。」

「愛到連殺他，都不假他人之手嗎？」

他們針鋒相對，嵐顏靜靜地靠在蒼麟的胸口，聽著。

火鳳？冰鳳？究竟哪一個才是白羽師傅的真身呢？

於自己的判斷，她知道白羽的氣息，是溫潤中帶著冰寒的，那清冷的氣質更是在告訴她，白羽應該是黑袍人口中的冰鳳。

可是……

她的手握上了蒼麟的手，緊緊地握住，彼此緊握的手心裡傳遞的，是堅信的力量。

她相信蒼麟，更相信蒼麟對白羽的在意。

一個為自己堅守了千年的同伴，蒼麟這種骨子裡火熱的人，怎麼都不會拋棄的。

蒼麟的臉看著前方靠近的人，平靜地對嵐顏開口：「本尊以中央主神黃龍的身分告訴妳，允許妳成為本尊的仙侶。」

那口吻，跟施捨沒什麼兩樣，簡直半點不惹人歡喜。

但是嵐顏，卻懂。懂他話中的所有含義。

千萬年的中央主神，從不被感情所擾、從不對誰動心，寂靜到孤單已是習慣，習慣到不能接受任何人參與到他的生命裡。

可是她，成功了。

「可惜……本王的男人太多了。」嵐顏笑著，還是那麼不羈與妖嬈，「只怕要拂了尊主大人的好意了。」

白眼，兩枚。

想來也是，他這麼多年堅守的感情，就這麼被她丟到了一旁，簡直太不識抬舉了。

他現在一定想掐死她吧？

「算了，本王允許妳的驕縱。」還是那副表情、還是那倨傲的口吻，卻是讓人完全意外的回答。

她不明白蒼麟怎麼可以對自己喜歡到容忍這世間一般男子都不能容忍的事？可她無法問，也來不及問。

因為掌風，撲來。

狂烈的風帶著讓人窒息的力量，拍打的對象——她和蒼麟。

黑袍人的衣衫飄動著，彷彿有颶風颳著，那是真氣，也是怒意，更是沖天的殺氣。

蒼麟帶著她，躲閃著。

一掌又一掌，一招比一招更狠、一招比一招更毒辣。

蒼麟不斷地飄退著，手中緊緊摟著嵐顏，可是嵐顏已經站不住了，全部的力量都依靠著他的手。

她能感覺到，蒼麟的躲閃雖然快，卻有了力竭的徵兆。

他沒有完全恢復，帶著她，他不能幻化，不能施展龍神的力量，她成了他最大的累贅。

「放下我。」嵐顏在他懷中輕輕開口。

「閉嘴，女人。」蒼麟在躲過一招後，冷著臉朝她開口：「本尊才剛宣布妳是本尊的仙侶，現在就拋下妳，讓本尊的面子何在？」

「現在似乎不是討論面子的時候。」嵐顏想笑，卻牽動了傷口，表情扭曲。

「本尊絕不會拋下自己的女人。」他強硬地開口。

嵐顏放棄，她覺得自己永遠都不會聽到他說出一句溫柔的話了。

真是個不可愛的男人。

他不肯，她也無力掙脫，只能眼睜睜地看著那掌風一道道地逼向蒼麟，蒼麟甚至沒有任何還擊，只是不斷躲閃。

她彷彿想起了那一夜在妖族，她也是這樣帶著鳳逍的魂魄一直躲閃著。

有了最珍視的東西，就不敢隨意去硬拚，因為他不能無所顧忌，他要保護自己的珍愛。

她，就是蒼麟此刻的珍愛。

一道指風沒入蒼麟的肩頭，血花迸出。

蒼麟依然冷靜地帶著她，彷彿那一道指風根本不是打在他的身上，血順著肩頭流下，落在嵐顏的臉上。

溫熱，卻沒有那種炙熱燃燒的力量。

就如同他這個人，縱然有侵蝕天地的能力，對待他要保護的人時，只剩下溫柔。這種溫柔，不需要表達，就能讓人明白。

他的血在她臉上滑落，與她的血融為一體，已然分不清是誰的。

這樣的感覺不好，因為他們面臨絕境。

這樣的感覺很好，因為他們生死與共。

一招中，接著第二招、第三招，每一道指風打在蒼麟的身上，嵐顏都能感到一陣痛意，看到自己在意的人受傷，遠比自己受傷更疼。

那黑袍人顯然下了殺心，他甚至阻止同伴靠上來，這個意思很簡單，他要親手殺了他們，他要享受親手結束他們的快意。

他的瘋狂，嵐顏看得清清楚楚。

他的身影越來越快，嵐顏發現，他掌風中的熱氣越來越濃，而這熱力也正是讓蒼麟行動遲緩的原因。

蒼麟的武功，在與這熱氣對峙的時候，會大打折扣，完全起不了抵擋防禦的作用，十成的功力打出，與那熱氣相碰撞時，只剩下五成。

蒼麟的臉色越發難看起來，「朱雀的氣息！」

唯有神獸的氣息，才能讓蒼麟如此受制約。

那黑袍人冷笑著。

蒼麟冷寒的聲音，彷彿連空氣都能凍結，「朱雀到底在哪裡？」

「呵呵……」冷笑，一聲接著一聲，在紅土的上空飄蕩著，「呵呵呵……朱雀，永遠都不會覺醒了。」

「你殺了她，奪取了她的靈丹？」蒼麟的額頭上，青筋跳起。

「怎麼，很在意嗎？」黑袍人的笑聲充滿了譏諷，「你永遠都不可能恢復到最好的狀態了，中、央、主、神、黃、龍、大、人！」

嵐顏感受到了這一瞬間，蒼麟身上爆發出來的無邊殺意。

朱雀，是蒼麟千百年來的夥伴，他的溫柔永遠深埋在狂傲之下，但是他在意、在意每一個夥伴，不是為了自己能否恢復，只為了那些曾經並肩過的夥伴。

不僅是殺氣，還有沉痛。

嵐顏的手，艱難地抬起，貼在了蒼麟的胸口。

朱雀不在，他還有她……

蒼麟笑了。這一笑，山河失色，雲霞無光。

黑袍人的攻擊，又一次來到。

蒼麟帶著她躲閃，但是腳步已經緩慢，身形已經凝滯。

帶著洶湧力量的一掌，他無論如何也躲不過去了。

蒼麟看著，看著那掌風臨近，將自己另外一面的胸膛，迎了上去。

「你這條愚蠢的龍！」她終於能夠說出心中憋了許久的話，「愚蠢又沒有腦子的龍。」為了一個妖，將自己弄得如此狼狽，龍神大人的決斷去哪裡了？

如果她覺得蒼麟沒有決斷，那她就錯了，大錯特錯了。

在那掌風襲上蒼麟身體的一瞬間，他鬆開了手，鬆開了一直摟著她的手，輕輕一推。

嵐顏倒地，而那金色的人影，怡然不懼地抬起手腕，以誓死的姿態，迎接來者的攻擊。

她最討厭言而無信的人了，不，是言而無信的龍。

金色，閃耀。

龍神，飛舞。

嵐顏原本的憤恨，這一刻化為烏有。

她決定原諒他了。

巨大的力量在這一刻吞吐，黑袍人原本狂猛的掌風，此刻完全被淹沒。

朱雀的力量再強大，又怎麼能與他相提並論？就算功力只有他過往能力的一半，他還是龍神大人，還是那睥睨天下的中央主神。

黑袍人的身體在地上翻滾著，火焰燃燒上他的衣袍，透過衣袍貼上他的肌膚，燃燒得嗞嗞作響。他的身後，那群黑衣人在哀嚎，他們身上燃燒著火焰，不斷在地上翻滾，卻怎麼也壓不滅那火焰。

龍神之焰，凡人怎能熄滅？

慘叫聲不絕於耳，不多時已沒了聲息。

巨大的龍身在空中現出身影，那雙眸充滿著壓制與威嚴，在這雙目光下，無人不臣服，「你，不該給我時間。」

是的，蒼麟沒有完全恢復，他的幻化需要時間，而黑袍人想要享受的虐待，給了他時間。

她知道以蒼麟的能力，幻化只有一刻，他的身體支撐不了很久，所以唯有速戰速決，直接解決眼前這個討厭的黑老鼠。

「殺了他！」嵐顏叫著，奈何聲音卻太小、太小。

就在她充滿希望看著蒼麟的時候，一隻手如幽魂般從身後捏上了她的咽喉，帶著讓她厭惡的刮鍋底的聲音，「殺了我是嗎？」

她的身體像破爛般被拎了起來，擋在黑袍人的面前，「龍神，你敢嗎？」

嵐顏聽得出，這黑袍人的聲音，冷靜異常。

在這樣的情形下，還能保持冷靜的頭腦，這個人真的很可怕。

「我不介意死，不過你的女人就……」他的手捏著，那力量讓嵐顏呼吸困難，本就虛弱的她，幾乎難以喘息。

「你以為我不知道你幻化需要時間嗎？你以為我是大意才被你反擊的嗎？」黑袍人的手漸漸捏緊，嵐顏痛苦地皺起了眉頭，卻是一言不發，「龍神大人，我根本就沒想要你死過，我要的人……是她！」

她？

嵐顏不知道自己什麼時候變成了香餑餑了，居然這麼多人爭搶。

但是他的話，她不信。

如果他要的人是嵐顏，早在妖族的時候，就已經會對她下殺手了，除非……除非他是臨時改變主意。

空中的金色慢慢縮小，最終地上重新出現了蒼麟的身影，那雙眼睛裡充斥著憤怒，「你想要得到什麼？」

「如果不是龍神大人多情，只怕我還沒想到這麼好的辦法。」黑袍人嘖嘖開口，「我要你的靈丹！」

果然，他抓自己是為了威脅蒼麟，因為蒼麟的靈丹。

龍神的內丹回歸，除非蒼麟自己吐出，否則他人再也無法奪取。

她，在蒼麟表白的那一刻，就成了黑袍人的目標。給蒼麟時間，讓蒼麟幻化，犧牲掉所有的手下為自己掩護，就是為了抓她！

好狠的人。

「給不給？」黑袍人的聲音，還是那麼冷靜，冷靜到不帶一絲感情。

「不准！」嵐顏幾乎是從喉嚨裡擠出兩個扭曲的字眼。

以這個人的殘忍，無論蒼麟給什麼，他們最終的下場，都是死。既然是死，那就決不能滿足黑袍人的要求。

她的話音才落，黑袍人的手抬起，貼上她的臉頰，重重劃下……

血，噴濺。

臉頰，如火燒。

嵐顏聽到了自己的皮肉被劃開的聲音，聽到了血滴滴答答落在衣衫上的聲音。

這一爪，很深、很深。

她相信，自己現在的臉，一定很可怕、很可怕。

第二十五章 白羽覺醒

她看到蒼麟臉上的心痛，他的眼眸變得深沉，深得如墨一樣，漆黑。

那手，又貼上了她左邊的臉頰，幾乎不等她做好疼痛的心理準備，那手指就已經劃下。

侵入骨髓的疼，如火燒一樣，嵐顏的身體顫抖著，她的咽喉被對方拿捏著叫不出聲，只能不斷哆嗦著。

原來最薄弱的臉上肌膚被撕開，是這般的疼。疼得讓她覺得整個人都彷彿被撕裂了。

妖族最美麗的女人，豔絕天下的容貌，現在只剩下翻捲的皮肉，十道深深的傷痕，那臉上只剩下那雙明眸依然動人。

蒼麟的嘴唇在顫抖，身為男人保護不了自己最心愛的女人，看著她在自己眼前被人欺辱，才是最侮辱的。

這個人，以虐待嵐顏的方式侮辱他，以刺激他最在意的東西來傷害他，一個以虐待人為樂的傢伙。

嵐顏的眼神在看著他，那雙眼眸分明在訴說著她的心思——不給，不能給！

他的手段，給與不給，他們兩人的下場都是一樣。

「給與不給，對我來說無所謂。」黑袍人嘿嘿怪笑著，帶著血的手，貼上了嵐顏的胸前。

「嘶！」衣衫被扯裂，露出了一抹雪白的香肩。

「果然是絕世妖物，不然也不會讓那個神龍大人如此迷戀了。」他的手撫摸上嵐顏的肩頭，嵐顏頓時起了一身雞皮疙瘩。

好噁心，更屈辱。

她的無能，讓他承受了同樣的屈辱。

身為女子，沒有人願意被自己在意的人看到自己醜陋的一面，而這個人，就在蒼麟的面前，一點點毀掉她的美。

他日，她定然要一層層撕下他的皮，來還今日的債。

「青龍、白虎、主神，好像還有誰，白鳳嗎？或者是那個妖，都是被你這張臉迷惑的嗎？還是這副身軀？」那語氣極盡嘲諷，甚至凌辱般地撫上她的胸口，揉捏著。

「放開她！」蒼麟低吼著，周身燃燒著憤怒的火焰，可是他才剛剛踏前一步，黑袍人的手指就彎了起來。

一爪，只要這一爪下去，她就立時死在他的手上。

蒼麟的腳步，不敢再前。

他的手，再度緩緩往上挪，幾乎就在瞬間，插入了她的肩頭中。

「啊！」嵐顏咬著牙，還是哼出了聲。

她知道他不會放過自己，即便做好了心理準備，這疼痛還是讓她難以承受。

琵琶骨，對於練武者最重要的地方，被他的手指狠狠地插穿，從前肩到後肩，直接穿透。

嵐顏深深相信，這個人，無論蒼麟給不給靈丹，他都會將自己凌虐至死。

但是這種凌虐，才是給蒼麟最大的壓力。

就算明知道結果，他也不能眼睜睜地看著嵐顏被凌辱。

「我給你。」蒼麟毫不猶豫地開口，「放開她。」

「呵呵。」那黑袍人的手，再度挪到了她的另外一個肩頭，「龍神大人，現在是你有求於我，不是我求你，你命令的語氣讓我非常不喜歡，所以……」

嵐顏另外一邊的肩頭，被黑袍人的手指穿透。

不僅如此，那黑袍人甚至將手指停留在她的肩頭，一分一分地慢慢拔出。

這痛苦，已經超過了身體承受的極限，嵐顏覺得自己的身體正在麻木，漸漸地失去知覺。

沒有了知覺也好，至少不會覺得痛苦了。

蒼麟的手抬起，一枚五彩流霞的珠子躺在他的手心裡，遠遠地朝著黑衣人伸出手，「我，請求你收下我的靈丹。」

眾生之神，為了她在苦苦哀求他人。

「這就是求了嗎？」黑袍人嗤笑著，「莫非至高無上的主神大人，不知道什麼是求？」

蒼麟托著手中的靈丹，雙膝緩緩軟倒，金色的衣衫沾染了塵土，那身驕傲完全被塵埃籠罩，

「蒼麟在此請求您收下我的靈丹。」

那個凌駕於所有生靈之上的主神，為了她，跪地求人。

那人手指一張一吸，蒼麟的靈丹飛入他的手心中，他看著手中五彩流霞的靈丹，「曾經我以為這個人是白羽，所以布下這麼大的局等你來，結果我卻錯了，不過幸好老天助我，把這麼個貨色送到了我的手邊。」

沒有弱點的蒼麟，因為她，有了弱點。

嵐顏全身上下能動的，唯有眼珠了。她正努力地看著黑袍人手中的那顆靈丹，就是這枚靈丹，成就了她與蒼麟之間所有的羈絆。

她的存在，究竟是成就了蒼麟，還是毀了蒼麟？

前方，那個跪在地上的人影，那麼脆弱、那麼無助，曾經堅定而威嚴的眸光裡，只有哀求。

黑袍人放在她咽喉間的手終於鬆開少許，嵐顏輕輕張了張嘴，奈何已發不出聲音，唯有那嚅動的唇，依稀在說著：「蒼麟，你這條愚蠢的龍。」

愚蠢到以他的靈丹，換取她多苟延殘喘一會兒。

「蒼麟，只要你活著你就能召喚這枚靈丹，你以為我不知道嗎？」黑袍人怪笑著，「我們談筆交易如何？」

「什麼交易？」就算是跪在地上，蒼麟的周身上下，還是凜然不可侵犯的龍氣。

「以你的命，換她的命。」那黑袍人緩緩吐出幾個字，「只有你死，這靈丹我才真正放心收入囊中，你死了，她於我也沒什麼用處，我保證放了她。」

「我憑什麼信你？」蒼麟看著他，冷靜地回應。

「沒有憑據，你只能信我。」那手伸在空中，遙遙地指著蒼麟，「你沒有選擇。」

他只要不是豬，就不該答應。

活命，留存最後一絲希望。

「好。」蒼麟居然想也不想就答應了。

「你這頭豬一樣的龍。」這罵聲那麼小，小到只有嘴唇的囁嚅，連她自己都聽不清楚，嵐顏很想大聲地罵，奈何再多瘋狂的叫喊，都只能在心底。

他不會真的以為這個傢伙會放過自己吧？哪怕他死了。

「我知道你會放過她，但是讓我看著她死，總是不能的。」蒼麟的目光轉向嵐顏，「妳既是本尊的女人，不以性命守護怎麼行，沒了命再另說。」

他的意思很明白了，就算明知道黑袍人會殺她，他也會為她而死，在他活著的時候，就不能看著她死而自己偷生。

這個理論簡直荒謬到了令人髮指的地步。

如果她還有命活著，她一定揪著他的腦袋狠狠地往地上砸，直到他開竅為止。

黑袍人冷笑著，「好，我就看你怎麼為她死。」

蒼麟的手緩緩舉起，一掌拍上自己的胸口，鮮血飛濺中，面前紅色的土上星星點點。

他的身體緩緩歪倒，那雙眼看著嵐顏，卻滿是溫柔。

「你這條蠢龍……」嵐顏嘶啞著聲音，那麼無力。

她與他堅持了這麼久，就為了眼前這個結局嗎？他等待了這麼久，背負著那麼重要的使命，也就為了這樣了結自己嗎？

她似乎，真的成了禍水了。

不能，她不能這樣讓蒼麟為了自己付出。

嵐顏看著蒼麟，輕輕地揚起了笑容，臉上的傷在抽搐著，這笑容卻是猙獰無比。

如果可以，她願意自斷心脈，只要能保住蒼麟。

可有的時候就是這般的無奈，人生最慘的時候，不是活不下去，而是想死都不能。

她就連自斷心脈的那一點力量，都凝聚不起來。嵐顏幾度想要凝起真氣，丹田卻如同針扎一樣，無法將真氣凝起。

看著鮮血不斷滑落的蒼麟，黑袍人口中發出一聲聲冷笑。手鬆開，嵐顏的身體跌落在地。

黑袍人朝著地上的蒼麟抬起了手腕。

這一掌目的明確，只為取蒼麟的性命，他要親手殺了蒼麟，殺了他唯一的障礙。

嵐顏只能眼睜睜地看著、看著……

她的眼角，忽然瞟到一抹淺藍。

就像晨曦的天色，淡淡的、少了些許溫暖卻多了希望的藍色。

那藍色太快，快到從她眼前一閃而過，他的手指間，勁風射出。

「啊！」黑袍人聽到了指風聲，可惜要躲閃已是來不及，只能勉強地挪開一點，但還是被那充滿力量的指風點中。

背後貫穿到前胸，血箭射出。他的口中發出慘呼，身體被力量震起，踉蹌著摔落。

蒼麟無力地在地上喘息著，那雙眼看著那藍色的身影，輕輕地吐出一口氣。

拖了這麼久，他總算出來了。

黑袍人捂著肩頭的傷口，一雙眼睛瞪著那靠近的藍色身影，「白鳳？你！你！」

「你覺得我是冰鳳，所以烈火之下不會覺醒是嗎？」那清冷冷的聲音，聽在嵐顏的耳內，卻猶如春風拂面，「可惜你錯了，我是火鳳。」

黑袍人身體搖晃著，不敢相信的眼神盯著白羽，彷彿是自言自語般地低喃：「鳳凰涅槃，浴火重生。你竟然是火鳳、你居然是火鳳？」

他的詫異，近乎於震驚，震驚於白羽的身分。

「你好像很瞭解我？」雲淡風輕的一句話，帶著敏銳的穿透力，深深地扎進對方的心裡，更像是一種諷刺，諷刺對方的自以為是。

白羽一向孤傲，極少與人接觸，即便是昔年的神獸，他也幾乎不來往，是最為神祕的存在。

他輕聲一笑，笑對方的無知，「我記得我只對中央主神稟報過自己的真實身分，你又如何會得知？」

所以，這黑袍人千算萬算，還是算錯了一著。

嵐顏以性命之賭還他靈丹，蒼麟以龍血之焰讓他浴火重生，這麼長時間的拖延，蒼麟終於等到了。

等到了火鳳重生，等到了一個充滿靈氣與生機的白羽。

白羽的腳步挪動，朝著黑袍人逼近，一招打去，寒烈的風颳過，那黑袍人閃身躲開，口中依然是不信，「這、這分明是寒氣，你怎麼可能是火鳳？」

「你知道我多少？你又瞭解我多少？」白羽的微笑是那麼傲然，猶如天邊的雲，明明就在眼前，卻讓人難以企及。

連自然的語調、自然的連話中的嘲諷都一如既往的清冷，清冷地突顯了他的傲然孤絕。

這樣的氣勢之下，誰能與白鳳相較？

黑袍人一揚手，勁風颳過，直撲白羽。

藍袍微微揮動，寒氣揚起，兩人的力道在空中相撞。

「轟。」黑袍人退、再退，身體不斷地搖晃。

這一掌對拚，白羽明顯占了上風，他單手背在身後，輕巧地踏出一步又一步。

他的動作很慢，也很優雅，更有著縹緲的仙氣。

但就是這樣的動作，壓力也在層層疊疊地撲向對方。昔年那個孤傲到連中央主神蒼麟都懶得搭理的白鳳，又回來了。

黑袍人又一次抬起了手腕，他的掌心裡，同樣跳動著無形的真氣，那真氣越來越濃，到最後已有了淡淡的紅色。

白羽的鳳眸微瞇，嘴角還是那淡然的冷意，「朱雀之焰。」

他看得出卻不在意，那四個字從他口中吐出，並沒有任何的意外或者驚訝，更沒有懼怕。反而讓人覺得，藏著淡淡的挑釁。

與生俱來的高貴，不需要任何語言的表達，只要他站在那裡，就有著獨特的超然。

黑袍人顯然非常厭惡他，掌心一揮，直撲白羽。

藍衣飄飄，同樣撲了上去。

乍碰、乍分。

黑袍人又一次狼狽地飛退，這一次他甚至連身形都拿捏不穩，翻身滾倒在塵埃中，落到了不遠處的嵐顏身邊。

而白羽，依然藍衣飄飄，冷眼看著他。

勝負立分，更讓人難受的是白羽的姿態，似乎縱然是朱雀之氣，他也從未放在眼中過，「你不該傷我徒兒。」

地上的嵐顏想笑，卻扯動了傷口，笑不出來。

我徒兒，這幾個字從白羽的口中吐出，聽在耳內，讓人說不出的舒服。

白羽師傅內斂，從不將感情表露在外，這還是第一次承認自己是他的徒兒呢，是否代表她的成長，已得到了他的肯定？

所有的一切，白羽都知道，那他剛才只是因為身體還未覺醒，但是外界的感知，都一一入耳了吧？

那她情急之下的一吻，師傅也知道了嗎？

嵐顏看著白羽，看著她最為尊敬的人。

而同時，她也看到了白羽的那雙眼眸，停落在自己的身上。

滿是心疼的眼眸、滿是憐惜的眼神。

有這一眼，一切值了。

白羽的話讓黑袍人很憤怒，非常憤怒。

可惜他不知道，就算此刻站在白羽面前的是蒼麟，他也是這樣的姿態。

可黑袍人只覺得自己受到了極大的侮辱，他努力地撐起身體，站了起來。

看樣子還是要戰，白羽的嘴角勾了下，那雙鳳眸中華光流轉。

他有著天下間最美的眸子，能閃耀著最為清高讓人自卑的眸光，落在黑袍人的身上。

黑袍人的手有一個小小的動作，他把原本攥在掌心裡的東西，捏到了手指間，這個動作掌心朝後，白羽看不到，但是他身後地上的嵐顏，卻看得清清楚楚。

那是蒼麟的靈丹！

而且，他要毀掉蒼麟的靈丹。

這黑袍人心思惡毒，明擺著打不過白羽，看似要拚命的動作裡，藏著的卻是陰毒的心思。

她不能，絕不能讓他這麼做！

當黑袍人所有的注意力都在白羽的身上時，他也沒能發現地上的嵐顏輕輕地動了動，或許即便知道，他也不在意一個武功全失的廢人。

白羽再度撲前，一道藍色的流霞閃過。

黑袍人驚詫於這樣的速度，下意識地想要後退，他忘記了他的後方，就是嵐顏。

撐起全身的力氣，嵐顏彈起，琵琶骨被刺穿的她不能抬手，但她也管不了那麼多，用肩頭狠狠地撞了過去。

這一下，凝聚了她所有的力量，從被挾持起就努力醞釀的力量。

巨大的撞擊之下，黑袍人猝不及防，手中的靈丹脫手飛出，朝著白羽的方向。

白羽抬起手腕，接住。

而嵐顏，被撞擊之下的劇痛，震得翻倒在地。

她看著那靈丹朝著白羽而去，看著白羽的手指握住蒼麟的靈丹，她那顆懸著的心，終於放下了。她的錯誤，終於彌補了。

那黑袍人在靈丹脫手的一瞬間，就察覺到了事態不妙，他甚至沒有衝上去與白羽爭奪，而是瞬間後退，手抓上了地上嵐顏的衣衫。

一道紅光閃耀中，黑袍人與嵐顏同時消失了蹤跡。

第二十六章　地牢逢蘇逸

嵐顏只覺得全身像是火燒般的疼痛，那一陣陣的痛從骨子裡鑽出，蔓延到全身，彷彿有一把鋸子在分離她的骨頭，將她分成一段一段。

凌遲之痛，也不過如此吧。

她幾次從昏迷中被痛醒，又幾度在疼痛中昏迷過去，翻來覆去幾次之後，連她自己也不知道到底醒了多少次，又昏了多少次。

她的身體好燙，燙到她以為自己置身在火爐中，全身的骨頭都彷彿被燒化了，她的喉嚨乾澀而黏膩，她要水，好想喝水。

慢慢地睜開眼睛，四周一片漆黑，什麼都看不到。

沒有了武功，這樣的黑暗中，她就像一個瞎子。

神志在一點一滴回歸，之前的一幕幕流淌過腦海。

她記得，她拚盡所有的力量，把蒼麟的靈丹打回了白羽師傅的手中，然後那黑袍人，帶著她跑了。

那此地就是黑袍人的監牢了？

嵐顏想要轉動腦袋，卻發現她才一動，肩頭的傷處就鑽心地疼，不僅如此，她這個動作，還撕裂了剛剛癒合的臉部傷口。

熱燙的液體從臉上滑下，落在身下的乾草上，噗噗的小聲響著。

該死的，她都忘記了，自己的臉上全是抓痕，這樣深的傷，就算她有妖族的能力，只怕也無法癒合了吧？

她只怕要成為有史以來最醜的一個妖王了。

她在意容貌，卻又沒有那麼在意，畢竟她以九宮主身分長大的時候，那容貌也不怎麼樣，被人嘲笑慣了，就不放在心上了。

只是又發燒了，真是不喜歡啊！

短短幾日內，她一個有著高深武功與靈氣的妖王，被折騰得這麼慘，想來也是好笑。而且這一次，沒有蒼麟在身邊照料，一切只能靠自己了。

她輕輕地吁了口氣，心頭卻滿是慶幸。

想到自己最後的那一個動作，她甚至不禁笑出聲來。

那黑袍人居然沒殺了她洩憤，她是不是要感謝那個傢伙的不殺之恩呢？

將來那傢伙要是落在她手上，她一定給他一個痛快的了斷，這樣的報答夠了吧？

嵐顏又一次笑出了聲。

耳邊傳來一個輕輕的聲音，「妳醒了？」

那聲音很弱，卻乾淨，有著獨特的淡然鎮定。

嵐顏幾乎瞬間就判斷出了這聲音的主人，她的臉朝著那聲音發出的方向轉去，「蘇逸？」

「嗯。」他的回答，肯定了她的猜測，甚至還帶著幾分笑意，「能被妳瞬間聽出，我是否該感到榮幸。」

嵐顏被他的聲音感染，竟不由翹起了嘴角，「此地相逢，我是否該說聲幸會幸會？」

「不敢不敢。」蘇逸接著她的話回答。

不知道為什麼，他的聲音總是帶給人快樂與平和。

「你居然能認出我？」嵐顏感慨了聲，「我都被劃開花了，你真不容易。」

「妳的味道。」蘇逸簡簡單單地回答：「我記得。」

他一向是個細心通透又不顯山露水的男人，與他人身上濃烈的氣息相比，他實在是一種舒服的存在。

不侵占、不壓制、不凌駕，舒服得就像一杯清茶，看著就舒服，品之心靜。

她在找他，卻沒想到是在這樣的情形下與他相遇，現在想要解救他，都那麼艱難。

「你還好嗎？」她輕聲問著，眼睛終於在黑暗中捕捉到了一雙明亮。

秋水明眸一如既往，朝著她輕輕眨了眨，「應該比妳好吧。」

他似乎永遠都是這副寵辱不驚的模樣，永遠都是帶著笑意的雙眸，嵐顏彷彿又想起了初遇時，他帶著這樣的表情，將手中的食物遞給她。

「那就好。」嵐顏同樣帶著笑意看他。

這一刻，兩人似乎不是在監牢中，而是在茶樓，面對面地坐著，寒暄聊天，品茗敘舊般。

「你能幫我個忙嗎？」嵐顏想要動一動，實在是太難了。

「什麼？」蘇逸平靜地問她。

「我的琵琶骨被弄碎了，所以我需要你幫我接骨。」她說話的語氣，彷彿在討論他人的故事面對蘇逸，她不需要做任何掩飾，更不需要為了維護尊嚴而強自支撐，或許這就是蘇逸獨有的魅力所在。

一個能讓人心靈溫暖的少年。

「好。」蘇逸的回答也是那麼乾脆，「不過妳需要等等。」

等等？

嵐顏還沒反應過來，就聽到了窸窸窣窣的聲音，那聲音有些沉重，也有些不便，很是沉重。她看不清楚，卻能判斷得出，蘇逸根本就是依靠雙手的力量，一點點朝她爬過來。

「你怎麼了？」嵐顏有些警覺地猜測著，「是不是他對你做了什麼？」

短短幾步的距離，蘇逸爬得很慢很慢，只憑藉聲音，就能推斷他的艱難，他沒有說話，只有那聲音不斷地響著。

一點、一點，終於在她的面前停了下來，帶著喘息的聲音不穩，但依然清澈，「不是，我自己的問題。」

他自己的問題？

嵐顏甚至還來不及想清楚，他的手已經摸索了上來，停在她的腰間，「我看不到，妳最好告訴我在什麼位置，我不想碰到妳的傷口弄疼妳。」

這監牢有些黑，黑得沒有一絲光線，但是現在漸漸適應黑暗的嵐顏，已經能夠看到面前蘇逸的身形。

他坐在她的面前，髮絲有些散亂，頭髮上沾染著幾根乾草，那雙腿有些不自然地蜷曲著。

嵐顏猛地想起每次見到蘇逸的時候，他都是坐在輪椅上的，雖然那一日與自己相見時他能夠起身，但是、但是正常的人，誰會坐在輪椅之上？

蘇逸定然還是有病的，只因為自己那日被他的脈象所騙，竟然沒有察覺。

「是病？」她問著他。

「上次瞞了妳，不好意思。」蘇逸倒也大方，「本只是想與妳開個玩笑，那時候有藥物壓制著，所以逗妳玩，現在沒有藥了，自然也就發作了，行動有些不便。」

嵐顏看著黑暗中他那親和的笑容，「所以蘇家的傳言是真的？」

那個天妒英才的傳言，那些活不過二十的話，難道是真的？

「只是身體弱了些，不至於天妒英才吧？」蘇逸的笑容又大了幾分，讓她的擔憂剎那又消散了幾分。

他的手似乎已從她的腰身上判斷出了位置，一點點地往上挪著，然後到了她的肩頭。

他的手指在她肩頭反覆地摸索著，似乎是要判斷傷情，一個不小心戳碰到了嵐顏的傷口。

嵐顏忍住沒有叫出聲，但是身體瞬間的緊繃和顫抖，瞞不過那雙手的主人。

「對不起。」蘇逸道歉，手上更加小心起來。

「沒關係。」嵐顏盯著他的臉，很不確定地開口：「你的眼睛……」

從蘇逸開始摸上她的肩頭，那種探索的姿勢裡，她就隱約猜到了什麼，卻又不敢相信，直到這一刻，她才忍不住地詢問。

「看不到了。」蘇逸依然是笑著的，連回答的口氣都如此平靜。

嵐顏的心咯噔一下，她有些不敢相信，那麼如水的一雙眸子，那雙帶著讓人心境平和力量的眸光，竟然是看不到的。

「也是因為病嗎？」

蘇逸的手確定了她的情況，摸回了自己的身上，抓著衣衫的下襬撕了起來，將衣衫下襬撕成一條條的布條，輕柔地裹上她的肩膀，「妳的傷很重，骨頭也傷了，我沒有東西為妳固定骨頭，妳只能老實點靠自己，不要亂動了。」

「你還沒回答我。」嵐顏盯著他的臉、盯著那雙眼。

「是啊。」蘇逸一邊包紮，一邊回答，他本就行動不便，為嵐顏包紮又小心，身體俯下，雙手在她肩頭繞著，那張容顏就在她的面前，輕輕弱弱的呼吸聲，凌亂。

這凌亂絕不是因為他在動，而是他的身體。之前距離遠，嵐顏聽不到這樣的呼吸聲，現在卻能斷定，蘇逸的病絕對不如他說得那麼簡單。

「你的藥呢？」如果他一直吃著藥，而那藥效幾乎連她都能騙過，證明藥對他是很有用的，如今他變成這樣，只怕……

「被那人拿了。」蘇逸簡單地回答著：「他困住我，只想要我說出祕密，我若不說他便不將藥給我，由著我發病，不過是想多折磨我一陣子而已。」

「你的病……」嵐顏思量著緩緩開口：「到底是什麼？」

「體弱而已。」蘇逸滿不在乎，為她裹好了一邊，又俯下身體去摸索另外一邊，他的呼吸聲更加凌亂了。

嵐顏沒有再讓蘇逸回答問題，因為她感覺得到，蘇逸的身體已經弱到再讓他多說一句話，都是種折磨。

她甚至不想讓他再為自己裹傷了，他似乎比自己更需要休息。

「你……」她才開口一個字，就被蘇逸打斷，「我自己的病，我、我自己清楚，沒事。」幾個字，卻停頓數次才說完。

嵐顏沒有和他繼續糾纏，因為太浪費他的體力，她默默地等著，等著他為她裹好傷口。

也不知道過了多久，他才在手指顫抖中為她將傷口裹好，身體一歪躺在了她的身邊，「我休息一會兒，等會兒再聊。」

這個弱質的少年，就這樣在她的身邊，悄然睡了過去。

黑暗中，她知道他就在身邊，帶著若有若無的呼吸聲，彷彿下一刻，就會消散。

而她的眼前，浮現的卻是他鎮定從容，帶著滿滿笑意的眼睛。

第二十七章
弱質少年

就在這樣的醒醒睡睡中，嵐顏被鐵鏈拉動的聲音驚醒，她警醒地睜開眼，看著大門的方向。身體，努力地想要做出保護蘇逸的姿態，艱難地挪動、挪動，卻徒勞無功。

「自己都這樣了，還要保護他？」熟悉的難聽嗓音傳入耳內，嘲諷著。

嵐顏的身體在地上動了動，想要將自己撐起來，奈何胳膊使不上力氣，整個人就像是一條離開水的將死之魚，只能在地上艱難地扭動。

這一幕落在黑衣人的眼中，滿是嘲諷的笑聲更大了。

嵐顏終於努力支起了身體，擋在蘇逸的身前，嘲笑道：「怎麼，你被我師傅揍得不夠狠，又有力氣蹦躂了？」

她相信白羽的那一掌定然讓這黑袍人不好受，只不過在她面前同樣硬撐而已。

被她一語道破，那人一腳踹上她的身體，將她好不容易才撐起的半邊身子又踢了回去，狠狠地摔在蘇逸身上。

嵐顏掙扎地爬了起來，「其實我很好奇，你為什麼這麼恨我？」

與這個傢伙交手數次，她很清楚地發現，這個人每次對自己下手都是非常歹毒，要麼天生陰邪、要麼就是仇恨濃重。

以這幾次的接觸，這個人心思縝密，籌謀深遠，但卻在她身上失算數次。比如曾經的鳳逍魂、比如之前蒼麟的靈丹，他都是有足夠的機會完全勝利，可他卻犯了不該犯的錯誤。

就是凌虐她。

此人幾次以為自己勝券在握，所以享受著凌虐她的快感，最終失敗。

若為達到目的，他早早殺了她，一切塵埃落定，也就不會有後來的變數。可是這黑袍人卻放不下這誘惑，為了在她身上找尋快感，最終葬送了到手的勝利。

他要她死，可又不想她死得痛快，若不是深仇大恨，她嵐顏再也想不到第二個理由了。

黑袍人沒有回答，但是嵐顏能感覺到，他那雙落在自己身上的眸光充滿了恨意。

妖族人的感知力是最敏銳的，就算她看不到他的表情，她也堅信自己的感覺不會錯。

「殺父之仇，或者奪夫之恨？」地上傳來一個虛弱卻滿是嘲弄的聲音，原來不知道什麼時候，蘇逸已經醒了。

他不過說了幾個字，呼吸聲就變得凌亂了起來。

嵐顏強撐著胳膊，觸碰了下他的手，本想搭上他的脈搏，奈何心有餘而力不足，徒勞地碰了碰，就無力垂落在他的手上。

「你還沒死嗎，還有空嘲弄別人？發病時怎麼不見你如此輕鬆？」那黑袍人聽到蘇逸的聲音，嘲諷中伸腳踢了踢蘇逸。

他的腿才剛碰到蘇逸，就被嵐顏的身體撞開，「別碰他。」

「怎麼，又是妳的男人？」那黑袍人冷笑著，「一個毀容的醜貨，一個即將歸西的半死人，倒是很配啊。」

蘇逸輕聲咳嗽著，嵐顏感覺到自己的手背上，被溫熱點點濺上，「整日面對你，連活著的勇氣都沒有了，多謝你把她送來了。」

「死鴨子嘴硬。」那黑袍人冷哼著，「你還是不肯說？」

「要我說什麼？」蘇逸喘息著，聲音帶著懶散的笑意，無奈道：「我說了我不知道，你讓我怎麼說？」

「當真是連命都不要了嗎？」黑袍人哼聲著，「我說過，我有辦法醫治你的病，你也不想蘇家在你這一代絕後吧？只要你說出來，我保證治好你的病。你自己的病你最清楚，到時候不死不活不能動彈，才是最可憐的。」

蘇逸不說話，空氣中只有他輕而凌亂的呼吸聲，就在黑袍人以為他鬆口了的情況下，他悠悠然地開口了：「我真的很想說，只是我真的不知道，若是我隨便指一個，你給我治病嗎？」

黑袍人冷笑連連，威脅道：「蘇逸，我對你的忍耐是有限度的，我再給你三日時間，若你還不說，我就……」

忽然手指一伸，點向嵐顏的方向，「殺了她。」

說罷，轉身離去。

哐啷哐啷的鐵門響動中，沉重的大門再度被關上。

嵐顏靠在牆壁邊，手臂火辣辣地疼著，身體的熱度還沒有退下，她滿不在乎地笑道：「我是招誰惹誰了，怎麼殺的變成我了？果然我長得比較招人討厭。」

蘇逸呵呵笑了聲，接著就是一陣輕咳，「牽累妳了。」

「與你無關，他本來就討厭我，不過是藉機想要挑撥我們的關係而已。」嵐顏搖搖頭，才又猛然想起他看不到，「只是明知道你我的性格，這麼做蠢了些。」

想起來，這傢伙被白羽師傅傷得也不輕吧，撐著身體都要來奚落他們兩個，也是蠻拚的。

「不過真的要將我逼死了。」蘇逸苦笑著，「我不介意死，但卻不能害了妳。」

「無所謂。」嵐顏根本不在乎，安慰道：「我才不信他會輕易放過我，你說與不說，對我而言結果都是一樣。」

「你到底是什麼病？」與自己只剩三天的性命比起來，嵐顏更關心這個。

「沒什麼。」蘇逸也滿不在乎，「先天的弱症，家中祖輩都是如此，我自小便知道自己的病，何曾在乎過？」

自小的弱症？

嵐顏才不會相信他的病真的如他所說的那般不重要、沒什麼大礙，「傳言蘇家人都活不過二十，難道是真的？」

「是，也不是。」蘇逸倒是大大方方，「病是真的，倒不至於活不過二十，只是不想活，自己結束而已。」

自己結束？

「這病發作起來很可怕？」嵐顏猜測著。

能讓一個人寧可尋死也不求生，只能說這病的痛楚，會讓人喪失了活下去的勇氣，最終選擇自盡。

「不可怕。」蘇逸嘆息著，「頂多就是越來越麻木，先是腿腳不靈便，然後是手，直到全身頭頸，到最後連話也說不出來了。」

這還叫不可怕？

一個人不是只有遭受到痛楚才叫折磨，這樣地看著自己身體一點點不屬於自己，才是世界上最可怕的事。

心如明鏡卻口不能言，到最後全身麻木僵硬，什麼都靠他人伺候，這樣如木頭人一般地活著，倒真不如死了。

她忽然想起蘇逸的腿，「你的病，也發作了嗎？」

她記得他坐著輪椅，偶爾與她走走倒是正常，應該是發病的初期了吧？

「嗯。」蘇逸也不隱瞞，「這些年來，家中也在一直想辦法，雖然不說能治癒，至少能拖延一陣子，不過那藥被他拿去了。」

是因為那藥，所以她上次才未察覺他的病情？而這次因為黑袍人拿走了他的藥，所以他的病症才難以控制了？

嵐顏艱難地抬起胳膊，輕輕放在他的腿上，「一點知覺也沒有了嗎？」

「沒關係。」

短短三個字，已經代表了一切。

他的腿已經失去了知覺，就連他的眼睛，也已經看不到了。

「如果拿回你的藥，是否能好一些？」嵐顏問著他。

「不拿也沒關係，只要我能出去，自然能配藥。」蘇逸的口氣，總是那麼輕輕鬆鬆，彷彿一切的困難在他面前，都不存在一般。

她不忍心說，一個腿腳不便、眼睛又看不到的體弱少年，如何能出這鐵籠一般的監牢？

「什麼祕密，值得你如此犧牲自己？」嵐顏嘆息著。

「朱雀、玄武的下落。」蘇逸苦笑，「他要比蒼麟更快一步知道朱雀、玄武的下落。」

「你知道？」嵐顏大驚。

雖然，她也這麼猜測過，但總覺得這太玄乎，以蘇逸一個平凡的人間男子，怎麼可能得知連她與蒼麟都尋不到的人？

「妳可記得封城外我與妳的初識？」蘇逸忽然問她。

嵐顏怎麼會不記得？

那個猶如陽光一般的少年，那麼和煦的笑容，對著她伸出手，陽光從他背後打過來，他整個人都沐浴在金色之下。

最為溫暖不過的人，最為溫暖不過的手。

不等嵐顏說下去，蘇逸已經緩緩開口：「蘇家人為什麼稱為神獸人間的追隨者，因為蘇家祖輩昔年與其他修武者一樣，靠著對妖物靈丹的掠奪而增長功力，妄想一步登天。而蘇家人的天賦，就是對靈丹有著敏銳的嗅覺，任何有靈丹的人，都逃不過蘇家人的感知。直到有一天，蘇家人追蹤到了濃郁的靈氣，貪婪之下想要掠奪它的靈丹。可當他追到山巔時，卻看到那人化身為神龍，為人類擋住滾滾落石，他本想偷襲，卻未注意自己腳下一條吐出信子的毒蛇。」

這些話說到尾聲，蘇逸的氣息亂得幾乎讓她聽不清楚他在說什麼。

「你休息一會兒再說。」嵐顏靠近他，坐在他的身邊，蘇逸用力地撐起半個身體，將腦袋枕上她的膝蓋，默默地喘息著。

好一陣子，他才終於緩過氣，「先祖完全沒想到，當他舉起手中劍想要偷襲，對方忽然回頭，抬手就是一指。他本以為自己死定了，沒想到那一指的方向，卻是那條毒蛇。」

他口中的神龍，就是蒼麟吧？嵐顏心中想道。

「先祖在驚訝之下，竟然沒有離去。」蘇逸又深深地喘了口氣，「追隨在那神龍之後問他出手救助的原因。」

「原因只有一個，就是蒼麟永遠不會對人類動手，他的職責就是守護人類。」這話，是嵐顏接下去的。

蒼麟的心她一直都明白，一個誓死守護人類的中央主神，無論在任何時候，他都不願意對人類動手，即便對方是想要掠奪他靈丹的人。

「嗯。」蘇逸應了聲，「先祖忽然覺得自己太過貪婪與自私，此後他發誓追隨神龍大人，做他身邊的守護者，雖然中央主神強大到從不需要他人守護，先祖卻立了誓言，蘇家永世為中央主神之奴。之後千百年，那些修武者的感知力與靈力在漸漸變弱，唯獨蘇家這古怪的能力，不僅沒有消失，還越來越強。」

「所以蘇家，是天生就能感知到神獸的存在，對嗎？」嵐顏問著他。

「是的。」蘇逸毫不猶豫地承認，「除非對方功力太高，刻意地隱藏之下或許無法感知到，但如果是未覺醒的神獸，自己並不知道自己的身分，也就不會有刻意的隱藏，我若要知道，一點也不難。」

嵐顏好奇心起，「包括我、封千寒、段非煙嗎？」

蘇逸忽然發出一聲調皮的笑聲，「早在封城之外，我就知道妳的身分，更遑論段非煙與封千寒身上濃郁的神獸之氣。既然他們不知道，我就幫一把嘍，到時候青龍與白虎爭女人，一定很好玩。再加上中央主神，熱鬧死了。」

真是個玩心重的傢伙，如果他不是此刻病弱如此，嵐顏一定揍他。

「你急著讓他們在爭鬥中覺醒，為了什麼？」嵐顏更加好奇了。

想起封城裡那一場惡戰，封千寒、段非煙與蒼麟的極力釋放，促進了他們更進一步的覺醒，殺得慘烈、打得驚心動魄，但卻太過命懸一線。

蘇逸的方法，近乎是激烈的。

「因為我等不了了。」蘇逸幽幽地開口：「蘇家到我這，已沒有傳承。如果我再做不到，先祖世世代代的犧牲，都付諸東流了，我不得不這麼做。」

這個表面溫和、骨子裡卻倔強的少年，為了先祖的誓言，為了世代傳承的諾言，他拚盡一切都要做到。

「還有兩個呢。」蘇逸的臉貼著她的小腹，虛弱地說著：「我能做到的，是嗎？」

「當然。」嵐顏安撫著他，「你還有我。」

蘇逸的做法雖然是為了蒼麟，卻也幫了她，這一連串事件讓她與封千寒和段非煙之間的感情有了飛躍的發展。

她似乎，也該感激他的。

「我會幫你找到另外兩人的。」她鄭重地對蘇逸承諾著。

「如果我告訴妳我感知的地方，妳會找到他們的，對吧？」蘇逸的聲音，充滿了希冀。

又一個責任、又一個承諾，如果她答應了，就必須為他做到。

「當然。」反正多一個也不多了，為了蒼麟，她也要去做的。

嵐顏的回答，幾乎是沒有絲毫遲疑的。

「可惜……」蘇逸輕輕地嘆息著，「我的身體太弱了，弱到已是油盡燈枯，我再也感知不到了，我註定是找不到朱雀、玄武了。」

這話語中的傷感，完全不似她認識的蘇逸。

「我認識的蘇逸，是一個充滿希望的人，從來不會放棄。」嵐顏的聲音忽然重了，「就在剛才，你還說自己不在意死、不在意病，怎麼突然間就放棄了呢？」

蘇逸口中的絕望，是她不想聽到的。

一個人若有希望，便會掙扎求生，但若是放棄希望……

以蘇逸此刻的身體，只怕堅持不了兩三日。

「死之前能見到妳，就是最幸運的事了。」蘇逸的聲音越來越弱，越來越低。

「蘇逸！」嵐顏叫著他的名字，艱難地抬起手，想要撫上他的臉，「你給老娘堅持住，現在你要是死了，也不怕你蘇家列位祖先在黃泉路上列隊揍你！」

「嗤。」她懷中的他發出一聲輕笑，嵐顏一愣。

她貼在他臉上的手背處，忽然被他的手握住，他將她的手輕輕反轉，手指在她的掌心中劃過——有人偷聽。

嵐顏心頭一驚，頓時明白了什麼。

第二十八章 逃跑

她始終想不通的一個地方，豁然開朗。

以黑袍人對她的厭惡與憎恨，在將她帶離蒼麟身邊之後，她已經沒有任何利用價值了，為什麼還要將她關在這裡，甚至特地跑來侮辱兩人。

這一切的不合理，都在這幾個字中，變得合理了。

她被留下的目的，就是蘇逸。

或者說，是蘇逸心中那個埋藏的祕密。

那黑袍人折磨蘇逸這麼多次，卻無法從他口中撬出半個字，於是想要利用自己與他的親近，讓蘇逸以為在沒有希望之下，將朱雀和玄武的位置告訴自己，而黑袍人很可能，就躲在這封閉的鐵門之外，偷聽。

只要蘇逸對她洩露半個字，不但蘇逸與她再也活不了，就連朱雀、玄武，也會被黑袍人先一步找到，這場戰爭將真正再無懸念。

「朱雀，已經不用找了。」嵐顏的聲音裡，滿滿都是沉痛。

懷中的蘇逸一怔，「真的？」

「真的。」嵐顏深深地嘆息，「那黑袍人身上，有著濃烈的朱雀氣息，在與他交手的時候，他親口承認朱雀永遠都不會覺醒了。」

她的手指輕輕劃過蘇逸的掌心——你對他有什麼感知？

幾個字，幾乎用盡了她所有的力氣，手指的顫抖幾乎難以控制，每一筆的勾下，都是無比疼痛，到最後她自己都不敢肯定蘇逸是否能明白自己寫的是什麼。

「如果不找到玄武，主神大人將永遠不能恢復。」蘇逸的聲音充滿了苦澀，「可惜我再也幫不了主神大人了。」

他的手在嵐顏手心裡刮過——感應不到。

她知道，剛才蘇逸就說過，如果對方刻意隱藏，他是沒辦法查探到的。

「我累了，讓我躺一會兒。」蘇逸無力地說著。

「那你答應我，不要放棄。」嵐顏哄著，無論這話是真還是假，至少此刻她的心情是真的。

「為了妳嗎？」蘇逸反問。

總是那漫不經心的笑蓉，讓人看不懂他的心。

明明露出的笑容是那麼溫暖，內心卻如此調皮。

嵐顏無奈，「只當是為了我，行不？」

「盡力而為。」蘇逸的聲音漸漸弱了下去，彷彿睡著了。

她知道兩人間短短的對話，已經耗費了他太多精力，也不忍心驚擾他，就讓他在自己的膝上靜靜地睡去。

監牢裡很靜，在這樣的黑夜中，根本感覺不到時間的流逝。

一片安寧裡，只有蘇逸的呼吸聲，平靜穩定。這至少讓嵐顏有些安心。

他的手搭在她的掌心處，像個孩子似的。

就在嵐顏以為他已經完全睡著的時候，手心忽然被輕輕劃了下——放心，我還不想死。

嵐顏心頭大喜，短短幾個字，讓她的心思豁然開朗了起來。

之前蘇逸的話她也想過是不是真的，或許是太過擔憂，或許是蘇逸做得太真，讓她始終心懸。有了這句話，她才徹底安了心。

——今日應該瞞過了他，至少今日不會再來了。

蘇逸在她的手心上劃下幾個字——妳的武功還要多久才能恢復？

她明白蘇逸的意思，艱難地抬起手，顫抖著在他掌心下劃過幾個字——不知道，最少也要數日。

——他等不了。

蘇逸很快地寫著，嵐顏瞬間感受到了他的心急——妳必須走。

是的，她是一個完全沒有利用價值的人，還是一個讓黑袍人記恨在心裡的人，她如果不逃走，以黑袍人的性格，不出兩天就會殺了她。

——要走，也要帶你走。

嵐顏堅定地在他手心裡寫下幾個字。

——我是累贅。

他寫著。

——不是我的。

她也寫著。

雖然沒有說話，雖然沒有半點更大的動作，但是彼此都能感覺到對方的堅決，誰都不肯讓。

——帶著我，妳沒機會。

蘇逸還在努力說服她。

嵐顏露出笑意，即便蘇逸看不到，她相信他也感覺得到。

——留下你承受他所有的怒氣嗎？

如果她丟下蘇逸跑了，那黑袍人勢必會將所有的怒氣都發洩到他的身上，他這樣的身體，又如此倔強不肯低頭，她篤定黑袍人一怒之下，會折磨他。

那個以折磨人為樂的傢伙，她決不能把蘇逸丟給他。

——我不答應。

——我也不答應。

兩個人僵持不下，誰也不肯讓誰，監牢裡又一次陷入了凝滯的氣息中。

忽然間，蘇逸噗嗤一聲笑了，臉頰貼在她的小腹處，那一陣陣的笑意震動著她，嵐顏聽到他的笑聲，竟也忍不住地笑了出來，被凝結的氣氛一剎那解開，兩個人躺在地上，笑得滾作一團。

蘇逸的手顫顫地劃過她的手心——搞得我們好像跑得出去一樣。

嵐顏也回給他兩個字——就是。

蘇逸如此體弱，她又是廢人一個，兩個人居然在商量是一個人走還是兩個人走，這厚厚的鐵門監牢，兩個這樣的人，又如何走得出去？

既然還沒想出逃跑的辦法，就不如索性放開了心，也不必爭吵了。

這個時候，鐵門上打開一個小小的洞，一縷陽光打入，刺在眼睛上硬生生地疼，嵐顏下意識地閉上了眼睛。

不過在閉上眼睛之前，她還是看到一隻手在洞口晃過，拋進來兩個冷硬的饅頭。饅頭骨碌碌滾動著，滾到了蘇逸和嵐顏的腳邊，那門上小小的洞口立即又關閉了，唯一的一縷陽光，也徹底消失在兩人眼前。

「唉。」嵐顏嘆息著，為那好不容易才見到的太陽。

蘇逸倒是沒有任何感慨，拿起地上的饅頭，送到嵐顏的嘴邊，「妳吃。」

「你吃吧。」嵐顏看看兩個饅頭，想到蘇逸的身體，她拒絕了蘇逸的好意。

這些天，他就是一直這麼過的嗎？

兩個冷硬的饅頭，連水都沒有，又是這般的身體，別說是他蘇逸，就是正常人也不能承受。

那人一點點地折磨著蘇逸的精神，想要讓他屈服，可就是這麼一個孱弱的身體，硬生生扛了這些日子。

「我們又要為了它開始爭執嗎？」蘇逸無奈的口氣裡，卻有著輕鬆的笑意。

嵐顏笑了笑，就著他的手，咬下一口饅頭。

這饅頭又乾又硬，咬一口下去，得在嘴巴裡含上好久，用唾液將它慢慢軟化，再一點點嚥進喉嚨裡。

當粗糙的饅頭嚥下去，嵐顏幾乎能感覺到硬邦邦的食物一路滑過咽喉的觸感，「這感覺，真他媽的銷魂。」

蘇逸又一次笑了，將手中的饅頭送到自己嘴邊，咬下一口。

他知道她的手不好，就將饅頭餵給她，兩個人慢吞吞地吃著可怕的硬饅頭，聽著對方咬得艱難的聲音，居然也是一種樂趣。

就在這自娛自樂中，兩個饅頭居然被他們一點點地吃完了。

蘇逸長長地吐出一口氣，揉了揉痠疼的腮幫子，「我居然覺得這個東西美味無比了。」

「這個世界上有你不愛吃的東西嗎？」嵐顏笑他。

她可沒忘記這個傢伙有多愛吃，也沒忘記這個傢伙有多能吃。

「一樣東西再好吃，吃了十幾二十日，也不會想再吃了。」蘇逸嘆了口氣，「我發誓，這輩子都不會想碰饅頭這個東西了。」

這饅頭當然不好吃，簡直是到了可怕的地步，但是嵐顏和蘇逸都知道，他們必須靠著這饅頭堅持下去。

嵐顏的手貼上蘇逸，小小地寫著——這監牢有幾個人看守？

蘇逸搖搖頭，寫道——不確定，大約只有一個。

——只有一個嗎？

嵐顏的心雀躍了。

她相信如蘇逸這種心細如髮的人，是不可能信口開河的。

——他不敢讓太多人知道我的存在，守衛少才能不洩露祕密。

蘇逸緩緩地寫著，透露著他謹慎思考的內心。

是的，蘇逸的判斷是有道理的。越是守衛森嚴的地方，越容易被他人注意，如果要看守像蘇逸這麼重要的犯人，反而不能引人注意。

嵐顏想了想撐起了身體，搖搖晃晃地走到門邊，忽然大力地踹起了門，「喂，有沒有水啊，給口水喝行不行啊？」

門與鎖的撞擊，哐噹哐噹地響著，嵐顏的叫聲充斥著整個監牢，不斷地迴響著。

門上的小洞被打開，露出一雙不耐煩的眼睛，嵐顏猛地撲過去，大叫道：「我快要渴死了，快給我水！」

門洞後那雙眼睛的主人發出一聲冷哼，理也不理嵐顏，很快就將門板上的小洞關了起來。

嵐顏看上去是討了個沒趣，耷拉著胳膊走回到了蘇逸身邊，默默坐下。

她努力挪動手指，在蘇逸的手中潦草地劃著——他手中有鑰匙，證明的確是他一個人在看守著。

一個人，那麼無論做什麼，都不會驚擾到其他人，她可以放心大膽地去做。

蘇逸在她掌心裡寫著——除了送飯，妳別想他會搭理妳，這人很警惕。

——他一天送幾次飯？

嵐顏心有不甘。

——一次！

蘇逸的答案讓她心頭沉了下來。

一天只有一次送飯的機會，那人靠近房門的機會越少，她能夠為自己找到的機會也就越小。

三天之後，只怕黑袍人就要容不得她了。

她必須一次成功，絕不出錯。

——你想到什麼辦法了嗎？

嵐顏繼續在他手中寫著字——這個人其實就在我們門前守著，我一喊他就出現，足見他所有的任務，就是守著我們兩個。再高的警惕，長久下去，也會疲憊。

——我想到的辦法，就是變成蟲子爬出去。

蘇逸的答案沒有半點正經，也讓嵐顏洩氣了不少。

在這裡這麼長時間，蘇逸不可能沒想辦法，以他那麼機敏的腦子都沒有結果，她也只有望門興嘆的份了。

「妳不是可以變身嗎？要不妳幻化成原形，鑽出去好了。」蘇逸繼續異想天開。

嵐顏沒好氣的手拍過他的臉頰，受傷的手臂本就沒有力氣，她更是玩笑性質地動作，打在蘇逸臉上跟撓癢癢差不多。

——你當我是老鼠精？

她是妖，是狐妖，還是妖王。他居然讓她去鑽洞，還是一個巴掌大的洞。

嵐顏在他手中寫著，手指戳了戳他的掌心，表達自己的不滿。

蘇逸呵呵地笑著，又一次躺下睡著，當然他選的地方，還是嵐顏的膝蓋。

雖說玩笑，但嵐顏知道，蘇逸的心中與她的想法是一樣的。

離開這裡！

他們都不是認命的人，更不是輕易服輸的人，要他們在這裡等死，那絕不可能。

只是，三天、一次機會，她該怎麼做？

嵐顏默默地接下腰帶，開始打結。

她的動作驚醒了淺眠的蘇逸，「妳要做什麼？」

「來幫我。」

嵐顏的手指並不利索，想要將衣帶纏繞起來，很是困難，她索性叫蘇逸一起幫忙。

蘇逸也不多問，依照她的指示，一點點地繞著，替她打好繩結。

嵐顏拽了拽，確認這結打得十分結實，但是……

——你有力氣嗎？

嵐顏苦笑著，在蘇逸的手中寫著字。

——妳說呢？

蘇逸回給她的是同樣無奈的幾個字。

就算她能結出漂亮的繩結，就算她能準確無誤地套中那個人，她只怕也無法拉動繩結困住那個人。

蘇逸……他只怕比她還要弱。

「沒關係。」嵐顏倒是不很在意，輕輕晃動手臂，手中的繩結朝著蘇逸飛了過去。

繩結飛到半空中，軟軟地落了下來，嵐顏撫著胳膊，表情扭曲。

她忘記了自己的傷，這一動牽動了傷處，肩膀再度火辣辣地疼，差點讓她閉過氣去。

還是不行呢，這胳膊要動，最少也要兩三個月，她強行用力的下場，就是只怕計謀還未成，她已經廢了。

方法一，失敗。

嵐顏靠在牆壁間，艱難地喘息著。

兩日了，整整兩日。兩日間她試過無數種方法，甚至試圖刨個坑挖地道出去，但是她發現，這個監牢完全是用生鐵打造，就是全盛時期的她，也不可能徒手挖一個洞出去。

至於搶奪鑰匙，面前只有那麼小一個洞，胳膊都無法全部伸出去，更是不可能。

至於打開那鎖鏈……

跟手臂一樣粗的鎖鏈，銅鎖上九個鎖孔，是世間最為精妙的九孔連環鎖，她自認除了鑰匙，沒有其他的辦法能夠打開。

那黑袍人說過三日，想必是三日後才會出現，可是她已經在這裡待了兩天了，明天那黑袍人就會出現，她如果要動手，就只有這一次機會了。

門上的鐵鏈忽然嘩啦啦地響起，嵐顏身體一動，站了起來。

蘇逸也翻身坐了起來，因為他們都知道，這是唯一一次機會，但是嵐顏，根本還沒想出任何辦法。

小孔被打開，一縷光線射入，還是那冷酷的表情，還是那冰涼的饅頭，順著小洞拋了進來。

就在饅頭飛入，那人的手還沒離開小洞旁的時候，嵐顏忽然動了。

她的手掌飛快地伸了出去。

在空中，纖纖玉指已經變成了尖利的爪子，爪子已經飛撲而至。

狠狠地，拍在了那手上。

準確地說，是插進了那手背上，從手背至掌心，透入。

鋒利的爪子帶著強大的力量，直接穿透那人的手。

「啊！」淒厲的慘叫聲起，那人用力地想要掙扎，可是再怎麼掙扎，只會讓自己更痛。

黑袍人千算萬算，似乎忘記了一點，她還是妖王，她的妖身同樣有著無堅不摧的利刃，就是她的爪子。

雖然半人半妖的模樣不怎麼好看，但是實用。

她拉著爪子，用力一扯，那人的身體重重地撞上鐵門，嵐顏一個用力，尖利的爪子釘入門板上，帶著那人的手。

那人試圖反抗，一縷指風彈了過來，嵐顏側身在鐵門邊，聲音冰冷，「你把鑰匙給我，我就放開你。」

這小洞似乎也不錯，至少此刻那人想要傷她，也是不可能的。

「想、想也不用想。」門外的聲音強硬地說著，縱然是疼痛無比，也絕不低頭，「我告訴妳，我身邊有個鈴，直通到主人的房間，如果一炷香內不拉鈴，主人就會立即出現，妳也殺不了我，更拿不到我腰間的鑰匙，妳以為我會怕妳？」

嵐顏心頭一沉，蘇逸也緩緩爬到了她的腳邊。

「反正，你們是死定了，居然妄想逃跑。」那人的聲音惡狠狠的，「等主人來了，有你們好受的。」

嵐顏的確沒想到還有這樣一齣，那黑袍人的確想得周到，居然連這麼一點都想到了，如今騎虎難下，她也不得不拚了。

「你說我死定了是嗎？你說我出不去是嗎？」嵐顏同樣冷笑著，另外一隻手指伸入懷中。

手彈出，金色飛旋。

小洞對面的人正叫罵著，冷不防那道金光飛過，完全沒有任何躲閃的餘地和空間，只能眼睜睜地看著那金色飛近……

嵐顏沒有內功，金色飛得很慢，小小的一片。

那人嘴角一哂，發出冷哼聲，全身功力運起，他就不相信憑著自己深厚的內功，會擋不住這明顯沒有內力發出的一抹金色。

手受制讓他躲不了，難道還不能抵擋嗎？

金色飛上他的咽喉處，他全身的功力也運到此處，等著看那金色落地的好戲，眼中也是滿滿的不屑。

忽然……

他的身體一僵，眼中爆發出不敢相信的光芒，另外一隻手呆呆地抬起，撫上自己的咽喉。

他看到，掌心中一片血紅。

是的，血紅。他自己的血。

他想要說什麼，可是已經開不了口了，喉嚨只發出咯咯的怪響。

「你想問這是什麼暗器，居然可以突破你的護身真氣是嗎？」嵐顏冷著聲音，慢慢抽回爪子，當那鋒利的爪尖抽回時，又變成了纖細修長的漂亮手指。

那人的身體緩緩滑倒在地，生氣在一點點地流逝，雙目猶是不甘心地望著那小洞，不明白為什麼這完全沒有灌注真氣的金色暗器，會突破他的護身真氣，射入他的身體裡。

就算是死，他也要死個明白。

洞門邊，他看到了一雙嬌媚中帶著笑意，笑意裡又滿是嘲諷的眼睛，「我的確沒有武功，可惜你太低估這暗器了，中央主神的鱗片，豈是你那一點真氣能夠抵擋的？」

別說這個人抵擋不了，天下間又有什麼東西能抵擋龍神蒼麟？

嵐顏暗自吐出一口氣，當那鐵鏈聲晃動的時候，她下意識地摸向懷中，她唯一摸到的東西，就是那枚蒼麟的鱗片。

危難時刻，讓她能夠倚仗的唯一武器。

而她，成功了。

那男人與嵐顏隔著鐵門，目光對望著。

他的手指，緩緩地摸上腰間。手指勾著，那腰間的鑰匙在他的手指間被捏著，抽搐的臉頰上，擠出一縷勝利的微笑。

她能殺了他又怎麼樣，她沒辦法隔著那麼小的洞拿走他腰間的鑰匙。

「你好像不知道我是誰。」在他的笑容中，嵐顏慢慢開口，手指納入口中齧了下，再伸出洞外時，一滴鮮紅的血從指尖滴落。

「我以妖族之王的名義，召喚生靈為我驅策。」她閉上眼睛，口中猶如頌唱般詠著。

「吱吱……吱吱……」

小小的聲音從角落中傳來，朝著中心匯聚。

灰色的身影快速地爬行著，轉眼間來到了監牢門前，擁擠成一團。

嵐顏睜開眼睛，不由為眼前景象驚了下，默默地擦了擦身上豎起的雞皮疙瘩。

眼角瞥過，發現蘇逸皺著眉頭，表情也不是太好。

他雖然看不到，但是聽得到聲音，自然也就能想像得到場面。

一團團的灰色互相擁擠著，圍繞在那滴血的面前，互相擁擠著、爭搶著，叫聲響徹一片。

嵐顏當然知道越是陰暗的地方越不缺老鼠，但是如此密集地出現在她眼前，還是不禁有些毛骨悚然。

那些老鼠互相踩踏著、啃咬著，在那男人身上跳來跳去，幾乎將那人的身軀整個掩蓋了起來。真是讓人嘔吐的場景。

嵐顏伸出手，又是一滴血飛入老鼠群中，「聽我召喚，將那鑰匙給我。」

毛茸茸的東西飛快地撲向男人，在他身上跳躍著、齧咬著，嵐顏看在眼內，忍住自己不斷翻湧的胃酸。

幸好她沒吃東西。

清脆的響動中，一條肥碩的灰老鼠從鼠群中跳了起來，口中叼著那串鑰匙，飛快地跳上洞口，將鑰匙送到嵐顏的手邊。

嵐顏拿過鑰匙，輕輕揮了揮手，幾滴血液飛入鼠群，「以妖王之令，命你等退去。」

幾字之間，那些小東西猶如從來未曾存在過般，瞬間消失得乾乾淨淨，只留下那個被咬得面目全非的男人，在地上不甘地睜大了眼睛，消散了最後一點氣息。

嵐顏將鑰匙放到蘇逸的手中，以身體作為他的依靠，蘇逸的手指靈活地拿起鑰匙，一個個地插入鑰匙孔中。

嵐顏沒有打擾他，即便是拿到了鑰匙，但是每一把鑰匙放入的順序都是不同的，而這些都要靠機敏的判斷力和剔透的心。

蘇逸無疑比她更適合。

喀喇，喀喇，喀喇……

每一次轉動，都是一分雀躍，每一次開鎖，都是一分緊張，也多了一分擔憂。

不能功虧一簣，不能在最後這裡失敗。

她知道，但是不能驚擾他。

他也知道，所以更加專注。

前期的鎖眼還有分別，容易判斷，越到後面幾乎大同小異，難以區分。

直到最後兩柄鑰匙，蘇逸已經用手指撫摸過數次，還是沒有伸出手，他在猶豫不決，他不敢隨便下判斷。

嵐顏的手按上他的肩頭，「賭吧，你我這麼好的命，肯定贏。」

蘇逸抬起頭，藉著洞外射入的小小光芒，嵐顏看到他額頭上滿滿的都是汗水，她滑下手指，貼上他的手背，「就這柄。」

「好！」蘇逸毫不遲疑，將鑰匙插入鎖孔內。

「喀喇！」一聲輕響，兩人同時發出一聲歡呼。看到鎖應聲而開，蘇逸長長地吐出一口氣，將最後一柄鑰匙插入鎖孔內。

當最後一道鎖打開，蘇逸疲憊的臉上揚起了笑容，「妳說得果然沒錯，妳命好，運氣好。」

嵐顏用身體撞開鐵門，在沉重的聲音裡，終於看到了外面燃燒著的火把，研判出這裡是一個地下室。

嵐顏轉頭看著蘇逸，他靠在牆壁上，弱弱地呼吸著，在感受到嵐顏的目光後，強行擠出一個笑容，「妳快走。」

嵐顏搖搖頭，蹲下身體，「上來，我們一起走。」

「不要。」蘇逸虛弱地搖搖頭，「妳快走，一炷香的時間，妳帶著我走不遠，有我在他說不定不會去追妳。」

「上來。」嵐顏不再和他爭執，而是直接下命令。

蘇逸還想搖頭，卻感受到了嵐顏堅持的態度，無奈的笑容裡，他趴上了嵐顏的背心處，雙手環繞上她的頸項，很小心地不觸碰她的傷處。

此刻的嵐顏，不過是一個普通人，還是受了傷的普通人，要揹著一個大活男人走出去，實在是很難、很難。

但是嵐顏知道，如果她不帶著蘇逸走，她這輩子都無法原諒自己。

她的人生信條裡，從沒有放棄這兩個字，無論是事，還是人。

揹著蘇逸，她一步步地走上臺階，可是在他們面前的，是另外一道沉重的大門。

「我想，這道門的鑰匙，在那黑袍人手中。」嵐顏苦笑著，回頭看著肩頭的蘇逸。

蘇逸點點頭，「我也這麼想的。」

既然那個人身上沒有第二串鑰匙，那這大門的鑰匙必然是在黑袍人的手中，他為了防止蘇逸和嵐顏逃跑，索性將心腹也鎖在了監牢中，即便嵐顏有辦法逃出第一道門，也逃不出這裡。

門旁，是一個小小的拉環，嵐顏看著那個拉環，「蘇逸，你的面前有一個拉環，你敢和我打個賭嗎？」

蘇逸露出釋然坦蕩的笑容，「有何不敢？」

「我賭拉了這個環，他才會出現。」嵐顏看著那拉環篤定地說著：「他說拉這個鈴是報平安，你信嗎？」

蘇逸露出無辜的表情，清淺笑意在眼底，「看來賭不成了，我的猜測和妳一樣呢。」

「那還不拉？」嵐顏催促著。

「好吧。」蘇逸無所謂地伸出手，抓上那拉環。

清脆的鈴聲響起，陣陣抖遠。

嵐顏看著蘇逸，「一會兒門打開時我躲在門後，你屏息不要呼吸，等他走過之後數十下，再呼吸，能做到嗎？」

蘇逸點點頭，「知道。」

這是唯一能賭的了，嵐顏決定放手一搏。

她看著手中那片龍鱗，嘆了口氣。

離開監牢的時候，她都不忘取下這枚龍鱗，但是此刻她還是要選擇放棄。

她將蒼麟的那片龍鱗放在了十步遠的地方，然後揹著蘇逸閃身躲到了門後。就在她剛剛站定的時候，門上傳來響動，是鑰匙轉動門鎖的聲音。

嵐顏默默地回頭看了眼蘇逸，即便她知道他看不到自己，但是她相信蘇逸能感覺到她的。

蘇逸微微一笑，長長的睫毛落下。

讓自己進入冥想狀態，透露的氣息才會少，這一點蘇逸很清楚。

越是激動，心跳越快，散發的氣息也就越濃烈，這樣是無法逃過黑袍人的感知，他在嵐顏的背上，無論他想不想離開，都不能拖累嵐顏被發現。

門打開的一瞬間，嵐顏也閉上了眼睛，她知道任何目光的存在，都太容易被人感知到。快速的心跳也在一瞬間進入了停滯的狀態。

門打開，腳步聲傳入，她與那人之間，就隔著一道鐵門，她的耳朵能清楚聽到腳步聲。

黑袍人很警覺，他並沒有急著踏步而入，而是站在門前，等了等。

蘇逸和嵐顏與他的距離，那麼近。

而時間過得那麼慢，慢到讓人覺得幾乎停止了。

等待，那麼漫長，長得讓人心焦。

可她不能心焦，因為急切會讓心律加速，也就容易洩露氣息。

現在她唯一的指望，就是那枚蒼麟的龍鱗，會讓黑袍人感應到。

黑袍人一直站著，讓嵐顏幾乎快要懷疑自己被發現的時候，他才終於動了。腳步飛快地掠過，直奔嵐顏放著蒼麟龍鱗的地方而去。

嵐顏沒有睜開眼睛，只是憑著耳朵的聽覺，一點點去判斷黑袍人的動靜與去處。

果然，那黑袍人停在了蒼麟的龍鱗所在的位置，俯下身拾起那片龍鱗，又再度停住腳步。

嵐顏知道自己不能急，這個人太老奸巨猾、太謹慎，每一步都是各種猜疑，她只能等。

但是，蘇逸不能。

蘇逸本就體弱氣短，這十個呼吸間的屏息已幾乎是他的全力，而黑袍人的遲疑，離他們太近。

嵐顏很輕微很輕微地轉動了下臉，幾乎是同時，蘇逸的唇貼了上來。

嵐顏一縷氣息傳入蘇逸的口中，蘇逸緊繃的身體頓時放鬆了下來，那柔軟的唇輕輕地沾著她的唇，猶如花瓣劃過般柔嫩。

黑袍人終於動了，他腳尖一點，飛掠進入地牢的走道內。

嵐顏心頭默默數著，確認黑袍人已經超出了能夠感知自己的範圍內，她才挪動腳步，快速地朝外走去。

路的盡頭，是一個小小的門，嵐顏想也不想地衝了出去。

出了門，嵐顏頭也不回地拔腿狂奔，黑暗的夜色中，她呼吸急促，在街頭奔跑著，背上的蘇逸雙手抱著她的頸項，乖乖的一語不發。

也不知道跑了幾個街頭，嵐顏終於再也跑不動，一個踉蹌險些栽倒在地。

她放下背上的蘇逸，靠在破屋邊用力呼吸著，經過剛才的一陣瘋狂奔跑，她的身體幾乎已是油盡燈枯，再也用不上半分力氣，肩頭的傷處不知什麼時候掙開了，又熱熱地淌著什麼。

但是這一切嵐顏都顧不上了，她好累、累到幾乎瞬間就能閉上眼睛睡過去。

她真的很想狠狠地睡上幾天幾夜，但是她不能，她還有太多太多事情要去想、要去解決。

「你還好嗎？」她看著一旁的蘇逸。

蘇逸的額頭上滿滿的都是汗水，髮絲被汗水打濕，貼在了額頭上。

「非常好。」蘇逸的聲音，微弱得幾乎聽不到，怎麼也算不上好。

不過嵐顏明白他話中的意思，能夠逃出生天，就是人生最大的好事了，當然是非常好。

嵐顏抬頭看著天上的星斗，想要判斷此時自己身處的位置，口中彷彿自問般說著：「卻不知這裡是哪裡？」

她才剛剛勉強判斷出方位，耳邊就傳來了蘇逸的聲音，「原城。」

原城？

這裡就是原城嗎？

嵐顏幾乎是下意識地問道：「你肯定？」

她要去的不就是原城嗎？她可沒忘記原城中還有一個為她許下承諾，與她經歷過人生最為精彩豐富一段歷程的男人——管輕言。

如果這裡是原城，那對她來說情勢還不算太壞，只要能找到管輕言，那麼一切都似乎變得很好解決了。

「我不僅肯定這裡是原城，我還可以告訴妳，妳剛才跑出來的地方，應該就是城主宮殿的後院小門。」

什麼！

嵐顏差點不敢相信自己的耳朵，甚至有些懷疑蘇逸的話，畢竟蘇逸看不到，又怎能如此篤定。不過只是一瞬間，她就選擇了相信。

蘇逸這種剔透如水晶的少年，聰明絕頂過目不忘，他到過的地方，絕對不會搞錯。

「原城有一種獨特的花，叫紫蘭花，遠觀如花團錦簇，近看卻是一片片深紫色的葉子堆砌成花朵的形狀，非常獨特，是不是？」

「是。」嵐顏的目光才微一搜尋，就在一間小屋的牆頭上，看到了一團紫色花朵斜斜伸出。

當真是花瓣的模樣，定睛看去，卻又是一片片的葉子。

「這種花只有原城才有，剛才妳揹著我跑，我一路嗅到它的香味，所以篤定妳我此刻身在原城。」蘇逸的話，總是有理有據到讓人無法反駁。

即便在這樣的逃命時刻，他還是那麼清明地判斷一切，「既然知道是原城，我便回想了下原城的地圖，再根據妳方才跑時幾度遇到死路後拐彎來判定，妳我逃出來的地方，就是城主的宮殿所在。」

他說是，就一定是。

就算嵐顏的心中有一萬個不願意相信，也不得不相信。

「怎麼會這樣？」嵐顏的心，揪了起來。

蘇逸的胸口輕輕起伏著，艱難地喘息。

他側過臉，那張臉在月光之下越發蒼白了起來，「所以，妳不能去找他。」

話中有太多意思，他沒有說明白，但是嵐顏懂。

那黑袍人會知道城主宮殿下的暗道，能在城主宮殿下修建自己的牢房，能隨意進出城主宮殿的後院，甚至能讓後院的守衛離開，都足以證明這個黑袍人在城主宮殿中的地位與身分之超然。

能號令守衛，知道暗道，都只能是城主宮殿中地位最高的人。

原城地位最高的只有兩個人，城主和少城主。

如果是這樣，嵐顏還如何能去尋管輕言？

她要做的，是遠遠地逃開他身邊，因為無論黑袍人是不是他，她都不能送上門。

「如果你說的沒錯，我想……」嵐顏深深地嘆了口氣，「我們也出不了這個城！」

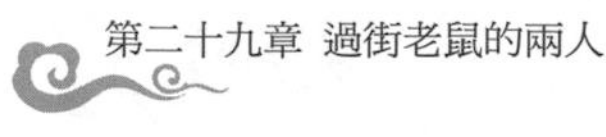

第二十九章

過街老鼠的兩人

明知出城不易，但是人總是抱有一絲希望，希望一切沒有那麼糟糕、希望自己的最壞打算不會出現。

不過，有時候最壞的判斷不是臆想，而是來自自己多年的經驗總結，雖說是預感，實則是有根據的。

當嵐顏以一個小乞丐的身分窩在牆根下的時候，她發現城門邊的守衛明顯增多了，對每一個出入城的人都檢視得十分嚴格。

乞丐對她來說算是駕輕就熟的職業，身體一縮，腦袋低低地藏在凌亂的髮絲後面，誰也不會注意到她。

她的目光透過髮絲，仔細地觀察著，看似不經意地睡著了，實則所有人的一舉一動都逃不過她的眼底。

「你們幹什麼？」一個女人大聲叫嚷著：「憑什麼不讓我出城？」

嵐顏抬起眼皮，關注著與守衛拉扯著的那名女人。

女人是普通的農家人，沒有武功，挑著扁擔籮筐，筐子裡還裝著新鮮的青菜，看樣子是採買完畢，準備出城回家的。

這樣的人幾乎城門口到處都是，沒有任何特別之處，若說有什麼特別之處，就是她的臉上有一道疤痕。

「妳臉上有疤。」守衛警惕地檢視著她。

「我有疤都二十年了，你們哪天因為這個理由攔過我了？」那農婦大聲嚷嚷著，「什麼時候有疤就不讓出城了？」

她的理直氣壯讓守衛一愣，「反正，上面有命令，近日嚴查臉上有疤、肩頭有傷的女人，但凡這樣的女人，一律不准出城。」

那農婦重重地哼了聲，「老娘臉上是有疤，但是老娘肩上沒傷，你來摸啊、來摸啊！」

潑態一出，守衛頗為尷尬，愣愣地不知道該說什麼。

農婦抓起守衛的手按上自己的肩頭，「有沒有傷？有沒有？」

守衛一縮手，農婦大咧咧地挑起擔子，狠狠地往守衛腳下啐了口，「有病！」

守衛正愣著，前方一個瞎眼的算命先生舉著算命牌，也被攔了下來。

那算命先生翻著白眼，「大哥，什麼事？」

「你……」這一次守衛放聰明了，不敢隨便亂攔，而是將目光掃向對方的腿，「走兩步給我看看。」

算命先生一臉茫然，手中的青竹竿探了探路，伸腿走了幾步。

守衛看了看，這才放開了路，「走吧。」

算命先生拄著青竹竿，慢慢地走出了城。

而守衛，又開始了下一波的搜索。

這所有發生的一切，嵐顏都看得清清楚楚。

她的眼中露出了無奈的神色，慢慢站起身，沒有惹起任何人的注意，悄悄離開城門邊。

偏僻的破廟裡，蘇逸不知道什麼時候已經醒來，他半靠在破敗的牆壁上，眼睛呆呆地望著天空出神，猛烈的太陽打在他的臉上，他也沒有眨半下眼眸。

就這麼看著，陽光打在他的身上，泛起金色的薄霧，籠罩在他的身上，像是整個人都融入了陽光中。

當嵐顏踏入破廟的時候，看到的就是這樣的一幕，他就像一塊冰，在陽光下慢慢變薄，卻又捨不得那分溫暖。

「別看了，對眼睛不好。」她忍不住相勸，將手中的油紙包遞給他。

蘇逸清淺地彎起嘴角，「有什麼關係，反正也看不見，這樣還能讓我感覺到溫暖。」

他明明是在笑著，但嵐顏卻能感覺到一縷憂傷。

他其實留戀人世的一切，不捨得放棄生命，否則也不會如此頑強地掙扎。

可他卻又無法抵擋命運的安排，他為了自己家族的誓言，又必須放棄一切、必須奉獻自己。

「放心吧，你死不了的。」嵐顏打開油紙包，勸道：「吃點東西，然後告訴我藥方，我再想辦法。」

蘇逸摸索著伸出手，抓起油紙包裡的饅頭。

嵐顏有些不好意思，「不過又要委屈你啃饅頭了。」

「沒關係。」蘇逸咬了口，「這饅頭很軟，比那地牢裡的強一萬倍了。」

這是嵐顏在城中乞討來的，她沒有告訴蘇逸，也不必告訴蘇逸，以蘇逸的聰明，又怎麼會不明白。

若是她有辦法，又豈會讓他再吃這樣的東西？

「城門守衛是否十分森嚴？」他一邊吃著，一邊問著她。

其實回答與不回答，幾乎沒有差別，畢竟答案都在彼此的心中。

「有一點，所以只能委屈你在城中待一陣子了。」嵐顏嘆息著，環顧四周。

說是破廟已是誇讚，這根本是斷壁殘垣的石頭堆，沒有屋頂，只剩下一面牆，說是四面吹風一點也不為過。

現在是晴天，一點茅草遮擋還能勉強睡覺，若是雨天，只怕連棲身也無法了。

換地方嗎？

她可不認為如今的城中，還有他們可以棲身的地方。

「妳既然沒急匆匆地回來帶我出城，那證明我們昨日的猜測是對的。」蘇逸的手摸索著油紙包，將裡面另外一個饅頭遞給嵐顏，「這樣的情形之下，妳恐怕也只能弄到這些，一起吃吧。」

和剔透的人玩心計，是一種棋逢對手的舒爽；和精明的人謀劃天下，是一種指點江山的豪邁；和剔透的人共患難，卻是一種心中哽咽的沉悶。

她想要給他更多，但是給不了。

給不了，就瞞著。只要看到對方能被自己照料著，能夠給對方最多最好的，心中也舒服了。

但就算這樣，也騙不過蘇逸。

他太聰明，聰明到只因她沒提及帶他出城，就知道發生了什麼事、就知道對方設下了什麼障礙，更知道她的臉已是最醒目的標記，還知道頂著這般毀容的臉，能弄來兩個饅頭，她已經盡了全力。

所以他不領受她全然的好意，要麼大家共患難，要麼就不接受。

傾其所有，不過兩個饅頭，這本就讓她難受，可虛弱的他，只要一個。

「我去給你打水。」嵐顏不再多言，拿起一旁也不知道丟棄了多久的破口瓦罐走出門。

小溪邊嵐顏淘洗著瓦罐，腦海中的思緒也如這奔騰的小河般，不斷湧動著。

出不了城，就只能待在原城。她相信管輕言一定會幫助她，但是此刻的她，沒有武功，根本無法靠近管輕言身邊。

而那個黑袍人，還不知道是管輕言身邊的誰，不能貿然行動，因為她還要照顧蘇逸。

手中的破瓦罐已經盛滿，嵐顏準備站起身走人。

忽然眼睛一瞥，波光淋漓中，現出一張容顏。

兩邊臉頰上凹凸不平的深黑色痂痕，有的地方還隱隱透著血跡，猶如鬼爪一樣蜿蜒在兩邊的臉頰上，原本雪白嬌嫩的肌膚再也不復任何色彩，只有這可怕的黑色，從臉頰一直延伸到下頜。

這張臉，不論是什麼時候被看到，只怕都會讓人嚇到驚叫。

什麼叫鬼臉，就是她此刻的模樣。

嵐顏的手撫上自己的面頰，似乎有些不敢相信，直到手指摸到疤痕的粗糙、直到觸碰的疼痛讓她扭曲了面容，倒影中的臉也跟著抽搐著，才確信這的確是她的臉。

一張被毀到連她自己都認不出的面容。

一張饒是她如此強大的心理，都無法面對的臉。

嵐顏閉上眼睛，想要抹去腦海中自己容顏的模樣，可是無論怎麼努力，鬼臉恐怖的模樣都無法消散。

她隨興，數百年的妖王生涯，早已是看破一切，但無論如何她對自己的面容，總是有著自信的偏愛。

她不悔，不代表不會難受。

她看開，不代表就完全沒有反應。

她只知道，若是鳳逍、非煙、千寒看到她的臉，只怕會心酸呢，還有蒼麟，她是當著他的面硬生生被毀去容顏，他只怕更難受吧？

她不知道那黑衣人到底用了什麼手法，她只是憑藉自己的判斷感覺到，這黑袍人絕不是普通人，若是普通人的手法，以她的功力、以妖族的精妙手法，或許還有康復的一日，但是現在……

臉上不僅是深深的傷口，邊緣還有灼傷的痕跡，這是神獸氣息的烙印，她一個小小的狐妖，如何能驅散神獸的印記？

這印記隨著傷痕，刻印在她的肌膚上，就算是蒼麟也沒有辦法驅散吧？

或許，她餘下的妖生，就要頂著這樣的一張臉了。

她拎著破瓦罐回到了廟中，此刻的夕陽已經有些西沉，那些炙熱的光芒也散去了，蘇逸的身體不再依靠在牆壁上，而是朝著她生起的火堆旁靠近著。

她將瓦罐架上火堆，「蘇逸，你吃了那麼多年的藥，知道配方的對嗎？」

她記得蘇逸對自己提及過，卻還是要再確認一次，因為他的答案很重要。

「知道。」

嵐顏坐在他的身旁，看到另外一個饅頭依舊被油紙包得好好的，心頭一嘆，她拿起饅頭慢慢咬了一口。

她的動作並不小聲，窸窸窣窣的聲音讓蘇逸聽得清楚。果然，在她咬下饅頭的時候，她看到蘇逸嘴角淺淺的笑容。

「把藥方給我。」嵐顏開口，甚至不等蘇逸答覆，她就果決地繼續說下去：「只有你稍恢復，我們才更有可能脫身。只有你不再如那個人所說的姿態出現，才能躲開守衛的搜索。」

「好。」蘇逸這次反而沒有與她客氣，緩緩地報出藥名：「馬桑葉兩錢、田七三錢、冰片三錢……」

嵐顏用心地記著，不敢有半分差池，直到牢牢地記下每一樣藥材的名字及分量，才站起身準備出門。

當她一隻腳踏出門外，卻又忽然定住了。

回頭看向蘇逸，他斜斜躺在火堆旁，一雙眼睛明明什麼也看不見，卻朝著她的方向，笑著。心頭忽然就一疼，「蘇逸，我想去偷雞摸狗，然後給你買藥，你要不要跟我一起？」

於她的心，是不願意的。

並非嫌棄蘇逸累贅，而是不想他知道自己的狼狽，更不想讓他難受。

但就是剛才那一刻，她剛要踏出門的時候，回頭看到那張笑臉，又有了新的想法。

蘇逸，究竟是想要什麼呢？

是她自以為是的好意，還是寧願甘苦與共呢？

將他留下，固然是對他最好的照顧，可是被留下的人，總會莫名有著被拋棄的落寞。

所以嵐顏明知道這樣不符合她的想法，卻還是開口問了。

果然，蘇逸的神情一動，「能帶上我？」

「當然。」嵐顏的口氣很隨意，「左不過是偷雞摸狗討飯，你想要的話，就一起。現在夜色正好，守衛也少，沒人能看清我們的模樣，行事會方便很多。」

「那……」蘇逸顯然是想要答應，可眉頭一皺，似乎是在擔憂著自己行動不便的身體會成為嵐顏的累贅。

「我有辦法的。」嵐顏壞壞地在他耳邊低聲說著，蘇逸的笑容越展越大，居然有些躍躍欲試的興奮，當嵐顏說完，蘇逸重重地點了點頭。

「走。」

她揹起蘇逸，兩個人快樂地朝著城中而去。

第三十章 賣身葬妻

普通的人家，在這個時候正是晚飯之後的閒暇時分。女人在燈下織補衣衫，男人在一旁與妻子閒話家常，或是算計著家中用度，盤算著又要添置著些什麼。孩子們早早上了床，在被褥間打鬧。一會兒疲累了，便沉沉睡去。

這是最為尋常的生活，卻又在普通中有了幾分讓人豔羨的安寧。不求聞達於諸侯，不求留名於青史，只求平安喜樂，一生足矣。

對於有野心的人來說，這不是值得追求的日子，但是對於有些人來說，就連這麼平淡的生活，也是可遇而不可求的。

嵐顏輕輕拍了拍牆根下的蘇逸，「你已經聽了半個時辰的牆角了，再聽下去，只怕人家就要休息了，可就不知道會聽見什麼了？」

她的話語故意說得壞心又帶著曖昧，試圖哄蘇逸走。

其實她明白，明白蘇逸嚮往的是什麼。

越是聰明的人，越容易看穿紅塵世事，蘇逸這種人，一生只有一個目的，又是這般的身體，那種平靜中的幸福，最是容易打動他。

一個普通的家庭，柴米油鹽的算計，孩童的幾聲笑鬧，都太容易勾動蘇逸心中的那根弦。

他本就是個不愛爭權奪勢的人，更不喜歡聲名在外，卻偏偏生在了蘇家，想要粗茶淡飯，都是不可能的。

「走吧。」他笑著回答，「妳衣服可偷到了？」

「當然。」嵐顏晃了晃手中的兩件衣衫，把其中的一件遞給了蘇逸，「不僅偷到了衣服，連我們要的東西都偷到了。」

「妳確定要這麼做？」蘇逸手中拿著衣衫，口氣有些猶豫，可嵐顏卻從他的聲音裡聽到了藏不住的興奮。

那雙眼睛直眨巴，分明是開心，騙誰啊。

一個不留神，嵐顏就又被那飛舞的雙眸吸引了過去。這樣的眸光，誰能相信它的主人根本看不見？

嵐顏揹著蘇逸來到一條巷子旁，前方人聲熙熙攘攘，紅色的燈籠在風中搖搖曳曳、明明暗暗，人聲也喧鬧著。

普通人有普通人的恬淡安寧，富貴人有富貴人的燈紅酒綠。

這裡青樓林立、畫舫無數，河水潺潺流淌中，絲竹聲、調笑聲、猜拳聲，聲聲不絕於耳。

嵐顏放下手中的一捲蓆子，順勢平躺了下來，蘇逸跪坐在她腳邊，一方白色的絲帕蒙上了她的臉。

蘇逸一捂臉，口中嗚嗚，低聲哭泣著。

這聲音不大，肩頭抖動中，卻透出無比的悲愴，身上白衣麻布，似乎什麼都不用說了。

蘇逸的腦袋埋在掌心中，嘴巴裡卻是低低說著：「妳確定可行？」

嵐顏十分篤定，「當然行。」

「妳也不忌諱？」蘇逸對著直挺挺的她，嘖嘖出聲。

「忌諱什麼？」嵐顏哼了聲，「我是妖，人界的忌諱關我屁事。你小心別讓我睡著了，要是不經意翻個身什麼的，就真的嚇人了。」

「知道了。」蘇逸摸了摸蒙在她臉上的絲帕，「別說話了，不然更騙不了人了。」

嵐顏笑了聲，「今夜就靠你了，明天能不能吃香喝辣，就指望你等會兒的演技了。」

正說著，遠處傳來了急急的腳步聲，外加老鴇尖銳的叫聲：「哎喲我的娘啊，你怎麼把死人擺到了這裡？哎喲，晦氣真是晦氣，我說今日怎麼客官都不來了。走，你快走！」

蘇逸可憐巴巴地抬起臉，不用刻意掩藏，臉上滿滿都是病氣，「我、我與我妻來這裡投奔親友，誰知道親友沒投奔到，卻染上了瘟疫，妻子也病死他鄉。如今盤纏用完，我無力帶妻子回鄉，唯有、唯有求您可憐可憐，施捨一些銀兩，讓我好就地安葬妻子。」

話說得軟，輕中帶著病態，一句話也是分了數次才勉強說完，那身體搖搖晃晃的，彷彿隨時可能倒下。

「你、你、你千萬別也死在我門口啊！」老鴇嚇得一聲大叫，「你要死在這裡，我這一年多也別做生意了，太、太晦氣了。」

「我……」蘇逸喘息著，「我不會的，我一定要葬了妻子、您、您要不要施……施捨……」

躺在草蓆上的嵐顏極力忍著自己的笑意，蘇逸剛開始還一副「這樣不好吧」的表情，實則玩起來比她還投入，此刻分明一個愛妻至深的癆病鬼姿態，簡直太到位了。

天才啊天才，這種人就算做乞丐，也都是最出色的要飯人物。

她原本想趁著夜色，玩一個賣身葬夫的戲碼，蘇逸什麼也不用做，躺著就好了。既互相陪伴了彼此，也不用他太著累。可她的想法一提出，就被蘇逸阻攔了，然後就變成了賣身葬妻的戲。

蘇逸的理由很簡單，她的臉有傷太容易被人發現，現在躺在地上，只要白布一蒙，沒有人會掀開死者的布看，尤其是在原城這種極度忌諱喪事的地方。

蘇逸的手哆哆嗦嗦地伸在空中，想要抓住老鴇的衣衫，「您施捨點錢，我、我就是死了，下輩子也為您做牛做馬……」

「啊呀要死了啊。」老鴇的尖叫聲簡直刺耳，「你有瘟病，不要碰我啊！」

蘇逸伸在半空中的手默默地縮了回來，低下頭不敢再看老鴇，「我、我不碰您，無論您施捨不施捨，您都是好人，將來一定健康長壽。」

那聲音弱中帶著畏懼，身體顫抖著。

「喂喂喂，你千萬別死在這，我給你錢去安葬妻子，你趕緊走好不好？」老鴇急了，想也不想地丟下十兩銀子，「快去買口上好的棺材，走吧、走吧！」

「謝謝您的好心，謝謝您的好心。」蘇逸不住地點著頭，撿起自己面前的銀子，雙手撐上地似乎正要起身。

老鴇看著抬起半個身體又忽然坐了回去，剛剛放下的心又抬了起來。

剛才門房對自己說，門邊必經的小巷子裡，坐著一個要飯的丈夫和躺著死去的妻子，她才終於明白今日為何門可羅雀，便急急趕了過來。

「錢給你了，你趕緊走好不好？」老鴇覺得自己額頭上都要出汗了。

在原城，人們很是忌諱死人，如果被客人知道她家門口死了兩個得瘟病的，只怕一年內都沒人來光顧了。喔不，不需要一年，半年她就要回家吃自己了。

「我是準備走。」蘇逸忽然抱歉地望著老鴇，「我妻子是得瘟病死的，只怕我也是這病，我若現在揹起她，難免病氣沾染了您，不如您到巷子外面去，我這就帶她走，一會兒您來看看我們走了沒就行。」

老鴇想了想，腳下不由又退了兩步，「行行行，你現在就挪走！」

她腳步飛快，猶如被鬼追似地跑了。

直到確定沒人，蘇逸才拍拍嵐顏，「喂，妳睡死啦？起來。」

嵐顏掀開臉上的白布，懶懶地打了個呵欠，「睡得正香，真是擾人清夢啊。」

「別裝了，我才不信呢。」蘇逸手中拋著銀子，臉上是滿滿的得意。

好吧，小心思被揭穿。

她的確沒睡，一直在緊繃著弦，他們兩人之間一舉一動都沒能瞞過她的耳目，並非她多心，而是她害怕蘇逸被看穿。

看穿他眼盲腿腳不便，他們此刻的身分不能被暴露，她怕蘇逸有危險。不過她顯然低估了蘇逸的本事，他不僅幹得漂亮，甚至圓滿地超過了她的預期。

嵐顏在他面前蹲下身體，「上來吧，我們走。」

「等等。」蘇逸拉著她，「把蓆子捲捲。」

嵐顏看著地上的破蓆子，「幹麼？你要帶回破廟睡？」

「不啊。」蘇逸笑得賊賊的，「我們換一家青樓，繼續。」

「什麼？」嵐顏看著眼前的蘇逸，忽然發現他的笑容像極了一種動物——貓兒。

對，就是貓。

看上去溫順又可愛，實則賊賊的，尤其是他笑起來的時候。那算計寫在臉上，卻又讓人起不了厭惡的心。

「你這是賣身葬妻賣上癮了？」她打趣著他，卻沒有拒絕他的提議，將那破草蓆捲了捲，外加白布一塊全部帶上，這才揹起蘇逸，

這一夜，嵐顏也不知道自己「死」了多少次，反正蘇逸賣得非常開心，以一個尋常人家的普通收入來看，他們也可算是一夜暴富了。

長夜已經寂靜，街頭看不到什麼人影，他們兩人可以肆無忌憚地聊天說笑了。

嵐顏側臉看著背上的他，腦袋靠在她的肩頭，正抓著手中的錢袋，一個個摸算著，那模樣真像一隻吃飽了魚兒的小貓。

她甚至想要伸手，揉揉他的腦袋。

「可惜，青樓就這麼多，適合騙錢的也就這麼幾家，不然我們天天這麼下去，不出幾日……」蘇逸幻想著喃喃自語。

「不出幾日，你就被人家打成肉餅。」嵐顏又好氣又好笑，輕斥道：「天天賣身葬妻，虧你想得出。」

蘇逸很是不爽地嘆了口氣，忽然異想天開地拍著嵐顏的肩頭，「妳說，將來我們出了原城，一個城一個城這麼玩下去，不出三個月，我們就能富甲一方了吧？」

「呸。」嵐顏啐了口，「你還真想得出來。」

「多好啊。」蘇逸繼續肖想著，「妳上哪兒找這麼容易賺錢，只要躺著不動就財源滾滾的事？反正都是我動嘴，結束了妳負責數錢就行。」

說得倒是，躺著不動，反正一切有他，她只要數錢就行了。

不過這話聽起來，怎麼覺得有點怪怪的？

「你這個欠揍的傢伙。」她笑罵著，忽然腳下一停，看著前方翻飛的招牌。

她背上的蘇逸不明所以，「怎麼了？」

嵐顏再度抬起腳步，朝著那店鋪的方向走去，掌櫃的正在店鋪外收拾，顯然準備關門歇息了。

一縷淡黃色的光從店內打出，落在嵐顏的腳邊，散發著無邊的吸引力。

嵐顏把蘇逸放在牆角邊，「你在這裡等我，我去去就來。」

蘇逸乖巧地點點頭，應了聲。

嵐顏看看路邊，隨便抓了把泥土糊在臉上，這才舉步走進店中。

店家正專心地收拾著，確認一切都妥當了，雙手推上門板，準備落閂。就在他的手碰上門閂的時候，門忽然被推開，店家被嚇了一跳，接連退了兩步。

他的面前出現一個蓬頭垢面、滿臉泥巴的乞丐，正閃著一雙明亮的眼睛看著他，急切道：「店家，等等。」

聲音很乾脆，眼睛也漂亮得不像話，店家心中竟然閃過一絲可惜。他見過無數乞丐，都是渾濁而無望的眼神，很少有這麼堅定又明亮的眸子。

不等店家說話，嵐顏已經把銀子放在桌上，「店家，我買藥。」

桌面上的銀子，一錠錠的，也與眼前乞丐的一身破爛完全不符，不過店家並未多問，「你要抓什麼藥？」

「你這有幽攏草嗎？」嵐顏擰著眉頭，問道。

這味藥是蘇逸千叮嚀萬囑咐一定要尋到的藥，說是所有藥方中的藥引，嵐顏自然也最為重視，便先開口確認。

「有。」店家思量了下，從桌子下摸出一個小匣子，打開匣子後露出一把乾草似的東西，「不過這東西不便宜，五十兩。」

嵐顏心頭的石頭落下，「沒關係，買。」

「那您還要什麼？」

嵐顏心頭牢牢記著蘇逸的話，將所有的草藥重複了一遍，店家隨著嵐顏的指示，飛快地抓著藥，為她包好。

「客官，這些藥您也可以明天早上抓，不必如此著急的。」店家看著藥，口中絮絮叨叨地念著：「大晚上的，您剛才那火急火燎的動作，可嚇死我了。」

她火急火燎了嗎？

嵐顏以為自己已經掩飾得很好了，或許是看到店家要關門，又想到蘇逸的虛弱病態，不自覺的就流露了心思。

「家中有人重病，需要您這藥救命呢。」嵐顏無奈之下解釋著：「您是醫者，應該知道病禁不起拖。」

「可是這些藥，根本不是救急病的啊。」那老者將幾包藥包好，送到嵐顏的手邊，忍不住念叨：「您開的這些藥可外敷可內服。外敷收傷口的，內服通血氣，您又指明要幽攏草，這藥更是淡化疤痕的，非救急之藥。既然以幽攏草為引，可見是外敷的，卻又沒有止血的血竭之類，大概您要救的人已經止血了，只需要收攏傷口。老夫能問問您家中人到底是什麼傷嗎？會不會是誤遇庸醫開錯了藥？」

開錯了藥？

藥當然沒開錯，甚至那千叮嚀萬囑咐的最重要的藥也沒有錯，唯一錯的……

蘇逸開的根本不是救他自己的藥，而是為她開的藥。

她出身妖族，對於一般的草藥至少是心中有數的，這老者說得沒錯，蘇逸開這些藥方給她的時候，她就知道這些藥都是通氣血的，也就不疑有他。而幽攏草她並不熟悉，蘇逸告訴她是最重要的藥引，她更是完全相信。

如果不是老者出於醫者心態囉嗦了兩句，嵐顏怎麼都想不到，蘇逸開出了一張由藥引來主導方向的藥方。

收攏傷口，淡化疤痕，蘇逸從一開始，就打算要治她。

「對不起，大夫。」嵐顏想了想開口：「這些藥我……」

好不容易弄來的錢，她不能全砸在自己身上，蘇逸比她更需要藥，她不過是臉毀了，他卻是隨時可能丟了性命。

「多謝大夫，藥方沒有錯。」門外傳來男子淡淡的聲音：「勞煩您了，我們這就走。」

嵐顏的目光瞪向門口，暈黃色的光照不遠，只能看到在光影的邊緣，一個隱隱綽綽的身影坐在地上，臉上是一種不容反駁的堅持。

第三十一章

為他許下的諾言

「等等。」嵐顏回頭吩咐著莫名其妙的老者，快步出了門，「你怎麼來了？」

她明明讓他在前面的牆根下等他的，他怎麼就無聲無息地跟來了？

「我雖然看不見，還有鼻子。」蘇逸抬起臉，「藥香的味道如此重，我怎麼會不知道妳來幹什麼？」

賺錢本就是為了給他買藥，嵐顏始終沒有隱瞞過他，但是他卻隱瞞了她。

「我不答應。」嵐顏的口氣不太好，因為被欺騙了。

雖然這欺騙，還是為了她好。

「妳不得不答應。」蘇逸堆滿笑的臉，讓人都生不起氣。

嵐顏冷哼了聲，轉身就要踏進門裡。

她是來為他抓藥的，這個決定不由任何人改變，包括蘇逸。

就在她腳步剛剛舉起的瞬間，身後傳來他的聲音：「唯有妳不被人發現，我們才都有活下去的可能。」

一句話，讓她抬起的腳步又落了回來。

她的理智告訴她，蘇逸說的沒有錯。現在只是城門前加強守衛，一旦沒有他們的消息，那個黑袍人必定會在城內更加嚴密搜查，到時候家家戶戶都不會放過，遲早會搜索到他們。就算不搜到他們身邊，她也無法再在城中乞討，更遑論出城。

唯有她臉上的疤痕淡去，她保全了自己，他們才能苟活。

「你不知道……」嵐顏嘆息著，「我的臉上有朱雀氣息的火痕，普通的藥物無法去除。」

「我知道。」蘇逸彷彿什麼都知道般，「當初憑妳一句話，我就知道所有。」

她記得，她從未對蘇逸提過自己的臉。唯一的一次，就是在進入地牢的時候，她以為蘇逸能看見的時候，說了一句：我如今這個模樣，你居然也能認出我。

一句話，蘇逸便猜出了那麼多內容。

「但是，妳未試過我的藥，又怎知我不可能做到？」蘇逸的口氣同樣那麼隨意，卻藏著不容人反駁的堅持。

這種人最是難纏，也最難改變，因為他永遠都是外表柔柔的，骨子裡卻十分倔強。

正因為萬事好商量、萬事好退讓，一旦觸碰到了他的底線，就沒有任何商量的餘地。

現在就是這樣。

「答應我吧，只有妳的臉好了，才能正大光明地帶我出去，我所有的信心，都在妳身上。」蘇逸抬起頭，那雙眼眸中，是滿滿的寄託。

明知道他看不到，可她卻無法拒絕這雙眼睛、拒絕不了他的任何要求。

因為他的堅持那麼有道理，讓她甚至不知道怎麼去反駁他。

「這個時候，不該感情用事，理智決定一切。」蘇逸見她沒反應又適時補上一句話，猶如一把刀，插進她的心中。

她的性格始終放不下感情，縱然理智存在，卻戰勝不了感情。

「妳只要在被發現之前，儘快恢復武功，我們就都能活著。妳若被發現，我們誰也跑不掉。」蘇逸如春風般的聲音，說的卻是最殘忍的抉擇，「妳自己選吧。」

給她選擇，最艱難的選擇。

嵐顏回想自己的人生，一直都是她在選擇，但是她的選擇，都是由感情做了主導。當年為封凌寰，之後為封千寒，再之後的鳳逍。哪一次的衝動，不是因為感情？並非她不知道自己的弱點，但卻難以割捨感情，寧可作出錯誤的決斷。以命去賭。

但是，蘇逸卻是一個絕對理智的人，他不會允許她這麼做，他將一切利害放在她的面前，讓她選擇。

嵐顏要面對的，是自己的衝動和絕對理智之下的選擇。

兩個人誰也沒動，卻在無形中互相較量著，不需要任何話語，彼此在心理上鬥爭著。

終於，嵐顏長長嘆了口氣，「好，我知道了。」

她默默地走回藥鋪內，拿起桌子上已經包好的藥，「謝謝掌櫃的了。」

藥鋪老者莫名地望著她的背影，不明白為什麼明明買好了藥，這女子卻是一臉的沮喪。

嵐顏走出門，門外的蘇逸已是一身輕鬆，揚起明媚的笑容等待著她，就像是等待愛人回歸已久的丈夫，和暖溫柔。

如果可以選擇，她寧可這樣的笑容是在自己臉上而不是在蘇逸臉上。

破爛的小屋內，一床軟軟的棉被旁，蘇逸正在慢慢搗著藥，一旁的鍋裡，咕嘟嘟冒著香氣。

這床棉被，是嵐顏用最後一點剩餘的錢為他買來的。那鍋裡的雞，偷來的。

就這麼一點點，是她能給予他最好的照顧了。

火光下的他，全身都透著一份溫潤的暖意，讓人的心隨著他一下下的動作而變得柔軟起來。

這樣的男人，本該過著他心中最愛的逍遙愜意的生活，山水之間、桃林之中，一壺茶一盤棋，一本書一張畫，萬壑在心中，被愛人體貼地照料著。

遠離紅塵之外，淡看風雲變幻。這才是最適合蘇逸的生活。

可是現在的他命在旦夕，髒汙地蜷縮在這個破廟中，為她搗藥。

何曾有半點瀟灑，哪還看得到一絲逍遙？

「在為我感傷？」他一邊搗藥，忽然抬起頭，尋找著她的方向，輕聲地開口問她。

是吧，一個人明明能過自己想要過的生活，卻因為責任而被束縛，甚至為之獻出性命，一生都沒能去追求自己的嚮往，怎能不讓人感傷？

「其實這樣也挺好的。」蘇逸倒是很無所謂，「就算是解脫，多好。」

不必再受病痛的折磨、不必再承受家族傳承的責任，下輩子不要再做蘇家的人，似乎真的是一種解脫。

「不覺得不甘心嗎？」嵐顏一開口，蘇逸原本搗藥的動作就突然停住了。

不甘心，誰心中沒有遺憾、沒有不甘心，只看願不願意去面對、願不願意去改變。

「沒有。」蘇逸抬起手，繼續搗藥。

太深的欲望，是無法真正去面對的，因為面對了，就再也壓抑不下心中的渴望。

「放心吧，等我他日找到蒼麟，定然還你一個逍遙愜意的生活。」嵐顏接過他手中的藥杵，慢慢地搗藥。

破廟中，一片寂靜。

只有一聲聲規律的搗藥聲，和空氣中偶爾炸裂的火光，成為了唯一的聲響。

她的承諾只有一句話，但這句話中卻包含了太多意義。

給他逍遙愜意的生活，意味著她會傾其所有地讓他活下去，會傾其所有地完成他的責任，最後為他卸下包袱。

他的責任，她來完成。

他的目標，她來達到。

他最後的希冀，她為他實現。

她給了承諾，要的不過是一個決心。

他會為了她的努力，而她為他而拚搏的那個目的，活下去。

這句話，彼此都明白。

一個夢想，最終成為兩個人去盡力做的事情。世界會在瞬間變得美好，因為心中明白，無論多麼苦累，還有一個人在分擔，還有一個人在為他盡力。

不能放棄，也不敢放棄。

蘇逸低著頭，嘴角彎彎的，那弧度中含著無盡的溫柔。

這種笑容，才是發自內心深處的欣慰與開心。

嵐顏的目光將這一縷的笑，印刻在心中。

「我為妳敷藥。」他抬起頭，摸索著撫上她的臉。

她沒有躲避，由著那雙手在自己臉上徘徊著，一寸寸地瞭解她的傷情。

每一次手摸過，都是長長地停留，但是她的肌膚卻告訴她，他一直在顫抖，雖然他很極力控制。她的傷他應該心中早有準備，卻還是沒能忍住心中的悸動。

嵐顏抬起手，握住了他的手腕，「來，幫我敷藥。」

「好。」蘇逸的手挖著藥泥，小心翼翼地敷上她的臉，那細緻的動作，生怕弄疼了她一點。

嵐顏卻早已經齜牙咧嘴，藥汁貼上臉皮，順著尚未完全癒合的傷口滲了進去，那種刺疼，讓她覺得自己的皮膚幾乎要燒起來了。

濃重的藥味，更是熏得她直皺眉。

看著藥罐中綠色的藥汁，嵐顏嘆息著，「我的臉現在看起來，一定像中毒了。」

蘇逸噗嗤一聲笑了，「這是癒合傷口的，兩三日妳的傷口就會癒合，這樣妳糊泥巴的時候，就沒那麼疼了。」

其實嵐顏始終沒說過，為了能瞞過他人，她得在臉上糊著厚厚的泥巴，但是每次想要清洗乾淨，都會將剛剛才癒合的傷口弄裂，重新流血。

朱雀的烙印太霸道，在沒有妖氣的抵擋之下，她根本無法抵禦這樣的氣息，結局就是每次都疼得死去活來，傷口始終沒有真正癒合過。

那黑袍人根本就是要將她折磨殆盡，受遍苦楚。

「反正我看不見，妳的醜態沒人知道的。」蘇逸抿著唇，「無論妳多麼難堪，都可以在我面前盡情地展現，我看不見，更不會說出去的。」

說完，還做了個噤聲的姿勢，衝她眨了眨眼睛。

這個調皮的傢伙，真是讓人沒辦法。

藥罐裡的藥汁被抹盡，蘇逸把藥罐丟進嵐顏的手中，「去洗了吧，等妳回來，雞湯差不多就熬好了。」

嵐顏捧起藥罐，蘇逸舒坦地往軟被中一躺，發出愜意的歎息聲，那模樣真像是一隻慵懶的貓兒。看他這副樣子，嵐顏欣慰地拿起藥罐，走去小河邊洗著。

那日的情形她很清楚，蒼麟需要很長時間的休養才能恢復，想要蒼麟來找自己，只怕還得等上一段時日。

她要做的，就是在這段時日中，努力地活著、努力讓黑袍人找不到自己、努力讓自己真氣得到恢復。

她坐在地上，努力調動著身體中的真氣，想要讓它們運轉起來。

對於她來說，沒有功力的感覺就像普通人沒有穿衣服一樣，太沒有安全感了，只要她能儘快恢復，就能夠保護好蘇逸。

丹田中的真氣慢慢升起，嵐顏心頭一喜，駕馭著氣息開始流轉。

只要一個周天，她的真氣恢復了轉動，她的功力就可以回來，不管有多慢，她的希望還在。

當真氣運行到肩頭的時候，一股強大的力量衝上她的真氣，撕裂般的疼痛感傳來，嵐顏眼前一黑，身體歪倒昏死了過去。

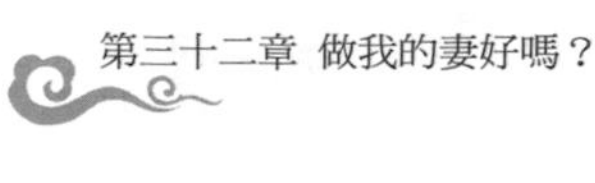

第三十二章

做我的妻好嗎？

疼，好疼。

肩頭火辣辣地疼。

不僅如此，那疼痛中還有一股力量，順著她的筋脈刺著她的丹田，就像一把尖銳的刀，刮著她脆弱的筋脈和丹田。

到底是琵琶骨被穿透導致的真氣碎散，還是朱雀烙印的霸道讓她無從抵擋，又或者是二者兼有？她也不知道，她只知道自己的功力，只怕是無法恢復了。

「嘶……」這是什麼聲音？

嵐顏的意識在緩緩甦醒，她甚至感覺到身體在緩慢地滑動。

不，準確地說是被什麼拖著滑動。

那拖行的速度很慢，慢到許久許久才能動一兩步的距離，接著又是緩緩地拖行一兩步。

嵐顏掙扎著睜開了眼睛，想要看清到底發生了什麼事。

當眼睛睜開的一瞬間，她看到的是天邊的淺藍色。

這，是天亮了嗎？

她明明記得，當她來到河邊洗藥罐的時候，正是夜半丑時[1]，現在看這天色怕是連寅時[2]也過了。

她居然昏了將近兩個時辰嗎？

撐著身體想要坐起來，手掌剛碰到身下的東西，她就馬上摸出身下墊著的正是昨天晚上她與蘇逸去騙錢時的那張破草蓆。

身體又震動了下，蓆子被往前拉了幾分，發出嘶嘶的聲音。

嵐顏抬頭尋找著聲音的方向……

她的身體正前方，一個清弱的男子趴在地上，雙手撐在地上，頭高高地仰起，腰間捆著一條藤蔓，藤蔓的另外一頭卻是繫在草蓆之上。

他雙手撐在地上，以手肘為力，慢慢抬起身體，朝前爬動著，雙腿無力地癱軟在地上，施展不出半分力氣，他就靠著手肘的力量，把身體一點點地拉向前方。

草蓆，又挪動了一小點。

「蘇逸。」嵐顏叫出聲。

爬行的人聽到她的聲音，下意識地回頭，「妳醒了？」

他的氣息更加不穩，三個字卻彷彿用盡了他所有的力氣。

「你怎麼在這裡？」嵐顏看著他的身體，本就凌亂的衣衫上處處都是磨損過的痕跡，他的手肘上也隱隱沁出紅色的血跡，即便是清晨如此模糊的視線，她也能看得清清楚楚。

「我在家中等妳，許久不見妳回來，就出來找找。」

話說得多輕巧，平淡的幾個字，無論從誰的口中說出來，都不過是一件簡單的表述。

但是對於蘇逸來說，卻是無比艱難。

因為他看不見！

一個看不見的人，在偌大的山林中尋找另外一個人，根本就是大海撈針。並且這撈針的人，還無法行走。

沒有視線、不能走路，他是如何尋找到她的？

也許是她的醒來讓蘇逸終於放下心頭的大石頭，他翻身仰躺在地上，胸口起伏著。

當他翻身的瞬間，嵐顏才看到，他那件衣衫的胸口，早已經破得一塌糊塗，露出了白皙的胸膛，胸膛上還有幾道劃傷的痕跡。

而他的腿上，更是斑斑駁駁的血跡，從大腿到小腿星星點點，讓人看得觸目驚心。

「其實不難。」蘇逸恍若未覺那些細碎的傷痕，滿臉都是開心的笑意，「夜晚中流水聲很清晰的，我既然知道妳去了河邊，只要順著聲音，找到河邊很簡單的。」

簡單嗎？

他到河邊或許還能仗著耳朵，但是她在河邊什麼位置，他要找她還是無比艱難的事情。

「我們住的地方兩邊都是竹林，沿途找一根長些的竹枝，一點點掃過河灘，就找到了。」蘇逸的口中滿滿都是驕傲，半點也不覺得疼痛的樣子。

「然後你在河邊發現我昏倒了，於是又爬回去把蓆子拿來，再把我放到蓆子上拖回去？」嵐顏猜測著。

注①丑時：指深夜一點到三點。
注②寅時：指凌晨三點到五點。

「既然找到妳了，方位也確定了，一個來回就很快了。」他說話的口吻，就像他只是走了幾步又走回來一樣。

這些路程對他來說，何止是艱辛？

嵐顏想也不想，扯下身上的布條裹上他的手肘，責備道：「為什麼不墊塊厚布？你不知道自己弄傷了嗎？」

他明明是個什麼都清楚的人，為什麼做起事卻和她一樣衝動而愚蠢呢！

「我墊了，不過沒多久就磨破了。」蘇逸有些不好意思，訥訥地乾笑著，「再回去拿太礙事，反正也沒多少路，堅持一下。」

堅持一下？

對於他人來說當然沒多少路，但是對於他來說，這距離何止叫長！

那幾乎是讓人絕望的距離。

可他一直在堅持。

嵐顏小心地為他裹上傷，「那你的腿呢？為什麼不墊，難道也磨破了嗎？」

蘇逸表情一僵，「喔，我、我忘記了，不過我的腿沒有知覺，就算磨破了也沒什麼關係吧，反正不疼。」

「你就不能在河灘上等我醒來？」嵐顏的手又一次扯下布條，想要為他包裹好傷處。

可惜，腿太長、布太短，就算她脫光了全部的衣衫，只怕也不夠包紮他的兩條腿。

嵐顏索性站起身，搖搖晃晃地半摟著蘇逸，「你去蓆子上，我帶你回家。」

不知道從什麼時候起，那個破爛的小廟，已經成為了他們的家。

嵐顏扯起藤條扛上肩頭，蘇逸躺在草蓆上，一步一步的腳印下，是草蓆被緩緩拉動的聲音。

「原來清晨的風，是這麼舒服的。」蘇逸躺在草蓆上，聲音輕輕的。

明明已是疲憊至極，他卻還是強撐著不肯睡去。

「清晨的朝霞，也很美。」嵐顏的目光，卻是望著草蓆上的他。

猶記得初見他的時候，少年俊美，溫柔帶笑。現在的他俊美依舊溫柔依舊，似乎無論是蘇家的少爺，還是一個眼盲的乞丐，他都甘之如飴。

一根堅韌的小草，無論怎麼風吹雨淋，都無法磨滅他生存的意志。無論是高貴庭院，還是山巔石縫，他還是他。

蘇逸，就是這樣的一個男人。

當嵐顏拖著草蓆回到破廟的時候，蘇逸已經沉沉地睡去，這一夜的找尋對他來說實在太消耗體力，太累。

嵐顏本不想驚擾他，但當她的眼睛看到他腿上那一大片紅色的血跡後，又不得不狠下心。

原本為她準備好的草藥，如今倒是派上了用場，嵐顏取過剩下的草藥搗爛，這才仔細地探查他的傷處。

面對著睡得正深沉的他，嵐顏有些無處下手的感覺。

傷都在腿上，她得伸手脫他褲子才能為他上藥。沉睡中的他，別有一番弱質纖纖的感覺，更讓她覺得自己在欺凌弱小，不對，是蹂躪少年。

脫還是不脫？

只有片刻的猶豫，嵐顏的手碰上他的腿，索性把那本就破爛的褲腿扯開。

一大片血肉模糊的肌膚映入她的視線，他的腿白皙而纖細，但是整個大腿至小腿，全是滿滿的擦傷。

嵐顏用乾淨的布巾擦拭著他腿上的血跡，終於看到一道深深的傷口，從大腿一直劃到小腿下，還不斷有血滲出來。

傷口很深，深到嵐顏清洗的時候，看到那翻捲的皮肉，都有些心頭不忍。

傷口還沾染著泥土、破碎的樹葉，和細碎的木屑。她很仔細地挑著，不敢有半點疏忽。

他在尋找她的過程中，必然遇到了什麼困難，否則不會如此狼狽。那些擦刮過的痕跡，在他身上隨處可見。

在他小腿處，嵐顏看到一枚尖銳的石子，深深嵌在肌膚中。大概也就是這枚石子，將他的腿劃出那麼深的傷口。

嵐顏檢視著他的身體，發現到處都是斑駁的傷痕，索性心一狠，把他的衣衫徹底扯開。

果然不出所料，他清瘦的胸膛上、纖細的胳膊上，到處都是擦傷。

嵐顏心頭感慨著，這樣瘦弱的身體下，藏著是如何強大的心。

她的手拿著布巾，小心地擦過他的胸前和胳膊。

睡夢中的蘇逸發出一聲淺淺的呻吟，眉頭深深蹙了起來。

嵐顏手上的動作更加輕柔了起來，但是他身上那些細碎的傷口太多，讓她避無可避。

少年的身軀，細緻得無可挑剔，帶著年輕人獨有的氣息，在散開的髮絲下、疲倦的睡容中，散發出無形的魅力。

惹人憐愛，又惹人凌虐的魅力。

他可以輕易勾動人心底的欲望，溫柔者想要給予保護，殘暴者想要得到快意，而嵐顏……

她只能正襟危坐，什麼都不看、什麼都不想。

藥，敷上他的胸口，那眉頭蹙得更深，蘇逸的口中不自覺地發出一聲呻吟。

這藥她也敷過，自然知道刺激的疼痛感，可明明在自己身上時還能忍受，卻在聽到這樣的聲音時有了心疼。

看著他胳膊肘上幾乎磨爛了的肌膚，嵐顏一狠心，將藥敷了上去。

「啊！」蘇逸的身體猛地一掙，扭動起來。

「忍一忍。」嵐顏吹了吹他傷口的藥，明知道沒什麼效果，還是這麼做了，並安慰道：「很快就過去了。」

蘇逸的額頭上冒出涔涔的汗水，「我配的藥居然這麼疼？」

嵐顏哼了聲，笑著，「你確定配藥的時候，不是故意欺負我？」

蘇逸強擠著笑臉，「早知道會用在自己身上，就多加一副清涼的，這真是太疼了。」

把他的胳膊裹好後，嵐顏遲疑了，看著他腿上的傷口，有些不敢下手。

蘇逸喘息著，胸膛劇烈地起伏著，虛弱而無力，「從沒有一刻這麼慶幸自己的腿沒有感覺，否則我可能寧願這麼流血而死，也不讓妳敷藥了。」

她倒忘記了，他的腿沒有知覺。

蘇逸的表情有些可憐，「我從小就怕疼，所以從來都小心翼翼的，絕不讓自己受傷。」

沒想到他居然如此坦然地承認自己怕疼，就像一個孩子似的。

「那你若是傷了，家人都怎麼哄你的？」她看著他臉上那委屈至死的表情，忍不住地就被逗笑了。

「弄好吃的。」蘇逸毫不猶豫地回答。

想起他吃東西時雙頰鼓鼓、眼睛閃亮的表情，嵐顏眼前又浮現了那日他在酒樓時的一幕，彷彿就在昨日般清晰。

「那你乖乖地讓我敷好藥，我給你盛雞湯？」

那雞湯一直在火上吊著，幸虧火勢不大，竟然沒有燒乾，倒是燉了個骨爛肉酥，香味一陣陣地飄來。

「好。」蘇逸的臉上頓時有了期待的神情，再也不苦著臉，而是洋溢著開心，全身上下都透著滿滿的快樂。

天生的吃貨，只怕說的就是他吧？

嵐顏快速替他包好腿上的傷，再奔去盛來一碗香噴噴的雞湯，看了看他手肘、手掌上的各種傷痕，搖了搖頭，舀起一勺送到他的嘴邊，「嘗嘗。」

他的嘴一抿，吸了一口，俊秀的臉上頓時眉飛色舞了起來，「好香……」

嵐顏的心，居然因為這兩個字和這個表情，頓時得到了無邊的滿足，手中一勺勺地舀著，餵給他吃。

「你怎麼傷得這麼嚴重？」嵐顏發現，他的脖頸間、臉頰上也有著很細碎的傷痕。

如果只是因為在地上爬行造成磨傷，不應該會傷到這裡的，就連他的胸前腰腹，也都是這樣的劃傷。

「呃。」蘇逸喝湯的動作一頓。

嵐顏低沉著嗓子，「你敢騙我試試！」

「從坡上滾下去了。」蘇逸立即老實地交代，「不小心的。」

當然是不小心的，因為他根本看不見，單憑著耳朵去找尋河邊的下落，如何能知道眼前是什麼樣的危險？

「下次若是發生這樣的事情，不要來找我。」嵐顏嘆息著，手指輕輕擦過他頸項邊的一個小小刮傷。

「那怎麼行？」蘇逸一臉的不贊同，「妳可是我妻子，不找妳找誰。」

嵐顏正舀著雞湯，冷不防這一句話，讓勺子掉回碗裡，濺起的雞湯飛上她的臉頰，也忘記擦一擦了。

她驚得不是蘇逸說的話，而是口氣裡的認真。

之前他也數次說出她是他妻子，她只當是賣身葬妻的遊戲沒玩夠，也就由著他去了。

現在再聽來，又看到他滿臉肅然，半點沒有玩笑的意思。

「噗嗤。」蘇逸忽然笑開了懷，「玩笑嘛，逗妳的，何必認真。」

「一點也不好笑。」嵐顏咕噥著。

「顏顏。」蘇逸忽然親昵無比地叫著她的名字，那輕柔的口吻，兩個字從他口中吐出來，卻有著別番風情。

很是纏綿的味道，竟然讓她無法拒絕。

「什麼？」嵐顏專心地餵著他，沒有抗拒他的稱呼。

蘇逸的手抬起，按在她的手背上，「聽說如果是未婚而死，黃泉路上是要吃苦的，是不是有這麼個說法？」

她一愣，竟不知道如何回答。

她在封城長大，對於人世間的一些流傳說法倒也知道一二，蘇逸的說法她也聽過，所以只要是青年男女未婚而亡，他們的家人往往都要配個冥婚，就是為了讓他們少遭受些苦難。

「大概吧。」她打著哈哈，不想面對這樣的話題。

可是蘇逸顯然並不想放過她，「如果我死了，妳能以妻子的身分為我立個碑嗎？」

嵐顏沉默了，她方才不想面對，就是害怕蘇逸會提及死亡。

死亡似乎並不可怕，可怕的是等待死亡。

他的口氣再是平靜，也讓她不得不去面對這個話題。

他的魂魄可能隨時就隨著死亡煙塵消散了，即便她是妖王，也是無能為力。

「好不好？」蘇逸抓著她手的力量在一點點地加強，彷彿一種無聲的哀求，在等待她點頭。

她不想點頭，也不能點頭。

不知道為什麼，此刻的蘇逸給她的感覺，就像是一個將死之人在交代最後的遺言，等待圓滿最後一個心願。

她不敢滿足他，因為她怕滿足了之後，他就可以放心閉上眼睛了。

「我……」嵐顏艱難地憋出一個字，下面的話還未出口，蘇逸抓著她的手忽然顫抖起來，眉頭漸漸皺著、皺著。

「噗！」一口鮮紅噴出，落在她的手臂上、手腕上，還有那碗未曾放涼的雞湯裡。

清亮的湯色中，點點暈開紅色，散開、消失。

纖秀的身體，在被褥間慢慢滑落。

嵐顏再也管不了手中的雞湯，隨手一拋，那碗摔落腳邊，碎裂了。

她伸手抱著蘇逸的身體，看著他蒼白的嘴角，血絲不斷地滑下，氣息微弱而凌亂。唯有那隻手，依然死死地抓著她，「答應我，好不好？」

嵐顏握著他的手，「我不想答應你。」

他的嘴角邊，露出一絲慘笑，「看來我註定要再多受些磨難了。」

「不會的。」嵐顏想也不想地揹起他，「我帶你去找藥，這一次你把真正的藥名告訴我，不許再騙我。」

蘇逸趴在她的背上，血順著唇角落上她的衣領，滑到她的頸項間，那股溫熱彷彿是他生命在流逝，「妳答應我，我就告訴妳。」

這個時候，他能不能不要這樣讓她難以抉擇？

「你給我好好活著，我就答應你。」嵐顏一咬牙，快步地朝著城裡奔去。

她什麼也顧不上了，顧不上她的臉會被守衛看到、顧不上好不容易逃出來又會落入黑袍人的手中，她只有一個信念，救他。

第三十三章

救蘇逸，闖宮殿

蘇逸在她的背上，猶如死了一般，若不是還有一點微弱的氣息灑在她的耳邊支撐著她，讓她快步奔跑著。

生平第一次如此恨自己，恨自己這般無用，連武功都無法恢復。第一次這麼責怪自己，責怪自己昨天為什麼要聽他的，為什麼不為他抓藥。

她眼前的目標只有一個，就是藥鋪。

至於能不能救蘇逸，會有什麼結果，她都不知道，她只是不斷地告訴自己，不能讓蘇逸死，絕不能。

就如蘇逸說的那句話：看來我註定要再多受些折磨。

話中意思她懂，這一生他一直在承受著磨難，縱然聰明絕頂，縱然驚才絕豔，也從未為自己活過。

活著，就是對他的折磨。

她想要給他的，就是告訴他，他活著不是折磨，他想要追求的一定能得到，只要活著。

蘇逸發出很小的一個聲音，似乎是在笑。欣慰的笑。

她答應了他，不是嗎？

「妳又衝動了。」他嘆息著，很輕很輕地飄出一句。

是的，大白天這樣在城中揹著他奔跑，怎麼不是衝動？隱忍了這麼久，最終還是這般招搖過市，怎麼不是衝動？

但是她無法理智，如果理智保全自己的代價，是看著身邊的人死去，她寧可不要這種理智的選擇。

如果衝動是錯，她反正也一錯再錯了，不介意再多一次。

「妳為我而衝動，我竟然有些開心呢。」蘇逸的聲音飄過她的耳畔，「原來有人為自己瘋狂不理智的時候，心中是這樣的滿足。」

「給我省著你的力氣，好好給我撐著。」嵐顏咬著牙，試圖讓自己的腳步快些，再快些。

沒有武功的她，不過就是一個普通人，揹負著蘇逸，太過艱難。

又是偏僻難行的山路，本就是帶著傷的人，只覺得腳步越來越沉重，呼吸越來越濃重，眼前一片片發黑。

她不敢再強行提氣，她害怕再這樣下去，如果自己又一次昏迷過去，蘇逸怎麼辦？

「我告訴妳一件事，妳給我記住了。」蘇逸湊上她的耳邊，顫抖地堅持著。

「我不聽。」嵐顏一口回絕。

在這種時候交代的話，一定是他心中最深的祕密，她不敢聽，因為她要讓蘇逸永遠都有牽掛。有牽掛的人，才捨不得撒手離去。

嵐顏腳步沉重，身體的顫抖越來越大，冷不防腳下一個趔趄，摔倒。

她雙手用力地撐著地面，大口大口喘息著，抬頭看著眼前的路，又狠狠心站了起來。

「我告訴妳……」

「就要到了，給我憋著。」嵐顏邁著腿，看著前方不遠處的青石板路。

前面就是街市了，藥鋪就在不遠的地方。

「玄武的身分，我知道。」蘇逸的手落在她的肩頭，嘴湊上她的耳邊，小小的嚅動著。

他在心中深藏已久的祕密，一直不願意說出的身分，終於再也藏不住了。

嵐顏知道，這是蘇家多少代傳承的願望，如果蘇逸能夠做到，他一定會讓自己親眼見證，但是在這個時候，他卻將祕密轉達給她。

因為知道自己再也無力繼續了。

就在嵐顏的腳步正要走向藥鋪方向的時候，她忽然停住了，腦中念頭一閃而過，換了方向，義無反顧地走了下去。

「妳要去哪裡？」背上的蘇逸敏銳地察覺到方向的改變。

「我既是要救你，藥鋪只怕沒辦法了。」嵐顏朝著前方的宮殿，堅定地開口：「不如賭一把如何？」

蘇逸在她耳邊輕輕喘息著，「妳的賭運好嗎？」

賭運？

嵐顏覺得自己天生就不是能去賭的人，因為她似乎逢賭必輸。

「很好。」嵐顏想也不想地回答，「非常好，從來沒輸過。」

「是嗎？」蘇逸的聲音，明顯是不信，不過他已經沒有更多的力氣去說話了，靠在嵐顏的背上，輕聲咳了起來。

每一次震動，嵐顏都能感覺到頸項間多了幾點熱燙，腳下加快，再加快。

蘇逸的喘息已經讓她的胸口一片疼痛，身體一直在顫抖，她知道這是自己重傷未癒之後的力竭之兆。

但是她不敢停，也不能停。

那金碧輝煌的宮殿就在眼前，她就這麼邁著腿，朝著那裡一步步地走去，堅定無悔。

再有百步，她就能到了。

到了之後會怎麼樣、她又怎麼才能見到那個人，她都無暇去顧及了，更管不了這算不算是自投羅網。

她只要救蘇逸。

百步外，宮殿閃亮得刺人眼睛，亮得那麼近，再一會兒就能到了。

就在這個時候，她的耳邊傳來了一聲嚴厲的斥喝聲：「城主殿外，何人隨意亂闖。」

隨意亂闖？她算嗎？

面對眼前明晃晃的武器，嵐顏抬了抬背上的蘇逸，深深吸了口氣，「我要見你們少城主。」

「妳是誰？」守衛沒有半點放過的意思，依然死死地擋在她身前。

「告訴他，我赴約而來，他自然知道我是誰。」嵐顏感覺到耳邊的氣息越來越弱，心中滿是急切，卻不能透露出半分。

「報名。」守衛依然不依不饒，「若是每個人都這般說話，我如何向少城主交代？」

「報名是嗎？」嵐顏低垂著的臉忽然冷笑一聲，「你們配嗎？」

守衛被他的氣勢震住，腳下不由退了兩步，有些遲疑。

嵐顏想也不想地提起腳步邁步向前，「你只管去說好了，與你少城主有約的人只有我一個，現在我要他替我救人，如果耽誤了我朋友的性命，你就交代得起了？」

一雙冷然的目光從散亂的髮絲後射出，那守衛根本無法抵擋，一步步地後退，手中的武器已經成了擺設，搖搖晃晃的。

她是誰，妖族至高無上的族長，封城曾經的九宮主，與管輕言患難與共的人，她要見管輕言，就一定要見，誰敢攔？

封城、鬼城、杜城，哪一個地方不是由她來去？她懼怕過什麼，躲閃過什麼？

氣勢與威壓，讓人忘卻了她身上的狼狽，讓人看不到她身上的衣衫襤褸，只知道在這個人面前，快要喘不過氣了。

嵐顏不管不顧，釋放著屬於妖王的氣場，為了蘇逸，她一定要賭，因為只有管輕言的能力，才能夠救到蘇逸。

還有幾十步，只要她踏進了那個門，只要管輕言在，她就一定能見到！

一陣風吹過，吹上她的衣衫，一陣陣的冰涼，那是汗水被風吹冷後，濕透的衣衫黏在身上。

風揚起她的髮絲，吹開那些擋在面前的頭髮，露出了她的臉。

面前的守衛忽然一怔！

「妳到底是什麼人？」聲音忽然冷厲了起來，手中哆嗦的武器也再度舉了起來。

該死，她的臉被看到了。

臉上的疤痕一定引起那人的警覺了。

嵐顏想也不想，撒開腿就往大殿內衝去，她什麼也管不了，她要救蘇逸，必須救蘇逸。

「來人！」被她繞過的守衛忽然大聲地叫嚷：「有刺客，快來人！」

轉眼間，身後的腳步接近了。

現在的她，根本跑不過身強力壯的守衛，何況身上還揹著蘇逸。

一股強大的力量從背後傳來，有人抓住了蘇逸，用力一扯，那原本在她背上就無力的人，頓時脫離了她的背。

嵐顏停下腳步，轉身。

朝著蘇逸的方向跑了回去。

蘇逸的身體太弱，他禁受不起任何的摧殘和折磨，她不能讓任何人碰到蘇逸。

眼見著那身體就要被摔落在地，嵐顏想也不想地飛身撲了上去，以身為墊，擋住了蘇逸被拋落的方向。

蘇逸的身體重重地摔在她的身上，又是一口血噴出，濕濡了她的胸口。

「蘇逸！」嵐顏大聲地叫著。

她好怕，怕這縷幽幽的魂魄就這麼離開了身體，怕這帶著無盡不甘的人，再也承受不住。

蘇逸躺在她的懷中，沒有回應。

嵐顏的手想要探上他的口鼻，卻被一股巨大的力量拉扯著，另外的手拽上蘇逸，硬生生將他拉離了她的懷抱。

不！

她翻滾著、跌爬著，再度衝向那個幾乎已沒有生氣的身體。

但是無論她怎麼用力，都離蘇逸越來越遠，眼見著他被人拖離，她掙扎著，卻擋不住眼前越來越多的人影。

「她就是城主傳話要抓的人，沒想到居然自投羅網，想必是走投無路要刺殺城主！」有守衛大聲地叫嚷著。

城主？城主！

那個黑袍人竟然是原城的城主嗎？是管輕言的父親嗎？

嵐顏不敢相信自己的耳朵，卻不得不相信她聽到的。

十餘雙手拉拽著她，拖著。

手指在地上摳著，細碎的石子和泥土嵌進指縫中，地面上留下深深的紅色血痕，但是她距離那殿門，卻越來越遠。

她要靠近蘇逸，她不要他離開自己，他需要她的。

「少城主回宮。」遠處長長的聲音傳來，馬蹄聲漸近。

一群守衛拉扯著她，卻怎麼也拉不動拚命抵抗的她，雖然此刻的她沒有內力，但是指法、掌法還在。

只是再精妙的招式，以她此刻無力的胳膊，縱然打在人臉上，卻沒有任何傷害。但是一次次被她打中，守衛怒了。

「打暈！」有人下了命令。

拳頭狠狠地打在她的肩頭，原本就未癒合的傷口又一次迸裂，鮮血從肩頭流下。

膝彎被一腳踢上，嵐顏勉強站起的身體被踹到，有人撲上前，以膝蓋死死壓著她的背後，將她的臉埋進土中。

她一次次地起來，一次次被壓制，拳頭如雨點般落在她的身上。

眼前一片漆黑，但是嵐顏告訴自己，她不能暈，不能！

馬蹄聲越來越近，停在她的面前，嵐顏已經睜不開眼睛，只能聽到猶如天邊傳來的微小聲音，「發生什麼事了？」

守衛大聲地稟報著，「城主抓逃犯，此人自覺逃不掉，就來行刺城主。」

「喔。」敷衍的回應聲，顯然這聲音的主人並不想與所謂的城主有更多的交集，也懶得去過問城主的事情。

馬蹄聲起，遠去。

嵐顏艱難地抬起頭，她想要喊話，可是她什麼也說不出來。

她想要看到那個人，可她的眼睛已是一片模糊，什麼都看不見。

管輕言的聲音，那是管輕言的聲音！嵐顏不甘心，她一定要見到管輕言，因為她有祕密要告訴他，必須告訴他。

可是……現在的她，被一群守衛擋著，臉上滿是灰土，就算沒有灰土，那張如鬼怪般的面容，他又如何認得出？

馬蹄聲帶走的，不僅僅是管輕言，還有她最後一絲希望。

任她內心中的聲音喊得如震天響，卻發不出一個字。

輕言……輕言……輕言！

「這個刺客既然是城主全城搜索的人，那必定是重要的犯人，這一次我們要領賞了。」守衛喜孜孜地說著：「拖走。」

「那邊那個呢？」另外一個守衛開口問道。

「都死了，不管。拖去亂葬崗丟了吧。」

不行，蘇逸不能被丟去亂葬崗，那麼驕傲的蘇家公子，怎麼能允許被這般對待？

蘇逸，對不起、對不起、對不起……

她終究，又一次賭輸了嗎？

嵐顏猛地揮開背上壓制自己的人，跌跌撞撞地朝著蘇逸的方向奔去，她的視線早已模糊，卻唯記得那杏色身影的方向。

只要她還有一口氣，就不能允許他人從她手中帶走蘇逸。

「煩死了，這個婆娘像瘋子一樣。」守衛大怒地吼著。

「城主下過令，若是遭遇瘋狂抵抗，可以殺。」冷漠的聲音響起，嵐顏聽到了背後武器破空的風聲。

死，可怕嗎？

如果蘇逸註定是孤獨一輩子的話，如果註定她逃不過這一劫的話，那就陪他上路也無妨。至少黃泉路上不寂寞呢。

只是不知道，身為妖王的她，是否有資格陪他這一路？只怕妖魂會回歸妖界呢。

她想陪他，原來卻是這麼難。

忽然間，她背後的破空風聲消失了，而她撲跌的腳步，則撞進了一個溫暖的懷抱，耳邊傳來守衛齊整整的聲音。

「見過少城主！」

熟悉的味道，即便見不到，她也知道是誰。

「你……」她想笑，卻怎麼也笑不出來，原來人在極端高興之下，最先流出的是眼淚，「你居然能認出我。」

「笨蛋。」那聲音明明是責難，卻掩飾不住濃濃的疼惜，「我什麼時候認不出妳了？我什麼時候看不見妳了？無論妳是什麼樣子，我都知道妳在哪裡。」

是啊，無論她變成什麼樣子，他都知道她在哪裡。

她的手無力地抬起，「救蘇逸，還有……」

「少城主。」守衛率先開口了：「這是城主的要犯。」

「要犯？」管輕言聲音一凜。

「是。」守衛急切地邀功：「我們追捕了這麼久，總算在這裡抓到了。」

「除了你們，還有誰知道？」

守衛立即快速地回答：「沒有，絕沒有他人知道。」

風中，傳來一聲熟悉的笑聲，「呵呵，沒有就好。」

指風起，慘叫才出口，就戛然而止了。

身體，一個個萎頓在地，管輕言絕情的聲音在沙塵中響起：「我的女人，你們不該碰。」

番外

今生緣，前世定（二）

「轟隆！」一聲巨響，大地為之顫動。

睡眼惺忪的紅毛小狐狸慢慢抬起了眼眸，發現眼前的世界一片漆黑，什麼也看不清楚。

牠抖了抖腦袋，站了起來。

就在這個時候，天邊忽然劃過一道亮光，從天際直刺地面，伴隨著另外一聲巨響，「轟隆！」

腳下的地面又是一震，紅毛小狐狸腳下一個不穩，「吱」的一聲摔倒在地上，頭暈目眩。

那亮光太刺眼，讓牠良久看不清東西，只能閉著眼睛，等待視線恢復。

這道閃電怎麼這麼可怕？牠流浪了這麼久，從來沒見過如此閃耀與威力驚人的閃電，要是被劈到，只怕連狐狸渣都不剩了吧？

還有地面抖動成這樣，也不知道頭頂的這個山洞會不會塌呢？要是塌了，牠會不會被壓成狐狸餅？

想到這裡，脆弱的狐狸心頓時受了刺激，晃晃悠悠地站了起來，朝著記憶中洞門的方向爬去。

才爬出兩步，牠的尾巴忽然被一股強大的力量拉住，往後一扯。

「吱！」趴在地上的小狐狸發出嗷嗷的叫聲，努力扭動身體、甩動尾巴，想要把自己的身體從這股拉拽的力量中掙脫出來。

誰知道那股力量更大了，可憐的小狐狸不但沒掙扎出來，反而被拽了回去，爪子在地面上劃出十道長長的印記。

「吱吱吱！」小狐狸叫得更慘了。

「噗。」牠的耳邊傳來一聲輕笑，「看不出來，還是隻怕死的狐狸。」

什麼叫怕死！牠從小流浪到大，好不容易活到現在容易嗎？牠還沒玩夠呢，牠、牠還是隻小狐狸呢！

這叫求生的本能，才不叫怕死！

小狐狸極度不滿地回頭，一雙漆黑的眼珠子瞪得溜圓，怒視著聲音的出處。

剛才牠睡得迷迷糊糊腦子不清醒，現在幾番折騰，腦子總算是回過勁了，也想起了一些事情。

牠記得自己在那條龍身邊被震昏了，然後被一個傢伙踩了一腳，再然後這個傢伙不顧牠的意願，硬生生把牠帶到了這個陌生的地方。

牠的自由之身啊，就這麼被困到了破山洞裡。

雖然這山洞裡有讓牠非常舒服的氣息，不小心就昏沉沉地睡了過去。

「吱吱吱！」小狐狸揮舞著小爪子，發出強烈的抗議。

「你這隻不知好歹的小傢伙。」牠的腦袋被不輕不重地敲了一下，高高豎起的耳朵頓時耷拉了下來。

這個傢伙抓自己回來，把自己困在這裡就算了，他居然還打牠。

小狐狸委屈極了，口中一邊嗚嗚地叫，一邊把腦袋埋進了爪子裡。

毛茸茸的腦袋上又被揉了揉，「如今天地失衡，萬獸震惶，若不是在我這裡，你以為你這麼個小東西，會逃得過天地失衡後的懲罰？」

小狐狸的腦袋從小爪子裡抬了起來，眨巴了幾下眼睛。

方才被閃電耀花了的眼睛終於能看清事物了。

最先入眼的，就是一雙溫柔的眸子，帶著幾分笑意，看著牠狼狽掙扎的模樣，白皙的手指伸出，又戳了戳牠的腦門，「真是不識好人心。」

小狐狸很不滿，牠是狐狸！是屬於百獸中最精靈的一族，這個人怎麼能以逗狗的方式逗牠？

雖然，他很漂亮。

大概，他是牠見過最好看的人類了吧？

不像記憶中山裡粗鄙的農夫，更不像凶神惡煞的獵人，他身上有一種慵懶卻溫柔的氣息，眉目之間也是。

他的鼻梁直挺挺的，一雙唇含著笑，紅得就像牠前日採的那朵野花，可是野花沒有他的唇水潤光澤呢！

還有他那雙眼眸，好像清泉潺潺，流動著水波般的光彩。

牠喜歡漂亮的東西，不管是花朵還是人，只要是漂亮的都行。

看在他這麼漂亮的份上，牠決定不和他計較了。

他的手指間拈著一枚松子，丟進口中慢慢咬著，喀喇一聲脆響中，兩瓣松子殼被吐出，柔嫩的舌尖捲著松仁，咬得開心。

牠也要吃！

小爪子一扒拉，把他掌心中的一枚松子摳了出來，尖尖的小嘴拱著，卻怎麼也吃不進嘴巴裡。

舌頭吐著，也不管什麼形象了，在口水滴答中好不容易連土帶松子舔進了嘴巴裡，可是，咬不動。

真討厭，為什麼要吃這麼小的東西呢？害牠費盡了力氣，也啃不著。

那枚小松子在牠嘴裡滑來滑去，就是咬不著，一怒之下小狐狸索性把松子吐了出來，遠遠地呸開，再憤怒地瞪上一眼，扭過臉不看他。

牠可愛的動作又惹來一聲輕笑，牠知道他一定在嘲笑自己，乾脆連看也不看。

那手指又戳上牠的小腦袋，「不理我了？」

不理！誰讓他吃這麼討厭的東西，還嘲笑牠。

「我剝給你吃，好不好？」他聲音軟軟的，聽著讓牠無比舒服。

牠悄悄地轉過臉，一雙期待的目光，閃爍著希冀的光芒，直勾勾地盯著那雙雪白的手指剝開松子殼，剝落一枚白胖的松仁，送到牠的面前。

牠趴伏的身體立即站了起來，慢慢湊上他的掌心，就在牠準備低頭吃的時候，那掌心一拋，雪白的松子從牠面前飛起，徑直飛進了他的嘴巴裡。

「吱！」

可憐的小狐狸眼睜睜地看著松仁沒了，心頭一陣悲憤。

悲憤的不僅僅是牠的食物不見了，更主要的是這個傢伙居然逗弄牠，明明說好給牠吃的，他居然自己吃掉了。

嗚嗚嗚！

牠口中發出一聲悲鳴，徹底鬱悶了。

腦袋一扭，完全不理那個傢伙！

「喂，生氣了？」他充滿笑意的聲音傳來。

「哼。」小狐狸的口中發出一聲冷哼，繼續扭頭。

「我再剝一個給你好不好？」溫柔的嗓音哄著牠。

「哼哼。」小狐狸不理，兩隻爪子一抬，蒙上腦袋。

「看不出來，你還是個挺有脾氣的小東西。」

男子笑著，手指揉著牠柔順的皮毛。

小狐狸爪子一伸，把身上那個討厭的手拍開。

「哈哈。」他倒也不惱，「你的脾氣和你的靈性一樣，讓人驚訝呢！」

牠難道不知道他是在嘲諷自己嗎？

小狐狸漆黑的眼眸一翻，丟了一個大白眼給他，然後站起身，朝著洞外走去。

牠雖然只是一隻流浪的小狐狸，卻也不要被人羞辱，牠才不要留在這個人身邊，牠要離開這裡。

「喂，你不要這麼認真嘛。」牠的尾巴又被那股熟悉的力量扯住，抓著牠往後拽，可憐的小狐狸發出吱吱的反抗聲，卻還是被硬拖了回去。

不僅如此，那傢伙似乎還怕牠逃跑似的，一條腿壓在牠的背上，小狐狸頓時被壓趴在地。

「雖然我不知道你身上怎麼會有主神和青龍的氣息，不過看你還挺好玩的，留在我身邊吧。」那傢伙溫柔的聲音裡，滿滿都是逗弄，「如果你不動彈，我就當你答應了喲！」

牠就算想動彈，也要牠動彈得了啊！

小狐狸嗚咽著，不明白自己怎麼遇到了這麼個傢伙。

「好啦，給你吃。」當牠正在為自己悲慘的命運哀悼的時候，冷不防一隻手伸到牠的面前，掌心裡是滿滿的一捧松仁。

雖然牠不知道他是什麼時候剝好的，但是想想自己被迫跟著這個傢伙，別說一捧松仁，就是一堆牠也不要。

「你不明白的事太多了。」他嘆著氣，繼續揉著牠的腦袋，「這麼小的身軀，卻藏著如此濃郁的靈氣，你知不知道天地失衡，最先天劫覆滅的，就是有靈氣的對象，你偏又如此弱小，只要踏出這個山洞，只怕立即就死了。」

小狐狸伸著腦袋，雖然不明白他話中其他的意思，但是立即就死了這幾個字，還是聽得懂的。

他說的是真的嗎？只要走出這個山洞，牠真的會被雷劈死嗎？

牠忽然想到了剛才那一道道讓大地震撼的雷聲，縮了縮脖子，決定還是不要輕易出去冒險。

既然決定不走，那麼這捧松仁也就不要放過啦！

小狐狸伸出粉嫩的舌頭，從他手心舔過，捲起一粒粒的松仁大嚼了起來。

吃得是滿口清香，無比舒爽。

「我孤寂了這麼多年，極少和人說話，即便是他們，也懶得言語，我卻和你這個小不點投緣，只可惜咱們相遇的時機不對，我也不知道能護你多久呢。」他的手忽然變得輕柔了起來，撫摸著牠的脊背，「若等一會兒我頂不住，就送你去白虎那裡好了，他至少比主神容易親近些。」

白虎，白虎是什麼東西？

小狐狸從食物堆裡抬起頭，眨巴著好奇的眸光看著眼前的傢伙。

手指戳上牠的小腦門，「記住，我是四方聖獸中的玄武，別吃了我的東西卻忘記了我。」

玄武？玄武又是何方神聖？

那男子嘆了口氣，「算了，如果你能在這次天地失衡中存活下來，以你的靈氣，他日不難成為妖靈，那時候你就知道我是誰了。」

他說的是真的嗎？

小狐狸抬起了上半身，兩隻爪子扒拉著他的胳膊，嘴巴咧得大大的，一臉諂媚。

牠也能成為傳說中的妖靈嗎？

「看不出來你這小東西心還挺大的。」他哼笑了聲，「不准多問！」

那怎麼行，好不容易才聽到關於妖靈的事，不想辦法多知道一點可不行呢。

兩隻小爪子抱得更緊了，他想要抽回胳膊，結果小東西掛在他的胳膊上被拎了起來，搖搖晃晃、搖搖晃晃……

他忽然眉頭一皺，反手一拎，揪著脖子把牠提了起來，放在眼前看著。

小狐狸咧著嘴，尾巴在空中搖著。

現在的牠才管不了是被當成狗還是狐狸，能討好他就行。

「你居然是隻母的？」他的手忽然伸向牠的小肚皮上撓了撓，「那麼大氣性，我還以為你是隻公狐狸呢。」

不准亂撓！

小狐狸一腳踢上他的手，把那隻撓在自己小腹的爪子踹飛。

「他日你要幻化，記得變漂亮點。」他笑著，一指點上牠的腦門，「這點靈力，就當我助你一臂之力好了。」

一抹清涼的氣息透入牠的腦門，順著流入牠的筋脈中。

小狐狸的身體頓時動彈不得，這強大的氣息占據了牠的筋脈，他把牠揣入懷中，「我的靈氣你可要一陣子才消化得了，乖乖待著，到時候可有你好處呢。」

牠反正也不能反抗，就這麼被他攏在溫暖的懷中，緊貼著他的胸膛。

這個感覺嘛，還挺舒服的。

對於小狐狸來說，這還是牠第一次感受到了被人保護的感覺，暖暖的又舒服，不必擔心會不會有突然出現的野獸，也不必恐懼會不會天突然下雨，讓小河灘猛然漲水，或者從哪裡冒出來的獵人。

這樣的安寧，真不錯。

耳邊，忽然又聽到了一陣陣的雷聲，在耳邊隆隆地震響。

要是以往，牠只怕早就縮在草叢間顫抖了，但是現在不必了，因為有這個人的溫暖懷抱。

對了，他叫什麼來著？

他說他叫玄武，等牠出去了，一定要弄清楚什麼是玄武。

雷聲更加猛烈了，彷彿大地都要被劈開似的，這聲音震得牠心魂欲裂。

一隻手隔著衣服拍了拍牠的小身體，安慰道：「別怕，有我呢，這點小雷我還不放在眼中。」

然後，牠感覺到他站了起來，朝著山洞外走去。

他要幹什麼？他該不是要出去被雷劈吧？他自己去死就算了，可為什麼還要帶著牠啊！

小狐狸悲哀地想著，想要掙扎出他的懷抱。

牠還沒長大呢，牠才不要這麼輕易地死去，每天逃避著各種生存的危機，不是為了被劈成焦炭的。

可是牠動不了，完全不能有任何自主的動作，只能在他的懷裡，感受著他一步步走出山洞，走進那漫天的雷電之中。

他的雙手在身前揮舞著，氣息從他的雙掌間勃發而出，面對著天空那一道道的雷擊，飛舞而出。

天地間，這一道身影格外俊朗而強大，當他掌中的氣息與落下的雷點相碰，那奇異的閃電竟然在落下時被他的氣息打了回去，沒能落地。

天雷逆行，人間從未有過的事，無論誰看到，只怕都會驚詫無比。

「天地失衡，無非就是要人間遭受劫難，但我身為聖獸之一，我的職責就是守護人間，雖然青龍、朱雀不在，但是玄武也絕不會輕言放棄，這樣的天劫力量，只怕還不足以讓我難以抗衡。」他的聲音在漫天的雷劫中那麼清晰，就連這撼動地面的雷聲，都無法掩蓋他的堅定。

那原本心頭顫抖哆嗦的小狐狸，也在這種聲音中，奇異地平靜下來了。

雷劫道道，鋪天蓋地。

他的手中動作，亦是更加迅捷。

落下，打回。

再落下，再被打回。

一次次的天雷到最後，已經變得不再瘋狂，聲音也不如之前猛烈，那一聲聲之間的間隔，也越來越長。

似乎雷劫也被他的強大而震懾住，不再落下。

天地間，慢慢又恢復了平靜，他懷中的小狐狸貼在他的胸口，能夠聽到他急促的呼吸聲，還有猛烈跳動的心跳。

他，其實很累吧？

牠甚至能感覺到，他走回洞中的時候，那沉重的腳步幾乎已經快要抬不起來。

「小東西，我還能撐住。」那原本清晰而俊朗的聲音，也變得沉重而虛弱，「不過我想我需要調息一陣子，下一波天雷不知道要依靠誰來頂住了。」

才走出幾步，他的身體一軟，猛地摔倒在地上。

他怎麼了？

小狐狸想要知道，可惜牠什麼也看不見，只知道他在摔倒的時候，還小心地護衛著沒有壓到牠。

就在這個時候，牠忽然聽到了什麼，好像是、是人的腳步聲。

這裡，還有其他人嗎？

玄武的身體忽然一震，「這、這是怎麼回事？」

沒有人回應，只有一道狂猛的掌風揮過。

玄武的身體被高高地拋起，又重重地落下。

血，飛濺。

他的手，輕輕捂著胸口，低聲說著：「去，告訴白虎，小心……」

掌，落下，狠狠地打上玄武的胸前。

玄武的身體慢慢變淡、慢慢變透明，然後消失。

但是那原本在他懷中的小狐狸，卻也怪異地消失了蹤跡。

遠方天際，男子看著天雷漸消，唇角露出一抹欣慰的笑容，只是這笑容配上他格外秀美的容顏，看上去頗有幾分魅惑。

「看來玄武還算有幾分本事，撐住了。」他口中喃喃自語著：「下一波，該輪到我了吧？」

笑容還來不及展開，天邊忽然一聲悶雷響過，他的笑容凝結在了臉上，眼中是滿滿的震驚，「這、這怎麼可能？」

悶雷過後，天地一片死寂，再也不聞任何聲音。

他掌中一縷真氣射入空中，青藍色的氣息在空中盤旋著，不多時又落了回來。

他垂下眼皮，嘆息著：「玄武的實力，不該隕落的，為何會這樣？為何？」

他的口氣似乎是在問別人，又知道沒有人能夠回答他。

「四聖獸，如今只剩下我一人了嗎？」他苦笑著，搖頭，再搖頭，眼中一片落寞蒼涼。

天邊，忽然劃過一道光影，以流星墜地之勢朝著他落下。

他眉頭一皺，抬手劃過一道光圈，將那團影子包裹其中。

那墜落的影子因為他的力量緩慢了速度，落在了他的懷裡。

一團毛球似的東西，蜷縮在一起，腦袋埋在大尾巴裡，渾身瑟瑟發抖。

「什麼東西？」男子一臉嫌棄，手一抖，那毛球劃過一道拋物線，飛了出去。身體落在地上，「吱」的一聲慘叫。

小狐狸暈暈地站了起來，搖搖晃晃地走了兩步，啪地一聲又摔在了地上。

「原來是隻狐狸啊。」那聲音滿是不屑，哼了聲。

什麼叫原來是隻狐狸啊，難道狐狸很丟臉嗎？某個淒慘的傢伙內心悲憤地想著。

剛才牠的身體完全不受控制，在空中直飛落地，還以為自己死定了，居然大難不死地被人接住，可惜牠還沒來得及慶幸，就又被甩到了一邊。

牠迷茫地抬起眼睛，想要看清楚自己在哪裡。

牠明明記得，剛剛牠還在那個玄武的懷中呢！那現在這裡又是哪裡？還有眼前這個模模糊糊的身影又是誰？

小狐狸搖搖擺擺地晃著，烏溜溜的眼珠直勾勾地想要看清面前的人影，但是奈何實在太暈，什麼都看不清楚。

「你身上怎麼有玄武的氣息？玄武到底發生了什麼事？」他一把拎起小狐狸，絲毫不顧念慘兮兮的某隻狐狸還沒恢復。

發生了什麼……發生了什麼……

小狐狸努力地回想著，牠記得自己在摔落之前，聽到的最後一句話是「去告訴白虎，小心」，再然後，就沒有了。

四條腿在空中蹬著，牠的口中發出尖銳的吱吱聲，似乎急切地想要表達玄武說過的話。

可是牠不是人類，牠說不了話，只能吱吱亂叫著，很是無奈。

「告訴白虎小心？」那男子有些疑惑地說出牠要表達的話，小狐狸的身體在聽到這句話後，停止了掙扎。

他、他、他能聽懂自己說什麼？

「真不知道玄武怎麼會養你這麼個寵物，什麼都不懂。」那魅惑又有些邪氣的聲音調侃著牠，「四聖獸若是連你們這種低階的獸類說什麼都不懂，談何守護人間？」

聽得懂就行！

小狐狸腦袋暈暈的，幾度想要看清楚眼前人，發覺自己的眼睛都是一片迷濛濛的，什麼也看不清楚。

牠一定是摔壞腦子了，將來只怕會成為瞎眼狐狸了，那牠就再也看不到自己的美了，牠悲催地想著。

「你只是承受不了玄武真氣的激蕩，畢竟你這麼弱小，把你送到我這裡來是勉強你了。」那聲音帶著笑，聽在耳內更顯邪氣，「還美呢，瞎了才不致於看了難受，我要是長成像你這樣，早就戳瞎自己的眼睛了。」

他怎麼知道自己在想什麼？

「聖獸白虎，最能探知的就是他人的心思，我如果連你這個低級貨在想什麼都不知道，就別活了。」

這個人簡直太壞了，小狐狸伸腿想要踹他，奈何小短腿在空中蹬了半天，也沒能找到他的方向。

他隨手一丟，小狐狸又被砸在了地上，發出吱吱的叫聲，既然打不過他，那牠認命地躲遠點好了。

「玄武還說了什麼？」他的聲音傳來，隱約帶著讓牠無法反抗的力量，彷彿被什麼東西壓制著，連身體都抬不起來，「他說讓白虎小心，是小心什麼？人或者事？」

小狐狸想了想，再想了想，最終搖了搖頭。

不是牠忘記了，而是玄武說出口的一瞬間，牠已經聽不到了，牠被巨大的力量席捲著，耳邊都是嗡鳴聲響，根本沒機會聽清楚。

「算了。」白虎哼了聲，「小心什麼，天地失衡又豈是小心就能夠躲避的？三聖獸已經不在，我就算死在這與天對峙之下，又有什麼關係？」

小狐狸聽著那聲音，雖然邪氣魅惑，卻有著說不出的豪邁，牠很想見見這聲音的主人，到底是什麼樣子呢？

不知道是什麼樣的容貌，才能配得上如此強大的心？

牠瞇著眼睛，努力抬頭、抬頭，湊啊湊啊，可惜就是什麼都看不見。

真是鬱悶。

「你想看我什麼？」一根手指頭戳上牠的腦門，笑道：「毛都沒長齊，就膽敢覬覦聖獸。」

誰覬覦他了！

小狐狸憤憤地哼了聲，縮到一旁，不再理會他。

「你去洗乾淨。」那聲音再度傳來，「一身髒兮兮的。」

小狐狸瞇著眼睛，只能看清楚眼前幾尺的路，跌跌撞撞地走著，一頭撞上石壁，撞得自己更暈了。

「真是個蠢傢伙。」那聲音毫不留情地奚落著。

小狐狸十分鬱悶。

「如果我頂不過這次的天劫，你就去找蒼麟吧，這天下間能護衛你的，大概唯有他了。」

蒼麟？蒼麟是什麼東西？

小狐狸想著，腳下慢悠悠地尋著路，一點點地走著，不小心撲通一聲，一片溫暖的水波覆蓋了牠的身體。

可憐的牠，掉進了水坑裡。

猝不及防之下，某隻悲催的狐狸喝了兩口水，在水坑裡撲騰著，艱難地從水面伸出了腦袋。

這水暖暖的，溫柔地梳理著牠的皮毛。

反正都掉進來了，就洗洗算了。

小狐狸在水裡嬉戲著，這暖暖的水流比平時冰冷的小溪要舒服多了，牠玩得不亦樂乎，已經不想從水裡起來了。

「啪！」一聲巨響，驚得水中的小狐狸一聲嗷叫，從水裡一躍而上。

那一聲響，震得牠屁滾尿流，想也不想地竄到一塊石頭後面，蜷縮著身體瑟瑟發抖。好可怕，就像之前玄武頂的那些天雷一樣。

可是這一道，忽然從天而降，比之前那些加起來還要響。

這就是所謂的天地失衡的劫難嗎？那牠是不是也會死掉啊？

怕死的小狐狸，哪兒也不敢去，就這麼藏在石頭後面，聽著那聲音震耳欲聾，腿腳發軟完全無法動彈。

那個邪魅聲音的主人，不知道是什麼樣子了？

雖然牠怕得要死，但是想想，還是哆哆嗦嗦地趴著，一步一撓地朝著記憶中的方向挪動。

牠怕死，但也不能不顧朋友吧？

牠一直孑然一身，從來沒認識過朋友，那白虎聖獸聽起來很厲害的樣子，不知道會不會認牠當朋友，不過在牠的心裡，已經把對方當做朋友了。

就像玄武一樣。

不過玄武已經死了嗎？那個溫柔又俊美的男人，就這樣消失了嗎？

小狐狸的心裡一陣落寞，有些難受。

想到這裡，撓著的小爪子又堅強了些。

或許現在看不清對牠來說也是好事呢，若是看得見，只怕牠就不敢出去了。

一道落雷打在牠的身邊，濺起了無數碎石，碎濺的石頭打在牠的身上，小狐狸吱吱亂叫，卻不知道往哪躲閃，索性雙爪一抱頭，又縮了起來。

無數石頭落下，把牠埋在了石堆裡。

扭動，再扭動，可憐的小小身體，抵擋不了那麼沉重的石頭，怎麼也爬不出來。

耳邊，只能聽到各種雷聲響徹，牠掙扎著、掙扎著，始終沒有放棄。

忽然，一道沉重的落地聲打在牠身上的石堆處，帶落了無數的碎石，小狐狸忽然覺得眼前的光景亮了些，依稀能看到些光線。

光線下，模糊的人影在牠眼前閃過，雷聲更急了，震得牠耳朵幾乎聾了。

是說話聲嗎？難道還有別人嗎？

可是在落雷聲中，牠什麼也聽不見。

牠探著腦袋，努力想要從石頭縫隙裡看到什麼，奈何牠看不清，什麼也看不清。

身影晃動著，一道還是兩道？看不清楚！

小狐狸在石頭中跳動著，努力拿腦袋撞著頭頂的石頭，想要掙脫石頭的桎梏。

一道雷閃過天際，天色閃亮如白晝，就在這樣的亮色中，牠看到一道人影飛起，迎向那落雷。

隨後，跌落！

天邊的雷聲，停了。

小狐狸在石頭縫裡，嗚咽著。

牠看到那道影子摔下，牠甚至知道白虎就摔在離自己身邊不遠處，還帶落了幾塊石頭。

牠甚至還能感覺到，血從石頭縫裡一滴滴地落在牠的臉上。

這個還沒有見到面的朋友，也要死了嗎？

牠不停地撲騰、跳動、掙扎、哀嚎。

終於，身體裡隱約有了一股奇異的氣息從筋脈中生起，那力量延伸到牠的爪子上、背上、頭上！

是那白虎的血？還是玄武的氣息？

牠根本來不及去想那麼多，腦袋奮力地一頂，那片身體上方的石頭堆終於被牠頂開，身體躥了出來。

此刻的天色已是大亮，牠的視線也終於清晰了起來。

小狐狸的目光四下看了看，很快就在一旁找到了那道身影。

修長，俊逸。青白色的衣衫在風中輕輕拂動，但很可惜，他的身體不像那衣衫般有活力。

他趴在那裡，了無生氣。

小狐狸輕輕地走了過去，也終於第一次見到了他的模樣。

他好漂亮！

小狐狸心頭一陣驚豔，眼前這個男人的美，與玄武是完全不同的。他的臉龐帶著些許柔和的弧度，這讓他看上去多了些許陰柔的美感，他的眼角飛揚著，不知道如果那雙眼睜開，會是如何的勾魂攝魄。

小狐狸的腦袋拱著他的臉，舌頭舔上他的臉頰，口中發出嗚嗚的聲音。

醒醒，你醒醒啊！你不是聽得懂我說什麼嗎？為什麼你不醒醒呢？

牠的口中不斷發出嗚咽聲，想要喚醒那個男人，可惜所有的一切，都是徒勞的，那身體冰涼，涼得讓牠心驚。

他們說自己是什麼聖獸，要守護人間。

既然他們如此強大，為什麼一個個都離開牠了呢？

玄武說過要保護自己，可他把自己丟給了白虎。

白虎說讓自己洗洗乾淨，這不就是要收容牠的意思嗎？但是為什麼牠洗乾淨了，他卻也拋棄牠了呢？

牠不斷拱著他的身體，不斷在他身邊徘徊，不斷舔著他的臉。

他臉上的血跡都被牠舔乾淨了，為什麼他還不醒呢？

小狐狸的眼睛眨啊眨，落下兩滴眼淚，打在白虎的臉上，同時口中不斷發出低低的嗚嗚聲。

白虎的睫毛輕輕抖了下，緩緩地睜開一抹眼縫。

他的眸光如牠猜測的那樣，美麗無比，帶著驕傲與邪魅，但是牠卻清楚看到，那只是最後一縷的迴光返照，因為他生命的氣息在流逝。

最後的一眼，彷彿是在笑。

笑他這寂寥而孤單的千百年裡，卻在生命的最後一刻，有了陪伴。

小狐狸在他身邊跳動，大顆大顆的眼淚落下，牠也不知道究竟是為了這白虎，還是為了玄武，或者都有。

牠看著他的眼眸慢慢閉上，看著他帶著最後的一縷笑容，永遠定格。看著他的身體在慢慢變得透明，消失。

對了，他說過什麼？要牠去找蒼麟！

牠不知道蒼麟是誰，也不知道蒼麟在哪裡，但是牠知道這是他對自己說的話，那牠就一定要找到。

千里的平原上，一隻小小的紅毛狐狸在孤單地走著。

這一次無論是落雷，還是閃電，牠都怡然無懼地迎接著，在巨大的震響中偶爾瑟縮下，然後又堅定地走著。

牠記得，要找一個人，叫蒼麟。

雖然牠不知道上哪兒找，但是心頭似乎有一個隱隱的方向，讓牠朝著這裡走著。現在的牠，骯髒、狼狽，身上還有因為躲閃落雷而劃傷的口子，腳上也被碎石劃破了很多口子。

牠要找的人在哪裡呢？

天邊，不知道什麼時候雷聲已經停了，出現了難得一見的太陽，金色的光芒照射

在身上，無比舒坦呢！

小狐狸抬起腦袋，看著前方的高山，這高聳的山壁讓牠心頭一嘆，也不知道自己能不能爬上去？

在是繼續前行還是繞行的抉擇中，小狐狸有點兩難。

牠徘徊著、猶豫著，又一次仰起頭看著，山頂上方依稀有兩個人影，小小的影子在淡淡的雲霧中若隱若現，猶如仙人一般。

牠看錯了嗎？是神仙嗎？

還是，這兩個人中，有白虎口中的蒼麟嗎？

小狐狸心頭下了決定，牠跳上石頭，朝著山頂飛快地跑過去。

也不知道爬了多久，那陡峭的山石讓牠無數次摔倒，甚至差點摔下萬丈深淵，牠在哆嗦中堅定地爬著，四條腿在山石縫裡扒拉著，一點點地搆著、爬著。

當牠終於爬上山頂的時候，可憐的小狐狸發現，那山頂上根本沒有人影，一金一白的兩個人影，根本就是牠的錯覺吧？

小狐狸哭喪了表情，嗚嗚地趴了下來，舔著自己爪子上的傷口。

忽然間，山風吹過，一個東西打上牠的腦袋，蒙住了牠的視線。

什麼東西？

小狐狸的爪子在腦袋頂上扒拉著，終於把蒙住視線的東西扯了下來。

那是一幅畫卷，畫卷上是一名女子的容顏，小狐狸歪著腦袋盯著畫，幾乎口水都流了下來。

好美的女人！

尤其那雙流霞眼眸裡帶著幾分媚氣、幾分英氣，又藏著些許端莊，眼角飛揚著睥睨之氣。

這、這是誰的畫像？

小狐狸癡癡呆呆地看著，牠好喜歡畫中女子的眼睛，彷彿能吸人魂魄一般。

玄武對牠說過，如果牠能在天劫中活下去，將來可以幻化為妖靈，最後成為人身呢。如果牠能變成人身，牠一定要變成這畫中女子的模樣！

小狐狸看著畫像，咧開了笑容……

（完）

綺思館008

夫君們，笑一個（4）

忽如一夜春風來

國家圖書館出版品預行編目資料

夫君們，笑一個4 / 逍遙紅塵著. -- 臺北市 : 晴空出版 : 家庭傳媒城邦分公司發行, .
2015.07
冊； 公分. --（綺思館008）
ISBN 978-986-91746-5-7（4冊：平裝）

857.7 104009285

作者 逍遙紅塵
封面繪圖 柳宮燐
文字校對 劉綺文
責任編輯 高章敏
國際版權 吳玲緯
行銷 陳麗雯 蘇莞婷
業務 李再星 陳玫潾 陳美燕 杻幸君
副總編輯 林秀梅
副總經理 陳瀅如
編輯總監 劉麗真
總經理 陳逸瑛
發行人 凃玉雲
出版 晴空
城邦文化事業股份有限公司
104台北市中山區民生東路二段141號5樓
電話：（886）2-2500-7696 傳真：（886）2-2500-1967
E-mail：bwps.service@cite.com.tw
發行 英屬蓋曼群島商家庭傳媒股份有限公司城邦分公司
104台北市中山區民生東路二段141號2樓
書虫客服服務專線：(886)2-2500-7718；2500-7719
24小時傳真服務：(886)2-2500-1990；2500-1991
服務時間：週一至週五09:30-12:00；13:30-17:00
郵撥帳號：19863813 戶名：書虫股份有限公司
讀者服務信箱E-mail：service@readingclub.com.tw
晴空部落格 http://sky.ryefield.com.tw
香港發行所 城邦（香港）出版集團有限公司
香港灣仔駱克道193號東超商業中心1樓
電話：852-2508-6231 傳真：852-2578-9337
E-mail：hkcite@biznetvigator.com
馬新發行所 城邦（馬新）出版集團【Cite(M)Sdn. Bhd.(45832U)】
411, Jalan 30D/146, Desa Tasik,Sungai Besi, 57000 Kuala Lumpur, Malaysia.
電話：(603) 9056-3833 傳真：(603) 9056-2833
美術設計 薛好涵
內頁排版 洸譜創意設計股份有限公司
印刷 鴻霖印刷傳媒股份有限公司
初版一刷 2015年7月
定價 260元
ISBN 978-986-91746-5-7